急箭之謎

安娜・卡瑟琳・格林
Anna Katharine Green——著

樂軒——譯

The Mystery of the Hasty Arrow

臺灣商務印書館

目次

第一部 首要問題——1

第四部 報應——267

BOOK I

A PROBLEM OF THE FIRST ORDER

第一部 首要問題

I

「請那個人告訴我！」

正午十二點的時鐘剛剛敲過，仍然在這座大博物館的珍奇展品間徜徉的零星參觀者突然間被眼前的一幕驚呆了；只見一個博物館管理員跑下寬闊的中央樓梯，一邊大聲叫道：

「把門都關上！不要讓任何人離開！發生了一件事故，任何人都不准離開這棟大樓。」

靠近兩扇大門的那個男人碰巧和這家博物館有緊密的關聯——事實上，他是館裡最活躍的部門主管之一——他立刻轉過身來並順應那個管理員的手勢，跑上大理石臺階，後面還跟著很多人。

到了樓上他們像約定似地都轉向左手邊的陳列室，就在陳列室標示為二號展示區的地方，一個驚人的場景迎接了他們；幾乎所有人都不會忘記眼前這個情景。

我說「驚人的場景」是因為與此相關的幾個人如在畫中一般一動不動地站著，如同死人一樣沉默。他們的感覺雖然沒有麻木，但他們的知覺已經麻木了，而晚到一步的那些人，他們心中的知覺也同樣麻木了。此刻的悲劇展現出它最可怕、最可憐的樣貌。讓人憐憫的感情來自於那位苦主——一個年輕漂亮的女孩仰面躺在鑲成棋盤狀圖案的地板上，胸口插著一支箭，死神毫無疑問在每一處外觀打上了標記——他們看見那個女人跪在女孩身邊，她的神色和態度都表露出恐懼——一個引人注目的女人，不再年輕了，假使她所遭遇的處境不是那麼悲慘的話，她的風度也能引人注目。她的手按在箭上，但她沒有採取任何拔箭的舉動，她的眼睛一片茫然，透露出深深的恐懼，這種恐懼幾乎不能以不幸死亡事件的突然性和驚悚性來解釋。而且，她正好是此一死亡事件的痛苦目擊者。

這位名叫羅伯斯的部門主管在人群邊緣稍作停留時，想到他以前從未見過被哀傷烙下如此深重印記的面容。這副面容深深打動了他，他正要對現場尋根究源；對此，在場諸人的外貌幾乎提供不了什麼線索，這時那位身材高大但彎著腰的館長進來了，他發現自己已擺脫了一項無須費力就能估量出嚴重性的工作。

對於那些熟知威廉・朱厄特的人來說，很明顯他是在工作時被人叫走的，而這項工作仍然占據著他的思緒，而且此刻多多少少干擾了他的判斷力。可是他是一個認真負責任的人，一旦被叫到突發事件的場合總能夠臨場指揮。羅伯斯先生饒有興致地盯著這位專注的人物慢悠悠地從這場可怕的事件中回過神來。先前，這場死亡案件一下子使整座博物館籠罩上一層神秘恐怖的氛圍。

當館長對現場有了充分的瞭解——他是走到蹲伏在死者旁邊那位的可憐婦女旁邊才做到這一點的——即使館長此刻顯露出精力充沛的樣子，絲毫沒有讓那位焦慮的主管感到意外，卻也讓他充分期待；雖然這位館長平素總是給人留下駝背、性格低調的印象，然而，他面容上所散發的充沛精力，也是他的一大特點。

館長想要注視一下那位年長女士的眼睛，但他發現自己的企圖只是增添了圍觀者的疑慮，於是他開始輕聲對她說話，並且用憐憫的語氣問她死者是誰的孩子以及如此恐怖的事件是如何發生的。

她沒有回答。她甚至沒有朝他看。館長迅速掃視了一下他周圍的面孔，目光最後落在一張對她深表同情的臉上，又重複了一次他的問題。

仍然沒有回應——仍然是凝滯的沉默、完全呆滯的五官和四肢。如果她的聽覺遲鈍了，她可能會依賴觸覺。館長彎下腰，手搭在她的胳膊上。

這個動作喚醒了她。慢慢地她的雙眸不再凝滯，而是增添了幾分人性的光芒。然後她渾身一陣戰慄，俯視那仰躺在她腳邊的年輕女孩的面容，接著她帶著無窮的絕望突然嗚咽起來，這讓她身旁的每個人都心碎了。

這一幕足以考驗每一位男士的神經。對於深具同情心的館長來說，這幾乎令人難以忍受。他轉向身邊最近的幾個人，請求他們對眼前的事件做出解釋：

「這兒一定有人能向我說明。請那個人告訴我。」

這時在場的最安分最不起眼的一個人；一位戴著深度近視眼鏡，有著學生般模樣的年輕男子向前邁了一步，說道：

「我是第一個來到現場的人，就看到這位可憐的年輕女士倒在地上。我正在隔牆那邊欣賞古幣時聽到了一聲驚叫。我當時沒聽到她倒下——我想我當時正非常專注地尋找一枚特殊的硬幣，有人告訴我可以在這兒找到——可是我聽到了她發出的叫喊聲，我大吃一驚，離開了我所在的展示區而來到了這裡，然後就只看見你們眼前所見的這一幕。」

館長指了指眼前的兩位女士。

「你當時看見的就是這個樣子嗎？一個女人跪在另一個女人的身旁，手按在箭上？」

「是的，先生。」

館長的臉色變了，他的雙眼不由自主地掃向旁邊的牆上。牆上掛著印第安人的聖物，在聖物的中間是一只箭筒，所有人都看得出來箭筒裡面的幾支箭和插在屍體胸口上的那支箭非常相似。

箭的相似性引起了圍觀者的低語，對此，館長說道：「一定要讓這個女人說話，如果現場有醫生的話——」

他停頓了一下，卻無人應答，於是他從那個女人的胳膊上挪開手，然後把手按在箭杆上。

這種動作驚動了她。她鬆開緊握在箭杆上的手，一下子意識到人們都向前圍擠著她，大聲嗚咽道：

「我拔不出這支箭。他們說這支箭要了她的命。等一下！她可能還活著。她可能有話要說。」

她低下頭去聽。這顯然不是進一步詢問的適當時機，可是焦急的館長還是忍不住問道：

「她是誰？她叫什麼名字？妳叫什麼名字？」

「她的名字？」女人應道，站起身來和他打了個照面。「我怎麼會知道？當時我正經過這個陳列室，恰巧停下來向展廳張望。這時這個年輕的女孩從我背後一躍而過，然後雙臂向上猛撲，長歎一聲倒在了地上。我看到一支箭插在她的胸口上，然後——」

她過於激動而哽咽住了。當有人問她這個女孩是否是陌生人時，她簡單地點了點頭。

然後，用目光把周圍的人群掃視了一遍之後，她繼續用先前呆板的模樣說道：

「我叫厄門特魯德・泰勒。我是來看青銅器的。現在我該離開了。」

可是她周圍的人群太緊密了，她無路可走。而且，部門主管羅伯斯先生第一個有話要說。他擠擠挨挨地走到人群前面，等待了一下，直到他吸引了她的注意力才用最體貼的方式說道：

「請妳原諒我們對妳提出的要求，泰勒女士。我是這家博物館的一位部門主管，如果朱厄特先生允許的話，」——說到這兒他向館長鞠了一躬——「我想問的是這支致命的箭來自哪個方向？」

一下子她被嚇得目瞪口呆，眼睛緊緊盯著他，彷彿要問他這個問題的用意何在。然後帶著一種意有所指的神色；這神色裡包含了某種怪異的恐懼成分；她放任自己的目光逡巡展示廳，直抵他們正對面的陳列室，最後她的目光才停留在那一排連貫的拱門上。

他「啊」了一聲，要為她的神色做出注解，「妳認為這支箭來自大樓的另一邊。在這個女孩倒地時或者倒地前，妳是否看見那邊有人？——我指的是陳列室。」

她搖搖頭。

「**你們**當中有人看見嗎？」他催促道，盯著人群問。「當時一定有人從那邊朝這裡注視。」

可是沒有人回答，而沉默很快就變得令人覺得沉重；此刻人群中的一個女士把上面這句話低聲地對另一位女士說了一遍，這使人群再次騷動，大家把目光再度投射到牆面上——甚至泰勒女士也把目光投向了那裡；先前可能有人說過這麼一句對她有利的話：

「可是那裡沒有箭。所有的箭都在這裡。」

她說得沒錯。全都在這兒，一筒一筒的箭都在這裡；它們都在伸手可及的地方。當可憐的泰勒女士意識到這一點，並且明白其他人也都疑心地留意到這個問題時，她的臉色發生了明顯的變化。

「我想要坐下來，」她咕噥道。也許她擔心自己會倒下。

有人搬來了一把椅子，她就極度畏怯地對那位主管顫聲說道：

「沒有任何一支箭放在那邊的幾個房間裡嗎？」

「我十分確定沒有。」

「也沒有弓？」

「是的。」

「如果——如果有人曾經出現在陳列室裡——」

9 THE MYSTERY OF THE HASTY ARROW

「沒有人在那兒。」

「你確定嗎？」

「剛才提過這個問題，妳也聽見了，沒有人回答我。」

「可是——可是從樓下就能看見這些陳列室。也許當時有個人從樓下的展示廳向上看——」

「如果當時大樓裡有這樣的人，他現在應該在這裡。人們不會對他隱瞞消息的。」

「那麼——那麼——」她結結巴巴地說道，雙眸蒙上一層驚恐的神色，「你能斷定——這些人能斷定些什麼？」

「夫人，」——羅伯斯冷冰冰的說出這兩個字，刺激她的情緒，令她不由自主地站了起來——「我沒有資格對這樣一樁案子做出結論，這件事屬於警方的職責。」

聽到這句話，聯想到它對於犯罪的暗示，她的意志力瞬間崩潰了，她清醒的神色也消失了。也許她剛才看到了館長用意味深長的手勢指向那只遺失了一支箭的箭筒。事實確實如此，因為她的下一個問題是這麼說的：

「可是弓在哪裡？你們朝地板四處看一下。你們找不到一把弓。沒有弓怎麼射箭呢？」

「確實如此，」她背後有人說道。「不過要是一個人手勁夠大的話，他可以像揮舞一把匕首一樣，把箭刺進人的胸膛。」

她發出一聲驚叫，似乎在等待旁人的共鳴；然後她漠視旁人的眼光和自己的處境，瘋狂且不顧一切地再度撲向死去女孩的身邊，還沒等驚訝的圍觀者阻撓她瘋狂的行為，她用雙臂抱起女孩的上半身，俯看著她，不斷輕聲地在這可憐孩子麻木的耳邊說著一句又一句話。

II　在B房間裡

五分鐘之後，館長開始打電話給警察局。博物館裡死了人，他們會派一個能幹的偵探過來嗎？

「人是怎麼死的？」警方不客氣地問道，「如果是心臟病發作或者是簡單的事故，我們不會派偵探。這是一件事故嗎？」

「不是——不是——應該不是。看起來更像是一個瘋女人襲擊了一個無辜的陌生人。這件事非常奇怪，我們感到非常無能為力。普通的警官應付不了這個案子。我們的大樓裡就有一位普通的警官。我們想要的是一個聰明人；他需要運用才智。」

電話那頭的警官捂著話筒說了一句什麼——然後一個不同的聲音開始問六個具體的問題——館長絞盡腦汁做了回應，然後電話那頭的聲音語調愉快地保證：一位有著豐富經驗、可靠的偵探將在五分鐘之內到達博物館。

朱厄特先生帶著輕鬆的神色再度走入展廳，並且打著急切的手勢拒絕了一小群男男女女的無理要求，這些人沒有足夠的勇氣跟隨那些更為大膽的人跑到樓上。朱厄特穿過人群來到守衛站崗的大門邊。

「大門鎖上了？」他問。

「是的，先生。我是按照命令做事。您沒有發出命令嗎？」

「是的，不過若是我早點知情的話，我就會那麼做。任何人都不准離開，而且除了那個我時刻在等待的偵探以外，不要讓任何人進來。」

他們並沒有等待很久。在他們的掛念變成焦躁不安之前，他們已經聽見有人在敲大門了。門開了，一個年輕人走了進來。

「情況好些了？」他幽默地噘著下巴，大聲說道。同時他注意到館長明顯對他蹩腳而粗陋的外表感到不滿。「哦，我不是你們等待的那個人，」他一邊說一邊用目光掃遍全場，那副神色彷彿要在一瞬間把所有細節盡收眼底。「格萊斯先生在汽車裡。你們等等，我扶他上來。」

在館長答話之前，他已經離開了，幾分鐘之後他又出現了，背後緊緊跟著一位先生。乍看之下，館長認為這位先生年紀太大，遠遠超過了年富力強的標準，而這個年輕人則顯得年齡太小。

可是這一印象（如果可以稱之為印象的話）只持續了很短的時間。這位身體虛弱而極為睿智的老人一進入現場，他的才智就令所有人刮目相看。那些提心吊膽的人們重新獲得了平靜，而館長——在他任職的十年裡從未像過去十分鐘內那麼深切感受到肩上的重任——因為鬆了一口氣而變得口若懸河；若是在平常情況下，這種健談對他而言極為反常。當他帶著兩位偵探穿過展示廳時，他並未如他們可能所期待的那樣談起被害人，而是談起了那位被人發現蹲伏在死者身邊、手按在箭杆上的女士。

「我們認為她是一名脫逃的精神病患，」館長說。「只有精神錯亂的女人才會做出像她那樣的舉動。首先，她表示自己對那個女孩一無所知。第二，當她發現插在女孩胸口的那支箭是取自一掛在牆上、伸手可及的箭筒，兇手把箭杆當作長矛，而且還用它來捅人，她又是嗚咽又是哀嚎，並且開始對著那可憐孩子毫無知覺的耳朵說話。」

「她是一個普通的女人？屬於那種猥瑣的類型？」

「一點也不。她是一位女士，可以說是光彩照人的女士。你們很少能看到像她一樣的女人。那就是令我們苦惱的原因，罪行和罪犯似乎不相符。」

老偵探眨了眨眼睛。然後突然之間他似乎長高了一英寸。

「她現在在哪裡？」他問。

「在B房間裡，和人群隔開了。她不是單獨一個人。一位和這裡其他人一起滯留的年輕女士在陪伴她；更何況，我們還派了一位警官在旁戒備。」

「被害人呢？」

「躺在她倒下的地方，在二樓的二號展示區。沒有人要求我們搬動屍體。我們抵達到現場時她已經死了。看上去她的年齡不超過十六歲。」

「我們上樓吧。不過等一下——我們能從這兒看到那個展示區嗎？」

他們正站在連接上下兩層樓的大樓梯的尾端。在他們上方，裝飾華麗的兩間著名陳列室向兩邊延伸開來，陳列室那一排又長又低的拱門標示出五個被分別隔開的展示區。

館長指著南邊的第二間陳列室，答覆道：

「就是那兒——在那兒你們能看到阿帕契族的聖物高掛在後面的牆上。一旦我們能從這件恐怖事故上恢復過來，我們就要把那些聖物搬到另一個地方。我不想讓整座博物館裡最精美的地方，成為精神變態和好奇者爭相朝拜的麥加聖地。」

兩位偵探聽了他的話後，並未理會。格萊斯偵探沒有朝館長所指出的方向看，而是觀察正好與它方向相反的地方。

「我明白了，」他淡然說道，「這裡的視野很通透，可以一覽無餘。當時在右手邊陳列室裡的人，沒有人看到左邊陳列室裡發生了什麼事情嗎？」

「就我所知沒有。這是白天最令人困乏的時刻，不僅是這間陳列室，其他許多空間也都完全空著。」

「我明白了。現在，在此地的那些人都怎麼樣了？你們放走了多少人？」

「一個也沒有。迄今為止大門只打開過兩次——一次是讓戒備的警官進來，另一次是讓您進來。」

「很好！你們這裡一共有多少人？」

「我沒有時間一一數清楚，不過可以說是不到三十人。其中包括了我自己和兩名管理員。」

格萊斯先生帶著若有所思的神色，朝那些聚在一座中央雕塑周圍的零星幾個人的方向，轉過身去。

「其他人在哪裡？」他問。

「在樓上——有些人在那可憐孩子躺下的房間裡，有的在周圍。」

「他們必須離開那兒。斯威特華特！」

和他一起進來的那個年輕人迅速來到他身邊。

「把陳列室裡的人都趕走。然後把大樓裡每個人的姓名和地址都記錄下來。」

「是，先生。」

就在最後一句話離開他的嘴唇之際，這個忙碌的傢伙已經跑到了大理石臺階的中段。他的一些朋友叫他「閃電」，可能是因為他行動敏捷，而且無聲無息。此時那位老偵探把館長拉到了一旁。

「當那些人下樓時，我們要觀察一下他們。有人說我閉著眼睛就能指認出一個目擊者，讓我們看看當我睜開雙眼時能做些什麼。」

「有年輕人和老人，有富人和窮人，」當大約十幾個人出現在二樓樓梯平臺上時，館長輕聲嘀咕道。

「是的，」老偵探嘆了口氣說道，當那些男男女女從樓梯上魚貫而下時，他仔細地觀察他們每一個人，「從這個實驗中我們得不到太多的東西。他們之中沒有一個人迴避我們的目光。觀察他們的情緒就足夠了，但目前看不出什麼端倪來。嗯，我們就把他們交給斯威特華特好了。我們的正事在樓上。」

館長向他伸出了手臂。老偵探向前走了一步正要接受他的幫助——突然間帶著平靜而自信的神色挺直了腰板。

「多謝，」他說，「不過我可以獨自前去。風濕病是我的煩惱，不過近來天氣暖和，風濕病對我可憐衰老肌肉的折磨已經減輕了。」他沒有說饒有興致的一次調查也會具有大致相同的效果，可是館長認為事實就是如此，這可能是因為他自己也感到躍躍欲試的緣故吧。

既然這些經驗老道的警官在面對被害人死亡過程的所有階段都必定是鐵石心腸，那麼，這位上了年紀的老偵探就不帶一般情感地來到死去女孩的面前，並且第一次當面注視這位因為兇手精神失常或者道德偏差而遇害的最新被害人。這麼年輕！這麼純真！這麼美麗！這是一個女學生，年紀頂多那麼大，無論是從她外在的相貌還是從衣著的精緻度來判斷，都能確定她出身於中等以上的階級。沒有證據顯示出她很富裕，不過從她衣著上的精緻剪裁和她對細節的精心關注，不僅顯示出她與生俱來的品味，也證明她富有教養。在她胸口上那支殘忍的箭射入的正上方，一個新鮮而盛開的花束仍然散發著香氣——這個悲慘的細節激起人們對此一突發死亡事件的同情。而她別上花束時帶有的那種愉悅，似乎仍然縈繞在她四周。

老偵探對眼前這感人的情景未發一語，卻伸出手來，用父親般肅穆的心情闔上女孩呆滯雙目上的眼皮。對這個無辜死者做完這一舉動，他詢問是否有找到任何東西來確認這位年輕女孩的身分。

「當然了，」他說道，「她應該有隨身的錢包或手提包。所有年輕小姐都會攜帶它們。」

聽完他的話，值班的警官把手伸進自己碩大的口袋裡，拿出一只綴滿珠飾的小巧包包，然後把它遞給了老偵探，一邊簡短地說道：

「都是一些無用的東西。」

事情確實如此。包包裡只有一條手帕——手帕上綴著繡花圖案，卻沒有姓名開頭的縮寫字母——還有一本備忘錄，上面一個字也沒有寫。

「即使有路可走，也是一條死胡同。」格萊斯先生嘀咕地抱怨道。他命令警官盡可能準確地把包包放回它被取走前的位置上，然後就和館長一起前往B房間。

原本格萊斯先生期望會遇到一個精神失常的女人，然而當他進去B房間時，泰勒女士的表情卻令他十分訝異。她的態度裡潛藏著一種平靜，人們幾乎無法預料在一個受瘋狂驅使而犯下罪行的女人身上，竟然可以看見這份平靜。無疑地，精神失常的病患無法展現出那種克制力；當她那呆滯而堅定的面容被長時間審視之後，神經錯亂也不會喚起這種敬畏的感覺。只有最強烈、最莊重的哀痛才能解釋她的面容，當那位視人生悲劇如家常便飯的偵探接受了這件案子出人意料的謎團時，毫無疑問，他帶著一種職業的快感意識到，眼前的這樁案件需要依據經驗來加以判斷，而在過去四十多年裡，他資深的判斷能力令他變得威名赫赫，他的履歷因此留名在這個大都市的警方紀錄中。

她坐在那裡，旁邊還坐著一位同情她的年輕女士。羅伯斯先生站在一扇落地窗前，離他不遠處站著一位穿著博物館制服的男子。

當這個女人看到老偵探神色威嚴地向前走來，她（老偵探捕捉到她的目光）試圖掙扎著站起來，但在無望的片刻努力之後，她打消了念頭，又跌回到椅子裡。她的舉動裡絲毫沒有做作的樣子。儘管天生健壯，但此刻的情緒使她虛弱不堪，她連站也站不起來。格萊斯先生對此深信不疑，並且不由自主被她高貴而耐心的神色感動了，因而在發問之前，他表示了歉意——對他而言，這樣的舉動頗不尋常。

他無法分辨她是否聽到了他的致歉。但是當他問及她的名字和住所時，她是相當樂於回答的——對於第二個問題，她是這麼回答的：

「我住在卡爾德隆，就是六十七街的一間家庭旅館裡。我的名字」——說到這裡她停頓了片刻，舔舔嘴唇——「叫泰勒——厄門特魯德．泰勒……其他的沒什麼好說了。」她迅速補充道，她說話的嗓音引起每個人的注目。然後她更為平靜地說道：「你們可以在旅館的登記簿裡找到我的名字。」

「妳是已婚婦女還是寡婦？」

「寡婦。」

多麼動人的聲音！它是這般觸動每個人的心靈，喚起此處每個陌生人的同情！當最後一句話落下時，房間裡的每個人都被觸動得心神不寧。甚至她自己也對這樣的嗓音感到驚訝。也許，隨後而至的凝重的沉靜也撼動了她，她壓低嗓門，接著說：

「一時半刻裡，我成為了一名寡婦。那就是為什麼我仍未換上喪服的原因，但是正如你們所見，我被摧毀了——遇害了！遇害了！」

事情清楚了。聽完她這樣的說法之後，她身邊的人都明白了她的情況。館長和格萊斯先生交換了一下眼色，羅伯斯先生從房間角落裡走過來，可以看出她的話語對他產生了某種影響；他在老偵探耳邊輕聲說道：

「你需要找一位精神科醫生。」

她聽到這句話了嗎？她似乎是聽到了，因為她迅速激動起來並且帶著憤怒的語調大聲叫嚷道：

「你們不能理解！我明白我必須把人生的苦酒一飲而盡。我的意思是：我的丈夫今天早晨還活著——一直到這棟大樓裡的鐘敲響十二點的那一刻，他還活著；我是從我胸口充滿快樂的希望，瞭解到這一點的。但是正午的時鐘敲響後，突然的打擊就降臨了。當我俯看著這個突然倒在我腳邊的可憐孩子時，那個幻影來了，我看見他從距離非常遙遠的那端注視我——穿過一座無邊無際的沙漠——唯有死神才能造就那樣一種謀殺或者使他的剪影看起來是那麼可怕。他死了。在那一刻裡，我感覺他的靈魂消逝了；所以我說我是一個寡婦。」

這些是胡言亂語嗎？不，她表露出平靜與肯定的語氣，那種感人至深且如此動人，而無須訴諸言語的悲傷，都顯露出一種自信；她堅信自己已經遭遇到了警告。儘管在場的人可能沒有一個人會相信任何形式的神秘主義，但是大家都普遍傾向於同情這個女人，這種同情使得格萊斯先生不再糾纏於這個女人究竟是不是瘋子的問題，放棄了爭論之後，他繼續進行相關的詢問。他果斷地改變詢問的方式，隨即請她講述她是如何跪倒在遇害少女的身邊，以及為何她會手按著箭柄不放。

「請給我點時間清醒一下。」她懇求道，一隻手蒙住了雙眼。然後在眾人的等待中，她低聲叫道：「我在受罪；我在受罪！」她一躍而起，卻再一次跌回椅子裡，模樣呆滯而且虛弱無力。但只過了一會兒：隨著激動的情緒發洩過後，她恢復了自制力，然後帶著顯著的鎮靜回答了偵探的問題：

「我像任何其他參觀者一樣正經過陳列室，這時一位年輕的女子從我身邊衝過去——突然停住了——雙臂向上舉起，然後仰面倒在地上，一支箭刺入她的心臟。下一刻我立即跪在她身邊，並且伸出手去拔這枝可怕的箭。但我有些害怕——我曾經聽說過這麼做有時候會導致死亡，而正當我猶豫的時候，那個幻影出現了，它吞噬了一切。其他的我就想不起來了。」

她再度瀕臨崩潰；可是作為一個具有強大意志力的女人，她克服了自己的虛弱，並且耐心等候下一個問題。毫無疑問，下一個問題與她期待的截然不同。

「那麼，妳是否明確否認：妳在這樁少女離奇死亡案件中有任何直接的關聯？」

女人遲疑了一下，似乎在理解他的意思。然後她緩慢且令人印象深刻地回答問題：

「是的，我否認。」

「妳當時是否看見了射箭的那個人？」

「沒有。」

「當那支箭擊中女孩的時候，是來自哪個方向？」

「來自對面的露臺。」

「妳當時是否看到有任何人在那兒？」

「沒有。」

「可是妳聽見了射箭時的聲音？」

「聽到？」

「從弓上射出的箭矢在飛行時會發出颼颼聲。難道妳沒有聽見那種聲音嗎？」

「我不知道。」她顯得憂心忡忡且毫無把握。「我不記得了。我沒有想到會有這種事情——我毫無心理準備。一支箭出現在我眼前——一枚致命的箭——射進無辜女孩的胸膛，這使我渾身充滿了難以言喻的悲傷和恐懼。如果我丈夫的幻影沒有隨後出現，我可能會記得更多。就這些了，我已經把所有事情原原本本說了一遍。請原諒，我想要離開了。我不適合再留下來。我想回家——想得到我丈夫的消息——透過信件或者電報，瞭解他是否確實已死。」

格萊斯先生讓她講述完這段話。在一次非正式的訊問中，很容易預見這樣一位目擊者的煩躁情緒。當她說完最後一句話，隨之出現了在場某些人後來所宣稱的一種渴望式沉默；此時，格萊斯先生才利用偵探的特權說道：

「我很樂意釋放妳。一旦條件允許，我就會那麼做。不過我還要再問一兩個問題。妳是否對於當時在妳四周的印第安人聖物很感興趣？妳有沒有順便觸摸過它們？」

「不。我對它們沒有興趣。我喜歡玻璃器皿、青銅器、瓷器——我痛恨武器。從今往後，我將永遠痛恨它們。」然後她開始顫抖。

老偵探迅速低下頭去，靠近她耳邊低聲說：

「有人告訴我：當妳的注意力受到這些武器吸引時，妳跪倒在地，並且在這個死去女孩的耳邊嘀咕些什麼。對此，妳如何解釋？」

「我想請她捎帶口信給我的丈夫。我感覺——對你們而言，這可能顯得很奇怪——他們一起逃離了塵世——而我想要讓他知道，我會對他忠貞不渝，而你不會想讓我在此重複其他愚蠢的事。這就是你想要瞭解的一切？」

格萊斯先生鞠了個躬，用懷疑的目光瞥視了館長一眼。當然就奇怪的程度而言，這件案子超越了多年來他所偵辦的任何案例。如果把這個女人排除在外，該如何解釋這樁他即將調查的離奇死亡案件呢？正當他盤算如何盡可能地向她說明繼續拘留她的必要性時，他聽到站在她附近的那位年輕女士輕聲驚叫起來，順著她手指的方向，他發現房間裡突然降臨奇異的寂靜，是由於某種原因；原來泰勒女士在椅子裡暈了過去。

III 「我有東西要給你看」

格萊斯先生利用短暫的混亂時刻溜出了房間。他後面跟著館長，館長似乎極度渴望交談。

「你看到的！瘋得像一隻三月的野兔！」他們背後的門一關上館長就急切地叫道，「我敢說我不知道更同情哪一個，那位女士的受害者還是她自己？她們之中的一個已經擺脫所有的煩惱；而另一個——你認為我們是否該找個醫生來照料她？還是我該打通電話？」

「不必。在採取任何決定性的步驟之前，我們還有很多情況要瞭解。」老偵探注意到他對於困難局面出乎意料的暗示，引起了館長的詫異，在他前往樓梯口的途中，他停頓了一下，試探性地問了一個獨具他個人風格的問題：「那麼你仍然認為那個女孩是被這個女人捅死的？」

「當然。除此之外，還能有其他解釋嗎？你看到箭是來自哪裡。你看到了那個地方陳設唯一一張弓，就高高地懸掛在牆上，而且沒有上弦，你也目睹這個女人不顧後果的精神狀態。當她看到那些觸手可及的箭支，毫無疑問地，就激起了平時潛伏在她極度情緒化性格裡的嗜殺狂熱；而當那位洋溢清新、年輕活力的女孩從她身旁經過時，必然的結果就發生了。我只希望沒人會要求我去面對那可憐女孩的父母。我能夠對他們說什麼呢？其他人又可以說些什麼？然而我不明白對於這樣一樁從未發生過的襲擊事件，我們能夠擔負起什麼樣的責任，你覺得呢？」

格萊斯先生沒有回答。他轉過身去，背部朝向樓梯口，心想：這樁殺人慘劇如此罕見，在他長期偵探生涯所奉命調查的幾百件案子裡都找不到先例，那麼館長說的這種簡單的解釋是否能讓當時博物館大樓裡的所有人滿意呢？他目前的任務就是要調查清楚——目前聚集在樓下的十幾個人裡面，搜尋和調查那個目擊或者聽見微小細節的證人；而這個尚未揭示的細節將為破案增添希望的曙光。而他的內心——或者我們不妨說這個潛心研究人類心理的年長鑽研者具備幾乎不會犯錯的本能——不會從泰勒女士似乎怪異且莫名其妙的舉動中，就毫無質疑地判定她的外貌顯露了突如其來的瘋狂。儘管很可能她用已知的方式進行了致命的襲擊，他心裡同樣清楚她不會在狂暴時那麼做。他瞭解發狂的眼睛會是什麼模樣，他也瞭解鋌而走險者的眼神。儘管她的故事很荒唐，他認定自己會相信它，而不願接受任何推論將這宗罪行的奇怪特點歸因於精神病患無責任能力的行為。

然而，他沒有向任何人吐露自己的感受，而是急切地對樓下的人群進行調查，當他正要往樓下走時，他發現他自己以及館長的注意力被一個匆忙穿過北邊陳列室、走向他們的青年男子吸引了（如你記得，這樁慘劇發生在南邊的陳列室）。他穿著博物館的制服，走得相當快，而且明顯帶著慌張的情緒，所以老偵探本能地問道：

「那個人是誰？是你們館裡的職員嗎？」

「是的，那是科瑞，我們最有教養而且最受信賴的管理員。看起來他好像有事情要告訴我們。嗨，科瑞，有什麼事？」當這個男子出現在他們站著的樓梯平臺上時，他問道。「有沒有新的情況？如果有新情況，就直接說出來。格萊斯先生急於搜集所有的證據。」

帶著令人愉快的坦率態度面對那個引見給他的著名偵探，年輕人驀地停住腳步，敏銳而仔細地打量了他一眼，然後才大膽說出了偵探所需要的訊息。

年輕人這麼做是因為他所要傳達的訊息的重要性嗎？從他故意壓低的激動嗓音可以察覺，事實可能就是如此。在迅速且極為滿意的打量之後，他用手指指向老偵探的背後，那個他剛走過來的方向，簡短地說道：

「我有東西要給你看。」

有東西！就在剛才格萊斯先生還在探詢這件東西的存在之時，我們可以想像他行動敏捷地跟隨這個新的嚮導，走進了一個引起他最大興趣的場所。如果那支致命的箭碰巧是由一張弓所發射出去，而不是被當作標槍來使用，那麼箭就不是從大樓其他地方射出去，而是從這間陳列室所射出去的；如此一來，對於這一點的任何證明就會產生一個效果：就是讓那位留給他深刻印象的女士免於遭受任何指控。他穿過一號展示區，然後進入二號展示區，這時館長也走了過來；他們一起進入了三號展示區。

對於那些沒有參觀過這間博物館的人來說，更為具體地描述這些陳列室，可能會讓他們欣然表示贊同。陳列室被用作前後排房間之間的連結建築，它們也用來展示某些精選物品；這些物品占據極小空間並且或多或少具有裝飾性質。為了這個用途，每個空間都被區隔成由拱門所連接的五個展示區。這些拱門比那些直排開向展廳的拱門更加狹窄，但同樣具有裝飾性。在五個展示區裡，左邊或右邊中央的空間比其餘展示區的面積還要寬闊很多；除此之外，它們沒有什麼區別。

科瑞此刻正站在一個較大展示區的正中央，等候他們過來。他們剛剛經過的兩間展示區裡陳列著展示櫃，櫃子裡面裝有珍稀品，然而在這個展示區裡，除了一幅幾乎遮蓋住整片牆面的掛毯之外，什麼也看不到，掛毯底端兩側的座墩上各擺放一個價值連城又其醜無比的花瓶。這確實是一種極具裝飾性的擺設，但是令犯罪調查者深感興趣的地方在哪裡呢？科瑞很快就會為他們指點迷津。他意味深長地指向掛毯並急切地嚷道：

「你們看到那幅掛毯了嗎？自從事故發生以來，依照很多人的要求，我在這座大樓裡上下飛奔，並且多次在掛毯邊跑過去。不過就在剛才我稍作休息時，才想起掛毯後面隱藏著一扇門。這是一扇廢棄的門，所以，我沒有理由認為對面陳列室裡發生的年輕女孩謀殺案，和這扇門之間有任何關聯。儘管如此，我覺得去瞧瞧它也沒什麼壞處，於是就從我當時所在的前廳跑了過去，我一拉起掛毯就看到了——還是等一下讓你們自己瞧吧。那樣會好一些。」

館長和格萊斯先生面對著掛毯站在那裡，科瑞跑向高高聳立的座墩的另一邊，側身站到座墩後面，一邊從牆壁上拉起掛毯，一邊叫他們過來看看掛毯背面的東西。館長毫不遲疑地行動了；他簡直像這個年輕人一樣身手矯捷地跑了過去。

可是這個偵探還是一副不慌不忙的樣子。儘管千頭萬緒縈繞在腦海裡，他還是停下來，用目光逡巡一遍二樓陳列室和一樓的大廳，然後才讓那一雙雙窺探的眼睛看見他的身影。格萊斯先生很滿意自己可以不受阻礙地自由採取下一個步驟，正當他想要轉過身去，突然間一項新的發現觸動了他，讓他再次站住了。

他注意到科瑞握著的沉重掛毯在顫抖，除了他之外，還有其他人注意到這一點嗎？如果某個在一樓展示廳閒逛的人碰巧抬起頭張望——不過不可能發生這樣的事，聚集在那裡的少數幾個人距離這裡太遠，看不到二樓陳列室裡的這個位置當時發生了什麼事；因此他不再深陷於這一點推論，就走向座墩旁的科瑞，並按照他的示意順利地繞過座墩，擠入了他們為他預留的狹小空間，就在掀起的掛毯和牆壁之間。一心等待老偵探前來探看的館長發出一聲叫嚷，為偵探增添了幾分觀察的興趣；單單看到一扇熟悉不過的舊門，是不會令館長如發現新大陸般，發出驚訝的叫嚷。他看到了什麼？即使館長具備累積多年、洞悉奇聞的經驗，可藉此來促進自己的想像力，他也猜不到會看見什麼。不過當他的眼睛一旦適應了科瑞在他面前展開的那個半明半暗的狹小空間，他看到的就不單是一扇門，而是放在裡面的東西；他認為他本該猜到——如果是在十二年前的話，他肯定會猜得到。

那是一張弓——它不像高掛在阿帕契族印第安人展品中的那張弓，而是一張做工堅實、已經穿上弦並且隨時可用的弓。

這個發現儘管出人意料，卻十分重要，它立刻排除了泰勒女士的作案嫌疑，而把整個案件提升為一樁頭等級的謎案。格萊斯先生憑藉長期的習慣，他成功隱藏了自己極度滿意的情緒，卻因為案情發生徹底轉變而無法掩蓋隨之而來的困惑。館長似乎也深有同感，當科瑞詢問館長是否認為這張弓屬於博物館的館藏時，他懷疑地搖了搖頭。

「我有充分的信心來回答這個問題，」他毫不猶豫地說，「就我在此處看到的景象而言，我要說它不屬於館內的任何展示品。」

「我也肯定它不是。」科瑞附和道。然後斜瞟了格萊斯先生一眼，他補充道：「我是不是該擠進去掛毯後面的空間，把它拿出來？」

老偵探聽了這句話後，猶豫了片刻；然後顯露出某種可能在這種場合下常見的神情；帶著漫不經心的態度，他問起這扇如此巧妙隱藏的門通往何處。館長回答了這個問題：

「這扇門通向一部歪歪扭扭、非常危險的樓梯。而這座樓梯直接通往我的辦公室。可是這扇門已經廢棄好多年了。瞧！這扇門的鑰匙掛在我的鑰匙圈上。沒有第二把鑰匙。我在此處任職後不久，就遺失了另一把一模一樣的鑰匙。」

老偵探繞著座墩倒退走了幾步，又上下打量陳列室周圍並望向展示廳。不過，除了對面的警官，沒有人暗中注視他。

「目前我們要把弓留在原地，」他做出決定，「我們三人要保守祕密。」他示意科瑞放下掛毯，並站在那兒看它歸回原位，直到掛毯再度垂直不動，掛毯的一邊緊貼牆壁，另一邊碰到了地面。掛毯是否有足夠的重量把弓推回原位並緊靠著門邊？是的。無論受過什麼樣的訓練，人的眼睛都無法根據沉重掛毯上任何凸出來的部位，察覺到弓的存在。他可以放心地離開現場；他們會一直保守這個祕密，直到他們選擇公開它的時刻到來。

當這三人沿著原路返回時，館長認真地盯著老偵探看，而老偵探似乎陷入了一種焦急的狂想之中。能不能用提問的方式打斷他的思緒？如果現在發問，能不能獲得坦率的回答？老偵探腳步沉重地行走著，不過，高度警覺的館長能夠當下看出這是由於他全神貫注地進行沉思。他敢打擾偵探的思考嗎？當他們走到分隔兩間陳列室、位於西端的寬闊走廊時，他才提起膽量說：

「剛才的發現扭轉了案情，不是嗎？我可以問你現在打算怎麼做呢？我們能幫你什麼忙？」

老偵探可能聽到了他這一番話，也可能沒有聽見；儘管他踩著呆板的步伐繼續前進，但無論如何他沒有答覆，直到他再度站在通往一樓大廳的大理石臺階的頂端。原先那縈繞在他內心的不確定感，此時似乎已經離他而去，儘管他看起來仍然顯得老態龍鍾而且憂慮不安（或許館長就是這麼認為）；他站在那裡，目光從一樓的大理石壁龕掃視，然後瞄向二樓分列他兩邊的陳列室，接著又掃向那個高聳且防護大樓梯井的雕花欄杆後面，那個看來似乎空蕩蕩的空間。比他年輕的人會做得更好嗎？情況也許如此。然後瞬息之間毫無任何預兆，八十多歲老偵探的整個表情都改變了，然後他轉身微笑看那兩個焦急盯著他的人；他帶著平靜的喜悅大聲說：

「我有主意了。跟我來瞧瞧我如何進行計畫。」

他的外表和行動變成了另外一個人，他身上那一簇早年天才的火花原本幾乎要熄滅，突然再度熊熊燃燒起來。驚訝的兩個人急忙跟上他，期待著未知的事物。但是他們的熱情受到了壓抑，因為下樓時格萊斯先生再次轉過身來對他們說：

「我先前忘了。我有事要先去處理。請你們先確保一樓的人保持冷靜，我和泰勒女士會很快跟你們會合。我們下樓後，不該讓泰勒女士留在二樓。」

對他的意圖不再做進一步的解釋，他轉過身去，徑直前往B房間。

IV 關鍵步驟

他發現這個不幸的女人已經完全從昏迷中甦醒過來，但是情緒仍然十分沮喪，並且思路毫無條理。他馬上前去安慰她，因為他想要問她一個問題，而這個問題需要理智的回答。從他的調查中，解除了她在這樁慘案的所有作案嫌疑，他慷慨地承諾會盡快釋放她。看到這句話極大程度地鎮定了她的情緒，他轉向仍在房間裡的羅伯斯先生和那位照料她的年輕女士，告訴他們不必再費心了，並且樂見他們和一樓的人們會合。

房門關上了，格萊斯先生發覺這是事件發生後，自己第一次和泰勒女士獨處，他挪近一把椅子到她的身旁，並且用慈善的長者口吻說道：

「夫人，要妳重複一個先前已經回答過的問題，我為自己的殘忍感到內疚。不過案情要求我必須如此，而且我現在就要問妳；當這位年輕的女孩突然倒在妳腳下時，妳第一眼看的是她，還是對面的陳列室？」

片刻之間，她的眼神攫住了他的目光——對他而言，這種情形非常罕見。

「是她，」她激動地說，「我沒想過要看別處。眼見她倒在我腳下，又側身倒在我的膝蓋上。誰不會那麼做！誰會看到一切，只是那支箭——那一枚箭！哦，太可怕了！別讓我回憶了。我夠悲傷了——」

「泰勒女士，我對妳深表同情。但是妳必須瞭解這件事對於我的重要性，我要確定對於箭射出來的那個地點，妳什麼也沒有看見，這將有助於我們找出這起事件的罪魁禍首。如果有逃逸的身影上上下下地穿梭在對面的陳列室，哪怕是遠處牆上正對妳的那幅巨大掛毯上有些微的動靜，可能都將給我們提供一絲線索。」

「我什麼也沒看到，」她態度冷淡且極端堅定地答道，「只看到了那個死去的孩子和浮現在我腦海裡的淒涼景象。我懇求你，別讓我再談這件事。我會說瘋話的，我希望你看到我神智正常的一面，那樣你就會允許我回家了。」

「在驗屍官見過妳之後，妳就可以離開。我們一直在等他。現在，如果憑藉妳的毅力，能夠親自向我說明這一點：當這個年輕女孩衝向妳身旁又突然間死去時，妳當時站在哪裡？如此一來，就能盡快釋放妳；也能夠在一定程度上，協助我們調查案件。」

「你是說讓我回溯到那個——那個——」

「是的，泰勒女士。如果妳願意，妳當然能做得到。當妳有時間思考時，就會像我們一樣竭力地想知道是什麼人的疏忽（這麼說比較委婉）造成了這個孩子的死亡。儘管事實可能證明在那個致命的時刻，妳站在哪裡無關緊要；不過在驗屍時，這個問題肯定會被提出來。既然妳有能力正確回答我的問題，我勸妳在記憶因時間流逝而逐漸模糊之前，和我一起回溯妳當時所在的確切位置。然後，我們一起下樓，我會讓人帶妳到一處安靜而不受打擾的地方，一直到驗屍官出現。」

如果她是一個軟弱的女人，她將會因為他的話而崩潰。可是她非常堅強，在起初的畏怯之後，她顫抖著站了起來，並表示跟他去案發現場的意願。

「她——她獨自一人在那裡嗎？」當他們穿過那條分隔他們所處的房間和陳列室的走廊時，她問了這唯一一個問題。

「不是——妳會發現一位警官也在那兒。我們不能讓那裡處於無人看守的狀態。」

他沒有注意到她是否顫抖了。她已經運用全身所有的力量來面對這項考驗，所以她跟隨著他，沒有再說一句話；帶著巨大的心理創傷，她重新進入了先前離開的地點，停下來看一眼那個躺在冰冷地板上的死屍，而且只看一眼；那死去女孩的甜美臉龐，可以感覺到死去女孩朝她微笑著。然後她盡可能準確地告訴格萊斯先生，當那支致命的箭頭擊中那個可憐的孩子，而幾乎使那孩子向後跌落她的懷中時，她在驚懼中躑躅的位置。

老偵探看了一眼對面的陳列室，轉身向那名站在鄰近展示區旁的警官說話。

「記住這位女士剛剛站住的位置，」他說，「守在那兒，直到你再度聽到我的命令。」

然後他把手臂伸給泰勒女士，領著她走了出去。

「我注意到當時妳靠近那俯瞰一樓大廳的欄杆時，這可怕的情景阻攔了妳。」當他們穿過陳列室，走近它較低的一個出口時，他開口說道。「妳當時在想什麼？想近距離看一眼那邊的掛毯和兩個巨大的花瓶？」

「不，不。」此刻她似乎承受著一種幾乎難以忍受的緊張感。「是展示廳——我可能在展示廳看到的東西。啊！」她激動地喊叫：「孩子！孩子！那個無辜、標致的孩子！」

然後她甩開他的手臂，撲倒在一面牆上嚎啕大哭起來。

他任憑她在幾分鐘內宣洩痛苦，然後他又讓她搭著他的手臂，陪她下樓走到展示廳，把她託付給科瑞。他盡可能大膽地藉由這個處於歇斯底里狀態的女人，達到自己的目的。同時，他不能再拖延一項重要的實驗，他希望通過這項實驗來破解這樁謎案。

接過斯威特華特交給他的紙條，他穿過展示廳來到眾多參觀者被扣留的地方。在這些參觀者之中，有些顯得非常抗拒，有些相當配合；他們有的圍成一圈，有的並排坐在特意擺放於他們面前的長椅上。當他面對他們時，他的臉上就綻開慈祥的微笑，這副笑容在過往的歲月裡令他備受愛戴。他舉起一隻手，讓大家把注意力集中到他身上；然後，當他確信他們都能聽到後，就帶著一種平靜而鄭重的語氣對他們說話（這種語氣不會使他們分心）：

「我是格萊斯警探，警察局派我來這裡調查這起非常嚴重的案件。在驗屍官到來之前，我是這裡的負責人，作為負責人，為了你們在協助調查時可能會經歷的任何不快，我請求你們諒解。一個小時前還充滿活力的一個年輕女孩陳屍在樓上的陳列室裡。我們不知道她的名字；我們不知道是誰殺了她。但是這裡的某個人是兇手。那個有意或無意射出那支致命一箭的男人或女人現在和我們同處於這座大樓中。這個人沒有坦白。如果他現在坦白的話，他會替我們和他自己省去無盡的麻煩。請那個人坦白。我給他五分鐘時間來招供。五分鐘！如果那個男人明智的話——或者那是個女人？——他就不會讓我們等待。」

一陣沉默。人們的腦袋在搖來晃去，眼睛互相凝視，每張臉都顯得激動，但無人說話。格萊斯先生轉過身去指向牆上的鐘。所有人的目光都盯著他看——但仍然沒有任何男人或女人說話。

一分鐘過去了！

兩分鐘！

三分鐘！

沉默變成了一種預兆。最初在人群中發生的不由自主、整齊劃一的晃動和凝視突然停止了。他們在等待——所有人都在等待——一邊等待一邊眼睛盯著分針在鐘面上緩緩前行；老偵探的目光也隨之而轉動。

四分鐘過去了——然後是五分鐘——沒有人開口說話。

格萊斯先生歎了口氣，轉過身來再次面對人群。

「你們必須明白，」他平靜地宣布，「這件案子很危急。你們一共是二十二個人，卻沒有一個人說出半打話來讓其他人擺脫目前尷尬的處境！在這種情況下，我們還能做什麼？我的經驗告訴我只有一種做法：把這次調查縮小到那些人身上——你會發現他們為數不多——由於他們靠近案發現場，或者基於其他同樣貼切的理由，可能被視為驗屍陪審團的目擊證人[1]。無疑我們可以很快完成這項實驗，我將要求你們每一個人回到第一次警報響起的時刻，重新占據當時你們在這幢大樓裡的確切位置。我會從館長本人開始執行。朱厄特先生，請你回到最初得知案件發生時所占據的房間；如果可能的話，回到準確的地點上，好嗎？」

站在他身旁的館長迅速鞠了一躬，轉向大理石臺階，並迅速登上臺階。看到他展開行動，人群中發出一陣低語聲，並一直持續到他消失在右手邊陳列室的深處。然後，格萊斯先生的手勢打斷了人們低語的聲音，然後帶著一種易於理解又扣人心弦的興致，他們全都等待著他的下一句話。這句話很簡單。

「我們都要感謝朱厄特先生，因為他對如此非比尋常的請求，迅速地配合。這麼一來，他使我的任務相對變得輕鬆了。」

然後，看了一眼斯威特華特為他整理的清單；上面列有姓名和地址，他補充道：

1 由驗屍官所召集的負責對某人的死因進行調查的陪審團。

「我會按照清單上的紀錄一個個念你們的名字。如果每個人聽到自己的名字後能迅速前往案發時的位置並待在原地，直到我年輕的助手對此加以記錄，那麼我們就能立刻完成這項工作。另外」——這時他覺察到人群裡有好幾個人聳了聳肩膀，還有幾個人投來質疑的目光——「一旦叫到各位的名字，我不會接受任何『忘記了』之類的藉口。你們必須明白，每個人都要回到慘案的驚叫聲響起的那一刻，你們各自所站的位置上；如果在這個問題點上，任何人意圖誤導我或者其他人，只會使自己蒙受不必要的懷疑。別忘了，這裡有很多人，所以沒有人可以確保在那個緊張時刻，他自己的行蹤可以逃離他人的注意。聽好了，當我報到你的名字時，要迅速到達原位，不論這個位置是在一樓還是在二樓的房間或者陳列室裡。——愛麗絲・李女士！」

你可以想像，當他呼叫名字的時候，那些男士和女士們是多麼的慌張、激動，而且都帶著茫然的表情。但是每個人都毫不猶豫地行動了。在老偵探開口報出她的名字之前，李女士已經站在一尊雕塑的另一邊。她的行動為後面的人做了榜樣。就像被點到名的士兵一樣，每個人都按照命令行事，有的前往這個方向，有的前往那個方向，直到抵達準確的地點。

只有六個人跟著館長到了樓上——一位老太太一面緩慢走上大理石臺階，一面使勁地搖頭；科瑞；一位腋下夾著一包書的男士（就是在二號展示區細究古錢幣的那個人）；一對年輕夫婦，他們的行為明顯表露出不情願的樣子，所以當他們猶猶豫豫地上樓時，許多人的目光都跟隨著他們。這對夫妻相互勾著手，緊緊靠在一起，不時地在臺階上停下來，臉上帶著明顯的怨氣互相凝視；一個滿面笑容的十四歲的男孩，他愉悅地一步跨三個臺階，然後以一個站崗士兵的準確度，站穩二樓某個門口的位置上——他是一個道道地地的童子軍。

清單上有二十二個名字，叫完第二十二個名字後，格萊斯先生注意到他面前形形色色的人已經走空。轉身過去看結果時，他飽經風霜的臉上閃現出一絲滿意的神色。他把這個辦案手法看作一次展現他天才的機緣，而且一點也不亞於他輝煌時期的傑作，所以他不該受到指責。藉由這個手法，他等於是把時間回撥了整整一小時，就像使用魔術師的魔杖一般，復原了初次警報發出時那個致命時刻的情況。當然，知曉那張隱藏的弓之後，他現在應該能夠抓住那個利用這張弓、射出致命一箭的人。無論一個人的足跡多麼鬼祟、行動多麼迅速，從射箭到驚恐的叫喊聲引來群眾圍觀的幾分鐘裡，在所有人到達阿帕奇展示區之前，兇手不可能距離弓箭所在的陳列室太遠。他將從這份紀錄中找到那些可疑的男人或女人，因為他們最靠近北邊陳列室那扇隱蔽的門；他們必須好好地為自己解釋一番。在這種情況下，就連館長也逃脫不了犯案嫌疑。

然而，說實話，格萊斯先生毫不擔心上述那樣令人尷尬的結果將出現在他的調查中。他注意到這對夫婦毫無顧忌地把他們的恐慌暴露在眾人面前，他判定這個男人就是一個蠢貨，他會在愚蠢的時刻拿起弓箭，瞄準一個假定的目標，以測試自己的本領。事實就是如此，相對應的結果應運而生。這個男人是個呆子，而這個女人是個傻瓜；問他們幾個問題，他們也許就會伏首認罪——也就是說，如果真相是他們距離掛毯夠近，就會證實他的懷疑；如果真相並非如此——相反的情況也會引起他的興趣，他將迫不及待地前往樓梯。

到達樓梯前，格萊斯先生必須經過那些因為命運安排而圍繞在展示廳雕塑四周的幾個人。對於自己預料將在樓上發現的景象，他並不太在意，他會深感興趣地注意這些人，或者至少他們之中的大多數人，是如何徹底接受現狀；也就是說，他們究竟會如何回到警報來臨前的準確位置，並擺出準確的姿勢。那些當時正欣賞壯觀的人體軀幹雕塑或精雕細琢的古戰車的人們，仍然表現出欣賞的樣子。先前往東走的男人或女人仍然面向東方；那些正要走進某些房間的人停在一個個門口，背部面向展廳。

遺憾的是，他沒有注意到所有這些情況，而且只是粗略地掃視這些按照他的意圖而四散的棋子似的人們。當他向上走到一半的樓梯時，思索了一下，然後回頭看到景象已經改變。他走動時，大家的興致已經消減了，戲劇性的場面不再顯得突兀。到那時為止，沒有人膽敢離開自己的位置，但所有人都朝著他的方向看；許多人的臉上即使沒有流露出極度的不耐煩，也顯露出疲勞的跡象。先前他命令他們站著，他們就站著，但是當他上樓時，讓他們一直留在原先的位置上就一定會讓他們感到難受。令人感興趣的地點位於南邊的陳列室。如果他們能夠跟著他去那兒——

他們的想法都流露在臉上，也許狡黠的老偵探也察覺到了；但如果情況確實如此的話，他就應捫心自問他們的推斷是否完全正確。在過去的半小時裡，引人關注的地點發生了變化；在這些人之中，大多數人認為他在尋找那名目擊證人，那個證人能告訴他發生在陳列室裡的兇殺案情況，而實際上，他是在尋找那個能夠向他補充說明正對面陳列室情況的人。可能無法在陳列室裡找到這名目擊證人，甚至在二樓也找不到。目前他眼前的一樓展示廳裡那群擺姿勢的人們，很可能其中有好幾個人在當時向上看了一眼，碰巧看到那幅巨大方形掛毯的一部分，而此刻他思索的正是這幅掛毯。他應該把這些人記下來。

十六個人！可以從臺階上看到十個人，看不到其餘六個人。在這十六個人當中，似乎只有下列的幾個人可以在未來的審訊中，提出辯解：第二、第六、第十、第七、第八、第十三個。老偵探把這些牢記在心裡，那些先前認為自己與案子完全無關、可憐又不幸的人，此刻在他眼皮底下又驚人地活躍起來，老偵探繼續往前走了。

正如你將看到的那樣，在南北兩間陳列室裡，視線可以從開往寬闊走廊的拱門一直望下去，完全不受阻攔，而離開中央樓梯的格萊斯先生已經走進了這條寬闊的走廊。所以，他只須判定哪間陳列室更有利於他即刻展開調查。

他決定前往北邊的陳列室，就是那間裝飾著掛毯的陳列室。在那裡無論找到誰，都一定能弄清楚射箭者的身分。正如眾所周知，這是因為在射出箭和發現受害人之間相距的時間非常短，即使用最快的速度也無法使藏弓人遠離射箭地點。可能——只是可能——他會進入面向走廊的四個大房間之一（走廊貫穿二樓的前沿區域）。不過格萊斯先生親自快步穿過陳列室，很快判定藏弓人並不在陳列室裡。

他沒有藉由迅速搜查那間我所提到的房間，來貫徹自己的行動，是由於他首先要在另一方面滿足自己的願望。

在哪一個方面？

在前往陳列室的途中通過後面的建築時，他注意到那道狹窄樓梯距離他的左邊還不到十二英尺。這道樓梯毫無疑問向下通往旁邊的通道。如果萬一持弓人逃向後面而不是前面，他可能會藏身在這段樓梯裡，因為「關上門！不要讓任何人出去！」的呼喊聲不可能使持弓的人迅速逃逸，所以他無法到達底樓。因此格萊斯先生又往回走，幾乎沒有停下來注意那個男孩正從A房間的門口使勁朝他看，他靠近了保護這座小樓梯的鐵欄杆，謹慎地望了過去。

那兒有人！一個男子正在往下走——不，往上走；從這個男子的臉龐和制服可以看出，他是管理員科瑞。

「那是你先前的位置吧。」他一邊示意他上來一邊俯身向他說道。

「我根據記憶站在這裡。當時我前去找朱厄特先生，我帶了口信，到了你現在所看到的位置，當時我聽到陳列室裡傳來了痛苦的呼喊。我就自然而然加快了腳步，瞬間來到了這裡。」

「你從樓梯平臺過來時，有沒有注意到在那邊門口盯著我們看的男孩，他和我們現在所看到的一樣，朝著同一個方向？」

「是的。我完全記得他當時的姿勢。」

「他當時正走出那扇門——而不是進去？」

「是的，他正跑出來。他也聽到了叫喊聲。」

「他跟著你進入這個陳列室？」

「在我之前進來的。他幾乎和那個從旁邊展示區過來的男子一樣快到達現場。」

「我明白了。這個男子怎麼樣？」

「我一進入第一個拱門時，這個男子就完全被我看見了。與其說他看起來很害怕，不如說他一頭霧水。他穿過相連的拱門時幾乎絆倒在那個女孩的屍體上；女孩被射死時離他很近。」

「那你自己呢？」

「從他的神色，我就知道可怕的事情發生了，當我看清實情後，我認為最重要的是下命令把門都關上。」

「你是主動這麼想的嗎？當時館長在哪裡？」

「看起來他距離不遠。不過他對自己做的所有事情都很專注，他不會浪費時間。射箭的人可能逃脫了。」

格萊斯先生從不讓自己——或極少——直接面對面地看別人；不過，他似乎總能夠對談話對象迅速做出評價。也許他已經對科瑞做出了正面的評價，因為當他非常坦率地對他說話時，絲毫沒有流露出懷疑的態度。他說的是：

「你當時行動得那麼迅速，一定是懷疑發生了兇殺案吧。」

「我不知道我在懷疑什麼。我只是根據直覺來行動。我認為我的直覺沒錯。你認為呢，先生？」

「我也認為沒錯。這個就不提了。你認為」——說到這裡，他拉著科瑞走進陳列室，以免讓那個男孩聽到他們的說話聲，而那個男孩正帶著十四歲少年的好奇心，全神貫注地注視他們——「在你匆忙跑上樓梯的那段時間裡，這個小伙子會從我們現在所站的地方偷偷地跑到你第一次見到他的那扇門嗎？他這個年齡的男孩行動都非常迅速，而且——」

「我明白，先生；我知道你的意思。不過即使他有能力這麼做——這一點我非常懷疑——他這個年齡的男孩是無法給弓上弦的，而且即使他發現上了弦的弓，他也無法射出一支威力大到足以殺人的箭。只有熟悉弓的功用的人才能成功地使用它。」

「那麼，你瞭解這張弓嗎？看到它比你說的距離更近——也許你就使用了它？」

「沒有，先生；不過我熟悉這種類型的弓，我擺設過很多這種弓。」

「在這棟大樓裡嗎？」

「是的，先生，而且在我待過的其他博物館裡，多年來我擺設、整理過各式各樣的印第安展覽品。」

「那麼，你認為我們在掛毯後面看到的那張弓屬於印第安人？」

「毫無疑問。」

老偵探點了點頭就逕自離開了。再和那個男孩聊一聊，他就可以隨意地到別處去。

事實證明這場談話令人愉快。儘管那男孩是一個活潑的童子軍，卻因為肚子太餓，所以其實很鬱悶。另外，他口袋裡有一張當天下午的球賽門票，他擔心不能及時地獲釋去看球賽。因此他回答得很快，當然也很直率。當時他正在看一艘船的模型（從一扇敞開的門外可以看到這般情景），突然聽到從陳列室的遠處傳來了一個女人似乎很痛苦的呼喊。當他跑過去看究竟發生了什麼事時，一個幾乎和他一樣匆忙的男子也跑了過來。不過他第一個到達了那裡——等等，等等，凡此種種在每一個細節上印證了科瑞的說法。他很誠實（格萊斯先生一度費勁地想套出他的話來，但並未奏效）而且很著急地讓老偵探看他手裡握著的球賽票，老偵探心一軟叫來了那個警官，命令他讓男孩出去——這是對青春和純真的讓步，就在他幾乎要懊悔這一個讓步時，一個猜不透年紀的女人一副怒氣沖沖的樣子，從他剛剛離開的門口高聲指責：

「如果你讓他走，你也可以讓我走。我和他同時待在這個房間裡，而且對於所發生的情況不比死人知道得多。我在市中心有一個非常重要的約會。如果你不馬上讓我出去，我就會錯過約會。」

「死去女孩的朋友們有權利知道是誰隨意射出那支殺人的箭，妳的約會比這件事更重要嗎？」回答這個問題可不容易，格萊斯先生不等她回答就把她交給了科瑞，並吩咐科瑞在一樓替她安排一個舒適的座位，然後繼續在這個區域的工作，把搜查的範圍延伸到後面的三個大房間。

他發現這些房間都空著，而且沒有找到任何線索，令他感到欣慰的是真正的工作就在前面，他從那裡折返後，盡量頂著衰老和風濕病的折磨做一番探查。他沒有停下來自問為什麼如此行動：第三次穿過陳列室而不是穿過J、H和I房間；儘管事後他不止一次問過自己那個問題。如果他採納後面一條路線，他可能不會錯過——

不過稍後他會那麼做的。我們現在要做的是陪他前往大樓前沿，毫無疑問那裡有重要情況等著他。在他先前的來回行程中，他注意到那個最靠近案發現場的年輕男子站在一號展示區的硬幣櫃前。這次他注意到更多細節。這個年輕人站在完全一樣的地點，不過在這次短暫的等待間歇，他對古幣懷有的顯而易見的激情再次出現了。現在他逗留在展覽的古幣前，目光下垂，熱切的樣子就彷彿死亡之箭沒有穿過旁邊的空間，隔牆的後面沒有一具年輕的屍體淒慘而安靜地躺著。

這是人性中最好奇的本質流露，如果在進入他迄今避開的前沿大走廊時，格萊斯先生沒有碰見正意味深長地指向兩個大櫃子的斯威特華特（大櫃子占據了一個角落，裡面堆放著中世紀的武器），毫無疑問，他會略微尖刻地對此思索一番。

「在那裡的是一對古怪的夫妻，」老偵探停下來傾聽時，他低聲說道，「剛才五分鐘我一直在觀察他們。他們假裝盯著一件古代盔甲，可是他們看起來非常不安，老在張望頭頂上的窗戶，就好像他們要跳出去似的。」

格萊斯先生以他個人的風格爽快地哦了一聲。他先前在樓梯上就注意到這對夫婦的古怪舉動。「過一會兒我要和他們談一次話。對面房間裡有人嗎？」

「有，館長在裡面。他在A房間裡，那裡有很多版畫亟需掛出來。我猜當科瑞那傢伙大聲叫喊時，他正忙於處理自己的事情。你有沒有注意到，他有點耳背，也許這就是為什麼他沒有更早抵達現場的原因吧？」

「不，我沒有注意到這個。有沒有其他人在房子的這一邊？」

「只有我提到的那對年輕夫婦。」

格萊斯先生又看了他們一眼。那張弓被遺留在座墩後面的掛毯背面。那對夫婦離座墩的距離比他所設想的還要遠很多步。原先他想藉由自己的設想找出那個射出致命之箭的兇手。當時在恐懼的重壓之下，人們能夠非常迅速地行動，而他如何能確保這些可憐又受驚的人能夠根據時機的需要忠實地找到他們的位置？斯威特華特說沒有人站得足夠近，其他人都無法注意到那個關鍵時刻以及他們目前所站的位置。那個學生背對著他們，而館長位於一扇緊閉的門後面，在其他人的視線之外。

格萊斯先生心中帶著懷疑，開始接近這對夫婦。他一邊走一邊注意到另一個令人費解的現象。身為有興趣穿過大廳來瀏覽大櫃子裡的展覽品的參觀者，他們沒有站在本該站在的位置。他們站在距離櫃子後面很遠的地方，而不是站在可以完全看到這些櫃子的範圍之內，因而顯得他們像是在躲藏一般。當他走近他們時，注意到他們的外表年輕又有鄉村氣質，格萊斯先生謹慎地裝出最親切的樣子，而且調節好自己的嗓音，但還是使年輕女人的臉頰透出粉紅，而丈夫的臉則是一片深紅色。格萊斯先生是這樣對他們說的：「看起來你們對古代盔甲的展覽很感興趣，是吧？不過這令人感到費解。這是你們第一次來參觀這家博物館嗎？」

男子點了點頭，女子低下了頭。兩人都對這惱人的場面感到不自在。

「很遺憾你們第一次參觀這家博物館，就因為這起可怕的年輕女孩死亡意外而感到掃興。似乎你們倆都受了驚嚇。」

「是的，是的，」男子囁嚅著說，「我們以前從未看到過別人受傷。」

「你們認識這個年輕少女嗎？」

「哦，不認識；哦，不，不認識！」他們倆爭先恐後地脫口而出，然後男子又說：

「我們——我們來自河的上游。我們不認識這座大城市的任何人。」

他一邊說，一邊開始慢慢從牆邊走開，女子也照著做了。

「等一下！」老偵探微笑著說，「你們正在離開位置。當你們剛聽到那邊的喧嘩聲時，正在看盔甲嗎？」

兩人都不作聲。

「你們當時在看什麼？」

「我在看她，她在看我，」男子結結巴巴地說，「我們——當時在這兒聊天——我們沒有注意到——」

「你們剛剛結婚，是嗎？」

「昨天中午才結婚的，先生。你怎麼——怎麼知道？」

「我不知道，我只是猜測。我想我能猜出別的東西——你們偷偷走進這個陰暗角落的理由。」

此刻男子低下了頭，而女子則抬起頭。在這個緊要關頭，女人顯得更為勇敢。「他當時正在吻我，先生，」她語氣坦率但是面帶羞澀。「這不會害人，對吧？我們深愛彼此，我們怎麼知道會有人死亡，而且還離我們那麼近？」

「是的，你們不會害人。」格萊斯先生不情願地承認道。這個荒唐的境遇本身實在可笑，如果情況不是那麼緊迫的話，他倒情願自己丟臉。但是這個場合太嚴肅了，他的角色又太惹眼，他無法對這個事故置之一笑。即使他執行的大膽計畫不能發現弓的實際操作者，也能用來確定目擊證人的位置，它不應該失敗；他一定要找到那個他要搜索的人。如果館長——不過瞄一眼當時館長所在的房間；那位先生站在一堆零亂的版畫之間，就使他心滿意足。斯威特華特的看法是正確的，不可能從這個區域獲得任何訊息。心裡想著自己所目睹的一切，他也不能指望從這層樓所剩下的最後一個人（就是那個在一號展示區專注於古幣的年輕人）身上取得任何進展。

先前他認為自己會很幸運，能馬上出手逮捕那個射出致命一箭的人，不過現在他認為這種可能性不存在了。不論那個人是誰，他反正找到了一種逃脫的方法，這方法使他暫時安全，不會被人發現。在他繼續進行棘手的工作之前，他認為自己有責任弄清楚某種有可能存在的誤判；藏在掛毯後面的弓，在外形上看起來十分像是被利用來射箭的那張弓。但是事情確實如此嗎？它會不會以某種奇怪而令人費解的方式，在目前的事故之前就被早已不在這棟大樓裡的某個人安置在那兒呢？這樣的巧合並不陌生。儘管這位經驗豐富的老偵探通常不太相信任何類型的巧合，他在靠近這最後一位目擊證人時，心裡只有一個念頭；那就是讓他確認在事件發生的當時或前後，他曾經看到過那幅後面藏有弓箭的掛毯發生了移動。如果這一項事實能夠成立的話，就不用進一步質疑掛毯後面的那張弓與眼前的罪行兩者之間的直接關聯了。

不過從這個年輕人的情況看來，格萊斯先生可能會白費苦心。他當時非常專心地在尋找一枚極為罕見的古幣，所以就沒有注意到旁邊的任何事物。另外，他的近視極為嚴重，甚至戴著眼鏡也無法區分或遠或近的面孔，更不要說是看清楚一塊掛毯的些微移動了。

儘管這些事實在預料之中，也著實令人感到沮喪；但樓下還有人，這些人之中的某個人可能看到了那個年輕人沒有看見的東西。現在他將走下樓去見他們，不過他要走一條不同的路線，這條路線將意外地在他存疑的另外一個問題上給他啟發。

在他來回經過大廳的途中，他穿過了H房間的門，並且注意到逃跑的人可以非常輕易地直接通過H房間、I房間和J房間，然後到達大樓後端通往樓下的小樓梯。不論這是否能夠解釋為何絞盡腦汁也無法找到那個必須為二樓事故擔負起責任的兇嫌，老偵探感到自己有責任來弄清楚他所確信的疑犯是如何迅速跑過這些房間。

他從最靠近這一端的座墩開始走，邊走邊記錄時間，他發現如果他緩慢行走的話，從樓梯的底端到達通往展示廳的拱廊，需要三分鐘的時間。一個心懷鬼胎並急著想要逃跑的男人會用掉更少的時間；有一種可能是，如果他被迫待在J房間的門口，直到科瑞和那個男孩一起跑進那個更遠的陳列室，從而讓他有路可逃的話，那麼在驚叫聲響起、封閉所有的出路之前，他仍然有時間從容地抵達一樓。這個想法為他的謎題提供了嶄新的線索，即使他對此並不滿意，也算有些欣慰了。他再次進入展示廳，準備重新開始調查，這時驗屍官的到來使他暫時停止工作，而那些棋子似的人群也不再煩躁，因為他們全都被允許離開自己的位置。

V 本該有兩人的地方卻有三人

過了足足半個小時之後，格萊斯先生才重新擺出架勢，展開暫時中斷的調查。泰勒女士的狀況經過時間的延宕並沒有改善，她需要人照料，當格萊斯先生最後看著她被送進一輛計程車後才鬆了一口氣。驗屍官普賴斯對她進行的匆忙檢查並沒有提供任何新的線索，很多人都注意到她離開大樓時的煩躁神色，所有這些人（當中我們要排除老偵探）都深信如果她不是在這起事故之前就精神錯亂了，那麼肯定是這件事故引發了她的失常。老偵探仍然堅持他的觀點：儘管她講的故事表面上看似荒唐而且出人意料，但在要點上都是真實的。而且造成她極度痛苦、暫時神智不清的源頭是那個她自認為是她丈夫死後的警告訊息，而不是她眼前所發生的事故。

他告訴驗屍官自己的想法，並且完全獲得他的同意，然後格萊斯先生展開了篩檢程序，他希望藉此發現那個他要找的目擊證人。

慘案發生時，那些所在位置與案情無關的人們，在他們身上挖掘不出任何相關的線索，如果繼續對他們進行拘留，顯然極不公平。那位在A房間的老太太就處於這種情況，所以她被釋放了，同時被釋放的還有那些距離大門二十英尺左右的人們。排除了這些人之後（令人難以理解的是，儘管放他們走，這些被選中的少數人還是不情願地離開了），格萊斯先生繼續工作，這次他讓林奇女士走上前來。

這是一個嬌小、乾癟又焦躁不安的女人，她從長椅上站了起來（長椅上並排坐著幾個仍被留下來的人），臉上帶著緊張的笑容迎接老偵探探詢的目光。警報發出聲響時，在一樓四處走動的所有人當中，她處於最佳位置，因為她能看到發射出來的箭以及二號展示區被害人倒地的情景。當時她看到這些了嗎？從她的舊式女帽兩邊垂下來的金屬絲線般小巧的鬈髮持續不停地顫抖，這似乎透露出她內心的焦灼，也暗示著某種迄今被隱瞞的訊息。不論如何，格萊斯先生心存期待，卻在外表上顯得極為溫和，而且循循善誘。他一邊指點給她看在斯威特華特畫出的圖上，她被標示的位置，一邊詢問這個位置是否準確。

也許不能夠奢望這個問題會有一個現成的回答——她這種類型的女人通常對圖表瞭解不多。不過當他看到她匆忙前往斯威特華特為她標示的那個位置時，他激動了起來，意味深長地朝陳列室瞄了一眼，暗示他很樂意傾聽她在那兒所見到的情況。她看起來非常驚訝，明顯得令他感到意外。小巧的鬈髮顫抖得更加厲害，她急切回答問題時，臉頰透出了十足的緋紅色。她是這麼說的：

「我當時沒看到任何東西，我沒有四處張望。你認為我看到了什麼嗎？」

「我希望妳看到了，」他微笑著說，「假如妳的目光碰巧朝向陳列室的那一端——」

「可是我當時正朝反方向走。我背對著陳列室，我的臉剛好相反——就像這樣。」她轉過身去，向他展示她當時正朝向大樓後部走去，而不是走向前端。

他非常失望，如果在這種狀況下他沒有意識到她正處那個準確位置，也就是任何從小樓底端進入展示廳的人，都會與她正面相遇，他的失望會更大。如果她告訴他見過這樣一個人，而且距離近得足以描述出這個人的相貌，那麼她或許就應該成為他的第一目擊證人。可是在這方面，她無法滿足他的願望。她當時正往外走，正匆忙地在包包裡找她的雨傘寄放牌，所以就沒有注意到身旁是否有人。當呼喊聲響起來的時候，她還沒有找到寄放牌。

「然後呢？」

哦，然後她很害怕很吃驚，她感到天旋地轉，幾乎要跌倒！她的心臟很虛弱，有時候會錯過一兩下心跳，她認為當時她的心臟就是如此，因為當她的大腦再度鎮靜下來時，她發現自己正緊緊地抓住大樓梯的欄杆。

「那麼對別人所說的情況，妳沒有任何補充嗎？」

她說「沒有了」時，儘管很猶豫，卻也是確定無疑。老偵探看到沒有理由再進一步拘留她，就放她走了。

格萊斯先生儘管心緒不寧，但是並不灰心，下一步他繼續前去盤問大樓這一頭的門衛。門衛的位置正對著小樓梯旁的便道，如果那位老太太無法說清楚的話，那麼他根據他的位置應該能夠釐清是否有任何人穿過空曠的狹長展示廳（老太太先前正朝著展示廳走）。可是格萊斯先生發現在這一方面他並不比她更清楚。他是這家博物館最老的職員，那起發生的事故使他極為震驚不安。他確實無法說清楚當時是否有任何人從他視野裡經過。他能夠確認的就是當他根據命令關上大門之後，沒有任何人企圖靠近大門。

所以這條線索像其餘的線索一樣走進了死胡同。詢問下一撥對象時，他的運氣會好一些嗎？如果那位被標示在十三號位置的年輕女士當時抬起頭來的話，她就能看到掛毯的上端在抖動；可是她並沒有抬起頭來看。她當時也正從那個重要位置走過來，而不是走向那個重要的位置——換句話說，她站在那個房間的門檻上正要進去而不是出去。

現在只剩下了兩個人：在十號、十一號位置上的男士；他希望從他們身上獲得他焦急尋求的重要證詞。他轉身朝向正坐在長椅上等待他關注的那兩位男士，心裡盤算著要獲得更多的進展是應該把他們分開訊問，還是一起訊問？這時他突然想到了一件事，這件事排除了他腦子裡所有次要的想法。

根據所有的推測和那張圖表，長椅上應該只有這兩位男士，但是他看到了三個人；這第三位男士是誰，他從何而來？

VI 陳列室裡的男人

格萊斯先生叫來了斯威特華特，向他指出了這個多出來的男子，並問他是否能認出這個男子是他在圖上標示的二十二個人之一。

回答是果斷的否定。「我認為這是一張新面孔。他一定是從屋頂上掉下來或者從地板底下冒出來。我列清單時他肯定不在周圍。呃，他看起來有點憂鬱？」

「是憂慮——很憂慮。」

「你不妨說得更嚴重一點，說他狼狽不堪。」

「可是他長得很帥，似乎是個外國人。」

「我猜他是英國人，而且剛剛來到此地。」

「毫無疑問，他是英國人。我要過去盤問他；你待在這兒，不過要留意驗屍官，一等他有空，就讓他去我那兒。」

然後他再度走近長椅，敏銳地觀察到（他從側面觀察任何事物時都帶著這種敏銳）隨著他一步一步走近時，這個陌生人的樣子越加顯得慌亂，所以他決定停止腳步，先訊問完其他人，然後再開始一次不僅可能顯得冗長而且頭等重要的訊問。

他很快為自己這麼做而感到高興。他從辛普森先生那裡沒有獲得什麼線索；但是對特恩布爾先生的訊問卻更有成果。幾乎就在他一發問的時候，這位男士就承認他看到過格萊斯先生所提到的那幅巨大掛毯上所發生的移動。他記不得何時發生了移動，他也記不得自己當時的位置，可是他確信自己看到它移動。

「你能描述它是如何移動的嗎？」老偵探滿意地問道。

「它向外擺動——」

「彷彿被風吹了一般？」

「不，更像是被一隻有力的手推出來。」

「很好！然後呢？」

「然後它一絲不抖地回歸原位。」

「是立刻復原嗎？」

「不，不是立刻。經過了一時半會兒才復原。」

「你肯定這發生在管理員科瑞發出警報之前？」

是的，確實如此；可是他說不清是在警報之前多久。一分鐘——兩分鐘——五分鐘——他怎麼說得清！他沒戴手錶。

格萊斯先生認為，他也許可以在這方面幫助這位男士恢復記憶，但他當時沒有這麼做。這足以實現他目前的意圖，而用來建立自己觀點的必要聯繫已經找到了。放在頭頂上門口壁龕裡的那張弓就是這樁致命慘劇裡的兇器，不用再去懷疑這一點；如此一來，出現了破案的曙光，他可以充滿自信地進一步搜尋那個把弓丟在那裡的男士。他相信此刻那個人逃不開他的控制，但當他重新走近那個獨自坐在長椅上的年輕男子時，他的神色並沒有透露出他的想法，他站定在他面前，和藹地問道：

「我是第一次見到你嗎？我想我們先前已經列出大樓裡每一個人的名字。我們怎麼會不知道你的名字呢？」

一陣紅潮立刻湧上這個年輕男子的面容，而且他臉紅的程度令格萊斯先生吃驚。倘若他像他的外表一樣是那麼的靦腆，那麼我們不用太費勁就能弄清楚他難受的原因。

格萊斯先生帶著善解人意的恬然神色坐到這個年輕男子的身邊。這種友好的表示會令他恢復鎮靜，並賦予他本人明顯缺乏的自信嗎？不，紅暈退去後，在他的臉頰上取而代之的是一片死人般的慘白；不過，再也沒有其他變化了。

與此同時，老偵探細看他的面容。這是一張帥氣的臉，但此刻痛苦扭曲了它的輪廓，所以只有那些熟悉他臉上每一種神色的人才能根據他目前的表情讀懂他的性格。一個更直接的問題是否可以讓他幡然醒悟？有可能。無論如何，格萊斯先生決定做一下實驗。

「可以告訴我你的名字嗎？」他問道，「——你的名字和住址？」

聽他說話的男子吃驚地震動了一下，平靜下來後開始回答。

「我的名字叫特拉維斯。我是一個英國人，剛剛從來自南安普敦的輪船上下來。我的家在赫特福德郡。我在此地沒有住所。」

「嗯，你的旅館呢？」

又是一陣臉紅——然後才迅速地回答：「我還沒有定下旅館。」

這令人難以置信。一個在城裡沒有吃飯和住宿地方的陌生人會利用早晨的時間逛博物館！

「你一定對藝術很感興趣！」他的詢問者有點冷冰冰地說道。

又是一陣臉紅，然後緊接著出現慘白。

「我——我對所有美麗的事物感興趣。」他終於結結巴巴地答道。

「我明白了。你能告訴我當那支箭射死那個同樣是遊客的少女時，你人在哪裡？我想，你並沒有在展示廳的這個區域吧？」

特拉維斯先生馬上顫抖了一下，不過也就僅此而已。老偵探等待著，可是他不再回答。

「有人告訴我她在倒地時發出了一聲尖叫。你聽到了她的叫聲嗎，特拉維斯先生？」

「那不是尖叫聲，」他迅速回答，「完全不是，但是很可怕、很可怕！」

格萊斯先生的態度轉變了。

「那麼你聽到了那個聲音。你當時靠得很近，而且能夠區別尖叫和喘氣聲。你當時在哪裡，當我的助手穿過大樓時，為何他沒有看到你？」

「我——我當時在別人看不到的地方跪著——我吃驚得動彈不了。可是我厭倦了那種姿勢，就想要離開；不過等我到達展示廳時，發現大門都關上了。所以才到了這裡。」

「跪著！你當時在哪裡跪著？」

他迅速朝陳列室的方向指了一下。

老偵探皺起了眉頭，或許是要掩飾他暗地裡的滿意。

「你不能再肯定一點嗎？」他問道。當這個男子繼續猶豫時，老偵探和先前一樣友好地補充道：

「這裡的每一個人都很配合，向我們展示了他們在那個嚴重時刻所占據的準確位置。

你也必須這麼做。這種做法非常正當。」

他的話引起他恐懼的神色？還是單純厭惡的神色？可能是兩者之一吧；不過老偵探傾向於相信他所引起的是恐懼。

「你可以帶路嗎？」他說，「我很樂意跟你一起去。」

男子極為不滿地瞥了他一眼，然後他沉痛地說出這些話：

「你想讓我回到原先的位置──在那裡我目睹過──在那裡我能夠再次目睹──我**不願意**。我感到不舒服。我在受罪。你應該原諒我，允許我說我該說的話，**就在這兒**。」

「抱歉，我不能那麼做。其他人不由分說就回到他們原先的位置上，你為什麼不可以？」

「因為──」這句話說得有點結結巴巴，隨之而來的是一陣沉默。然後，認清自己和一個警方的權威爭執不會得到什麼好處，他帶著強烈的厭惡感又朝陳列室的方向掃了一眼，就站了起來。格萊斯先生也隨之起身，他們一起穿過展示廳。不過此刻他們只走到中央樓梯的底端。因為情勢使然，驗屍官普賴斯費了很大的周折才成功地在大街上聚集的人群中，找到一個驗屍陪審團，此刻他的到來轉移了大家的注意力，也著實推遲了老偵探對新的目擊證人的訊問。

過了很長一段時間，老偵探才有機會繼續展開調查。他要察看這個男士在態度、舉止上所發生的明顯變化。這個不幸的男士在老偵探的安排之下，已經靜靜地思考了一個小時。要是老偵探能夠說服他立刻回到原先的位置，或者說熱心地慫恿他，那麼這對於伸張正義是求之不得的好事。可是現在他發現他可能更加不情願了。

但是現在，驗屍官發現自己有空閒去幫助老偵探搜尋目擊證人。在驗屍官的陪同下，老偵探再次靠近那個像剛才一樣獨自坐在長椅上的英國男士，從外表看來，老偵探發現他的心情和剛才離開時一樣。當他聽清楚現在應該要說明那支致命的箭射出時，他站在哪裡，他臉上帶著相同的表情，而且流露出同樣不情願的態度。他的表現為格萊斯先生留下深刻的印象，而這也與他所有的估計大相逕庭。格萊斯先生慢慢地跟隨他，並且帶著熱切的興趣觀察，當這個證詞有舉足輕重影響力的男子到達樓梯頂端時，他會轉向女孩倒地的南邊陳列室，還是轉向科瑞發現到那張弓的北邊陳列室。

看起來他好像是要往左，因為當他邁過最後一步臺階時，他的頭朝向了左邊。可是他的身體迅速轉向另一邊，當老偵探本人到達樓梯平臺時，由驗屍官貼身跟隨著的特拉維斯已經穿過那個奇特地方的三道拱門之中的第一道，這道門通向隱藏那幅掛毯的陳列室。

「這個人很誠實，」這是格萊斯先生的第一個想法。「他會把弓指點給我們看，而且毋庸置疑地，他會承認犯下這起事故。」不過當他自己穿過拱門、見到這個年輕男士仍然站在六號展示區時（這個男子的雙眼盯著對面的陳列室看，而且他全身正在激動地顫抖），格萊斯先生覺得或多或少應該修正這個倉促的結論。

「她——那個被箭射中的年輕女孩——是否仍然孤零零地躺在那些冰冷的石頭上，被人遺棄而且——」

格萊斯先生親眼目睹並瞭解了這個男子的痛苦。當他先前說「我在受罪」時，他並沒有誇大其詞。但是什麼理由！為什麼他會這麼過度地表露感情？是因為自責還是因為自身誇張的嫌惡？看起來像是自責，而且這種自責似乎是無可置疑，格萊斯先生趕緊告訴這個英國人，在驗屍陪審團離開後，死去女孩的屍體被搬往更裡面的一個房間。這句話明顯給特拉維斯先生帶來了慰藉。他更願意往前走了，而且實際上是進入那個懸掛著巨大掛毯的陳列室，而且是三人之中的第一個。掛毯兩邊擺放著兩個巨大的花瓶，他會在掛毯前停留？還是急忙走過通往前面的大走廊呢？如果他急匆匆地走過，那將置他們目前暗自的設想於何地？

可是他沒有急忙地走過；也就是說，他沒有走出陳列室的北端，而是走到那裡停了下來，並且帶著極為不滿的表情回頭向這兩位警官張望。

「我們到了嗎？」格萊斯先生問道，他又恢復自己的懷疑，因為這個男士從掛毯邊走開，從一樓展示廳也能輕易看見他站的位置。

這個英國人點了點頭。而格萊斯先生隨即走到他身邊，帶著明顯的懷疑大聲說道：

「你原先站在**這裡**？那是什麼時候？肯定不是那個年輕女孩倒地的那一刻，不然的話，即使你不被大樓裡的所有人看見，也會被某個人看到。我要你回到剛剛得知對面陳列室裡出了事故時，你所占據的準確位置。」

這個外國人更加苦惱了。他遲疑不決的態度很難說是有意為了引起觀察他的兩位警官中的任何一個人的信賴，只見他一會兒走到這裡，一會兒走到那裡，直到他最後走到座墩旁停了下來——他確實距離座墩裡面的角落很近，所以他幾乎和座墩的後端平行。

「就是這兒，」他帶著真實的情感大聲宣布，「我能肯定我現在是對的。我當時剛剛走出來——」

「從掛毯後面走出來？」

「不。」老偵探迅速接上他的話，令他驚訝不已，他茫然地盯著老偵探看了一會兒，然後說道：

「從座墩後面走出來。這個——這個花瓶，你們也看到了，是一個非常稀奇的物品。我當時想從四面八方去鑒賞它。」

驗屍官不發一語，悄悄從他身邊走過，他走進座墩後面的狹窄空間，然後從身處的狹小位置仰頭觀察花瓶。

當他這麼做時，發生了兩件事：第一件是斯威特華特可能在格萊斯先生的某種示意下，偷偷溜到了現場，他向他們幾個走過去，直到他的身體和那個英國男子平行，他把他們兩個人的身高做了比較，然後似乎仔細地做筆記；第二件是當這個外國人注意到驗屍官譏諷的笑容並且聽到他一本正經的評論時，他敏感的臉皮又紅了。驗屍官是這麼說的：

「與其說我們在這裡可以看到高高擺放在頭頂上方的花瓶，不如說可以更清晰地看到對面的陳列室。如果你想要看到那些女士而不被她們發現，除了這個大花瓶在底部凹進所造成的窺孔，你幾乎找不到一個更好的窺孔了。」然後又迅速補充說道：「你肯定朝女士們看過，那是人的本能。」

而特拉維斯先生的回答完全出人意料。

「我從這裡出去後才看見她們。」他結結巴巴地說，「有兩位女士，一位是高個子，另一位非常年輕非常苗條。年長的女士正向前端走去，另一位正從後面進來。當我正在看時，那位年輕小姐向前一衝，就從第一位女士身邊跑過。然後——」

「繼續，特拉維斯先生。你的情緒很正常，但你有必告訴我們一切。她從年長的女士身邊跑過，然後呢？」

一陣沉默。這個英國人似乎在看驗屍官普賴斯，當老偵探在說話時，普賴斯從座墩後面鑽了出來。不過，這個英國人是否看到了普賴斯，尚有疑問。他眼中有一滴眼淚——一滴眼淚！

看到眼淚的格萊斯先生感到一陣同情，心想去幫他，就非常和藹地問道：

「後面的事情非常可怕嗎？」

隨後的回答非常簡潔：

「是的。前一分鐘她還活潑而高興；下一分鐘她就四肢展開躺在了堅硬的地板上。」

「那麼你自己呢？」

又是那種直率的驚訝神色。

「我不記得自己了，」他說。「我當時想她想得太多了。我以前從未看到過有人被殺。」

「被殺？你為什麼說被殺？你說你看到她倒下，可是你當時怎麼知道她是被謀殺的？」

「我看到箭插在她的胸口上。隨著她仰面倒下，我看見了那支箭。」

當他說出這些話時，看著他的三位男士察覺到他的額頭冒出汗來，他的雙眼呈現出呆視的樣子。彷彿他再次看到了那富有青春活力、楚楚動人的少女身影倒在了地上，心臟上插了一枚致命的箭。結果怪異而感人。目睹這一事件恐怖地反映在這個男子的意識裡，比直接目睹它還要顯得更為真實，而且給人留下更為深刻的印象。這是為什麼呢？是自責賦予了這一事件悲劇性？是他親手從座墩後面射出那支箭的？如果不是，為什麼他的情緒遠遠超出了一個最傷感的旁觀者應有的表現，而且又流露得這麼恐怖？

為了努力使形勢明朗化，驗屍官插嘴問了下面這個問題：

「特拉維斯先生，你以前有沒有看見過弓箭的射擊？我的意思是箭術練習。或者——嗯，在印度、非洲或者其他地方射擊野生動物？」

「哦，看到過。在我的國家，弓和箭都被使用著。不過我從不射箭。我只能說說我看見別人是怎麼射箭的。」

「這就足夠了。那麼你應當能夠講述那支箭來自哪個方向。」

「它——它一定來自陳列室的這一邊。不是像你們所說的來自這個展示區，而是來自這附近其他某一個空曠的展示區。」

「為什麼不是來自這個展示區？」

「因為當時這裡除了我之外，沒有其他人。」這就是他簡單而似乎直率的回答。

這讓他們都深感意外。只有無辜的人才會這麼說話。可是此刻那張弓——那張弓放在距離他們所站的位置不到十二英尺遠的地方！一切的情況都說明了不能排除那張弓。

這幾個警官進行了簡短的商議之後（那個英國人似乎沒有注意到他們之間的商議），驗屍官以安撫的語氣對他說：

「特拉維斯先生，你不要誤解我。這起事故（我們尚不能稱之為犯罪）的性質非常嚴重，所以我們有必要獲得準確的事實，而只有你和另一個我們知道的人能夠提供事實。我要提一下你看到的那位女士，起初她位於被箭擊中的女孩的前面，後來又位於女孩的後面。她已經講過了她的故事，而你的故事毫無疑問會與它一致。那麼，有一個關鍵問題請你幫我們澄清，因為你比那位女士處於更佳的位置，你可以注意這個問題，它就是：正如你們倆都提到的，當那位年輕女孩向前跳躍時，她是筆直朝向前面的欄杆，還是以傾斜的角度向欄杆靠近？」

「我不知道。你讓我苦惱得無法回答。我當時沒有在考慮任何那樣的問題。我何必考慮那種無關緊要的東西。她過來了——我看見她微笑，快樂的笑容，一幅楚楚動人的青春圖畫——然後她雙臂急伸倒下——向後倒下——那支箭出現在她的胸口上。要是我把這個故事講一百遍，我說的還是一模一樣。」

「我們不希望你講一百遍，特拉維斯先生。我們只是希望你在心底的某個角落稍稍回憶一下；當她向前跳躍時，她的身體和欄杆之間所構成的角度。」

這個痛苦的男子搖了搖頭，看到這一無能為力的表示，格萊斯先生向斯威特華特招了招手，然後在他耳邊輕聲低語了幾句。斯威特華特點點頭便離開了，走過整間陳列室，然後消失在拱門間，然後重新迅速出現在對面的陳列室。當他到達二號展示區時，格萊斯先生再次對目擊證人說話，而這位目擊證人正再度陷入自己的沉思之中，完全沒有注意到斯威特華特的行動預示了什麼，這讓格萊斯先生和驗屍官都感到非常驚訝。必須說些重話才能驚醒他。

「我要你觀察剛剛在陳列室另一邊出現的那個年輕人，然後告訴我們在多大程度上，他的行動和那位年輕女士在崩潰倒地之前的行動相吻合。」

一時之間，這個外國人因為憤怒而一言不發。然後他脫口而出：

「你們竟然搞了一齣鬧劇來模擬這個悲傷又可怕的事件。她還屍骨未寒呢！這是對那位年輕小姐的褻瀆。我不能看那個年輕人——那個醜陋的年輕人——不能想她以及她臨死之前的儀容和步態。」

兩位警官笑了。他們是忍不住才笑的。斯威特華特當然不是美女，把他牽扯進來和那位死去的女孩作任何形體上的比較，肯定是不合適的。但是他們倆都認為他們剛剛提出的想法應該得到驗證，而且應該在此刻，當不可或缺的記憶還鮮活地留存在這個極為重要的目擊證人的心裡時，來加以驗證。不過為了獲得他們想要的東西，很顯然地，體諒他的心情是必要的。警方的固執往往有損於行動的目的。要是想讓他做他們希望他做的事，就應該讓警方以外的人士來說服他。他們應該求助於誰呢？問題是不言自明的。羅伯斯先生從前端走了過來，他們都向他轉過身去。他會利用他的影響力來說服這個外國人嗎？

「他會聽你的話，」在此刻發生的低聲交談中，驗屍官慫恿道，「要是你向他解釋在這個不幸的危機中，你和大樓裡的其他所有人需要運用多少耐心。他似乎是一個十分善良的傢伙，不過他不太聽我們的話。」

羅伯斯先生是第一次看見這個人，他驚訝地打量著他。

「他原先站在哪裡？」他問道。

「就在你現在看見的位置——他自己就是這麼說的。」

「他不會站在那個位置。有人會注意到他——那個和遇害女孩待在同一個隔間的女人，或者是那個待在隔壁端詳古幣的男人。」

「有道理，」驗屍官說道。「但是如果他位於座墩後面——」

「座墩後面！」

「我們認為他當時就在那個位置。不過現在不要提那個了！——稍後我們會向你解釋。目前我們所要求的就是讓你安慰他。」

對於這個新任務，這位和藹的部門主管顯得不十分樂意，不過發現沒有充分的理由去拒絕，他就走向那個英國人。而這個英國人看到這個和他社會地位相當的人，似乎恢復了信心，也情願被羅伯斯先生說服。結果令人滿意。

當驗屍官再次要求特拉維斯先生注意在對面陳列室等待命令的斯威特華特，他順從地望了過去，而他的態度完全表示出在他們的安排之下，他被迫順從的處境在多大程度上影響了他。

「你要觀察我們安排在那裡的年輕人的行動，」驗屍官說道。「當他到達的位置和那位年輕小姐被射中時所占據的位置相同時，你就舉起手來，就這樣。你不必說話。」

「可是你忘記了那塊地上有鮮血。那個人會踏進血裡。我不能參與這種有悖天理的行為。這是錯誤的。先把那位小姐埋葬了吧。」

他的發洩是那麼的自然，他的恐懼是那麼的真實，所以不但是聽他講話的那些人，而是所有聽到他聲音的人，都因此而變得驚訝。

「有人會因此而認為你認識這個被任意射殺的受害人！」驗屍官重新仔細觀察了一下這個非常不願意配合的目擊證人，然後提醒他，「你認識她嗎？她是你的朋友嗎？」

「不，不是！」他急忙否認。「不是朋友。我從未和她說過一句話——從來沒有。」

「那我們繼續下去。我們不能在這樣一個案子裡考慮感情因素。」然後他向斯威特華特做了個手勢，後者就這樣、那樣地把身體轉來轉去。

苦惱的英國人看著這些動作眼睛慢慢放大了。

「這就是我們所要的角度——她的身體和陳列室外沿所構成的角度。」這位冷酷的警官解釋道。

英國人顫抖了一下，然後一動不動專注地盯著遠處，可是過了不久，他衝動起來，然後問了這麼一個令人意外的問題：

「你們上演這齣可怕的鬧劇就是為了找到那個射箭的人？」有點吃驚的驗屍官駁斥他，說：

「如果你的反對是因為——」

然而，特拉維斯先生激動地大聲說道：

「可是我並不反對！我希望那個人被抓住。人們不應該在有美麗的年輕女人的地方四處射箭。我希望他被逮捕，而且受到應得的懲罰。」

當他們都在消化這個意外的聲明時，他們看到他舉起了手。驗屍官低聲吹了口哨，老偵探隨即一動不動地站了一會兒——然後迅速彎下腰朝那邊張望。

「他在幹什麼？」特拉維斯先生問。

「是呀，他在幹什麼？」羅伯斯先生隨聲附和。

「他在鞋子旁邊畫圈，來確定他們的準確位置。」這是老偵探嚴肅的回答。

VII　「你如此看待我！」

「我們此刻確實是困難重重，」普賴斯醫生領著老偵探從陳列室往外走時，他這麼說道。「該怎麼去評價那樣一個傢伙？他是個傻瓜還是無賴？」

格萊斯先生並沒有馬上回答。過了不久，他是這麼說的：

「在我們能夠把自己的判斷建立在他完全誠實的基礎之前，我們應該對這樁案件再進行一些更加深入的調查。不過如果你想知道我是否認為他射死了那個無辜的孩子，從他目前的態度來看，我必須說是的。還有其他什麼人會這麼做呢？當時在現場的人，只有他一個。不過這是一個意外的舉動，並非蓄意謀殺。即使是傻瓜，也不會選擇那麼一個地點，或者那樣一種手段來進行謀殺。」

「你說得對。但是把它稱為事故又有什麼好處呢？如果這是一起事故的話，那就需要一個手上有弓的行為人，他要能隨手拿到箭，他要有對一個假想目標測試技能的衝動。目前看來，那一支箭——先不要管大家對那張弓的種種說法——站在這個陳列室裡的任何一個人都無法隨手可得。那支箭來自那面牆，而那位年輕小姐就死在牆腳下。箭肯定是被人從那裡射到這裡的。這看起來不像是一起事故，而是犯罪。」

不過當驗屍官說出這樣的判斷時，他像格萊斯先生一樣清楚地意識到：在破解這個謎案的道路上還有許多自相矛盾的因素。如果他們接受這個外國人的自我陳述——因為某種原因，這兩個人似乎都不準備質疑這一項解釋——那它就會馬上把他們引向一個由眾多出人意料的事實所構成的謎團！一個剛剛下船的外國人！受害人僅僅是一個女學生！作案工具如此**非比尋常**，以致於令人難以相信。只有一個瘋男人——但是瞧吧！從外表看來，特拉維斯比泰勒女士更不像一個瘋子。事情一定如格萊斯所說，這是一起事故，可是——

如果**假設性**思維大有好處的話，那麼**逆反**思維肯定也有一定的優勢。對眼前困難有全面性認識的驗屍官帶著不尋常的冷淡語氣說道：

「我贊同你的觀點，也就是說，在我們更加深入調查這樁謎案之前，有必要問六個左右的問題。我們該去哪裡破解這個謎團？」

「館長會讓我們使用他的辦公室。我會讓特拉維斯先生在那裡與我們會合。」

「要確保在他有機會陷入空想之前，就到達那裡。」

不過儘管格萊斯先生行動迅速，他還是不夠快速去阻止上面提到的結果。當那個證詞占有舉足輕重地位的英國人再次被帶到他們面前時，他甚至沒有抬起眼皮來看他們。

驗屍官決心在這個節骨眼上獲得滿意的結果，就急促地把他從心不在焉中喚醒，問了幾個引導性的問題使他回過神來，然後開門見山、咄咄逼人地問他來美國是為了什麼目的，以及他為什麼那麼著急地來參觀這家博物館，以致於匆匆忙忙地下了輪船就直接趕到這裡，而沒有先把自己在旅館裡安頓好。

起初，面對這個胸有成竹的警官，這個表面直率的外國人還輕鬆地回答幾個開場問題，但突然之間，他輕鬆的態度就消失殆盡。他變得結結巴巴、臉龐泛紅，而且難以招架，所以警官就急躁了起來，最後終於說：

「如果真相證明你有罪，那麼你完全有理由隱瞞！」

「證明我有罪！」重複了這句驚人的話之後，年輕的特拉維斯的態度發生了最顯著的變化。「你這是什麼意思？」他問道。「我不太確定自己理解到你所說的**證明有罪**四個字。」

普賴斯醫生對這個貌似恐懼而受驚的英國人解釋了一下。

「你如此看待我！」他叫道，「我——」

但是此刻，憤怒使他無言了，直到某種更為強烈的情緒逼迫他再次說話，他斷斷續續地補充道：「對於你們來說，我只是一個外國人，所以我願意原諒你們對我的性格和生活操守的誤解。我極端厭惡犯罪和所有的暴力。另外，那位年輕的小姐——她喚起了我最深的愛慕和尊敬。我，」——他再度無言。然後他脫口而出：「我寧願自己死去，也不願見到那樣一位美麗的天使倒地而亡。讓我的情緒證明我所說的話吧。殺死她的人有著最硬的鐵石心腸。」

「你說得對。」

說話的人是驗屍官，他顯得不知所措。格萊斯先生同樣是一頭霧水。他們兩個人都從未碰過如此微妙而費解的案件。無法把一件不可思議的罪行、一個嫌疑犯，去和一樁血案聯繫起來！他們正在考慮的淒慘局面一定存在著另外一種解釋。大樓裡原先有二十個或更多的人，但是——要害就在這裡——如果他們畫的草圖是準確的而且他們依據草圖做出的推測是可靠的話，當箭發射出去時，這個英國人就是唯一一個位於這間陳列室裡的人。

格萊斯先生似乎在陰暗處滿意地保持著沉默，普賴斯醫生瞥了他一眼，再次轉向特拉維斯先生。

「你對那位年輕女士的愛慕一定既強烈又突然。或許在你躲到座墩後面之前，就見過她。是這樣嗎？特拉維斯先生。她是一個迷人的孩子，也許甚至在你走進這兩間陳列室之前，你就被她的美貌吸引住了。」

頃刻之間，英國人就像換了個人似的。

「你說得對，」他帶著不自然的快意承認，「我當時看見她穿過展示廳。她美得像天使一樣。我是一位紳士，可是我當時跟著她；她走一步，我就跟一步。當她上樓了，我也跟著她。但是我不會冒犯她。我跟在她的後面——遠遠的後面——當她從陳列室的一邊進去時，我也不辭辛勞地從另一邊進去。就這樣，當她被箭射中而倒地時，我剛好朝她那邊看。你看，我說的都是實話。我把整顆心都打開了。」

普賴斯醫生摸了摸自己的長鬍子，帶著沉思的神色看著他，接著他的神色又換上了新的疑問。他並沒有相信他的傾訴，而是感受到一種新的、深刻的懷疑。從消沉到熱切，這種轉變來得太突然了。這個剛剛下船的男子過份地渴望擁有一個像樣的解釋，但他的態度缺乏真誠，無法獲得任何人的認同。他自己似乎也意識到了這一點，因為他再次臉色泛紅，從額頭紅到了脖子，而且用略帶歉意的目光掃視一眼包括沉默老偵探在內的幾個人之後，他激動地說道：

「我不擅長撒謊。我明白你們會獲得整個真相。我是為了她才穿洋過海的。通過跟蹤她天真無邪的腳步，才在今天早晨來到了這家博物館。我是一個有錢人，想做什麼就做什麼。先前我說我從未和她說過話，我說的是事實。確實如此。可是我對她懷有很深的興趣。我還從未見過任何其他令我那麼想娶的女孩或女人。我希望在這個國家遇見她、追求她。在我自己的國家裡，我沒有機會。大約在她啟程之前的前一個晚上，我才見到她，那是在劇院裡，她和幾個朋友坐在隔壁的包廂裡。她在說話，我聽見了她說的話；她就要離開英國了，她將去美國生活。而且她提到了她即將乘坐的輪船。你們也許認為我這個英國人很衝動、很反常，以及諸如此類的看法，但是第二天早上，我就在那同一艘船上開始了旅程。正如我剛剛說的，我是我自己的主人，想做什麼就做什麼，而且我很樂意那麼做。儘管在航程中有時候會提供機會，我卻不能夠在船上結識她（儘管我很希望如此）。在船上的頭三天我病了，剩下的時間裡，我一直提心吊膽，我只能看著她在甲板上四處活動，等待著我能為她效勞的快樂時刻出現。但是那種時刻從未到來，現在它再也不會到來了。」

他說話時所流露出來的悲痛似乎是真實的。驗屍官對此默不作聲，輪到了格萊斯先生重開話題；他帶著和普賴斯醫生相同的尊敬態度開了口。

「我們感謝你的信任，」他說道。「當然你可以告訴我們這個年輕女孩的名字。」

「安琪琳——安琪琳・維萊茲。我在乘客名單上見過這個名字。」

「你們坐的是哪條船？」

「卡斯塔尼亞號，來自南安普敦。」

「非常感謝你提供這個訊息。它給了我們查證她身分所需的重要線索。安琪琳・維萊茲！和她一起的有誰？」

「有一位杜克洛夫人，是一位法國女士。我和她說過一次話。」

「你和她說過話？你說了什麼？」

「當我們在主甲板上的舷梯相遇時，我對她說聲早安。可是她沒有回答，後來我就沒有再那麼鹵莽地對她說話。」

「我明白了。嗯，今天早晨以前發生的情況就是如此。但是今天早晨發生的情況呢？一個年輕的女孩在到達這個國家六個小時後，怎麼會在沒有監護人陪伴的情況下獨自來到這個地方呢？」

「我不知道她為什麼來這到這裡。我只能告訴你我為什麼來這兒。當她離開碼頭時，我站得足夠近，所以聽到了她們在進入計程車時，杜克洛太太所發出的指令。自然而然地，我也乘上了計程車。我以前來過紐約，所以我知道這家旅館。如果你去查看一下環球旅館今天的登記簿，你會發現我的名字就在她名字的下面。你會理解為何我先前不承認這個事實。我是那麼地敬重她——我以前希望，現在仍然希望我可憐、未被認可的暗戀故事不會使她的純真蒙上陰影。她對於我亦步亦趨跟蹤她的原因絲毫不知情。我是她命運的目擊者，而這就是我們之間的所有聯繫。我希望你能相信我。」

面對他圓睜的雙目，想不相信他也不容易，而他的顫抖和結巴此刻也都消失了。然而，案情並未完全偵破，格萊斯先生覺得自己有義務做進一步的答覆：

「特拉維斯先生，我們沒有理由懷疑你的話或者你的故事。你說的一切都有可能。但是，你跟蹤那位年輕女孩到這裡是怎麼一回事？那是怎麼發生的？」

「那是由於我對她的思慕所引起的——我的思慕實在很有道理。」

「這是為什麼？這是怎麼一回事？」兩個警官都顯露出越來越濃厚的興趣。「特拉維斯先生，請你解釋一下。你為什麼對一個連話也沒說過的人懷有那麼強烈的感情？你在旅館裡看到了什麼？聽到了什麼？」

「好的。我當時正坐在旅館的門廳裡。我知道這兩位女士在房子裡，不過我沒有見到她們。我急切地想見她們（瞧，我把一切都說出來了），所以我從自己的報紙後面盯著電梯的門看，這時她們倆都走了出來。維萊茲小姐穿上了外出的衣服，但杜克洛夫人沒有，這讓我覺得非常奇怪。可是我一點也不擔心，直到我偷聽到了夫人從我身旁經過時所說的隻字片語。她說的是法語，這語言我懂，她在怨歎自己命不好，不被允許陪伴她年輕的被監護人外出。這太糟糕了，太糟了，她抱怨著，在她親愛的安琪琳返回前，她一刻也不能平靜。對於一位不習慣目送年輕女士獨自上大街的法國女人來說，這種焦慮是很自然的。但是她說話時的那種樣子，流露出一種真正的驚恐——這種驚恐我深有體會。這個無人保護的女孩獨自搭乘旅館的計程車能去哪兒？」

「我無法想像，當我看見夫人說話中途停下來，買了幾朵鮮花別在維萊茲小姐的胸口時，我產生了一種奇怪的感覺，我把我的報紙拋在一邊，向門口走去，出了門又正好聽見夫人對計程車司機下命令。那位年輕女士將被帶到一家博物館。這麼早就去一家博物館！而且是獨自一人，獨自一人！這種行為一點也不符合法國人的觀念，我擔心這是一樁陰謀。儘管這完全與我無關，我決心參與其中。我鼓起膽量就跟上了她，就像先前我從碼頭跟著她到旅館。但這完全是徒勞！不瞭解危險的我如何能避免危險？我在一間陳列室，她在另一間陳列室。厄運讓我目睹她倒地，但是作案者是誰，我像你們一樣一無所知。現在我把一切都說出來了。你們會放我走嗎？」

「還不能，」驗屍官插嘴道。「毫無疑問，還有一兩個問題，你必須用同樣坦誠的態度來回答。當你看見維萊茲小姐倒地時，你是站在座墩的前面還是後面？」

「我當時正好站在我先前說過的地方，在空曠的陳列室裡，在座墩的附近。」

這種說法似乎很令人質疑，所以驗屍官停頓片刻來回憶準確的位置，並且弄清楚像特拉維斯先生那樣一個身材高大的男子，是否有可能站在那裡把陳列室和展示廳盡收眼底而不引起其中任何一處地方的人們的注意。在片刻的思考之後，他發現這是可能的。經過一番努力，格萊斯先生系統地調查了在那個時間點或者在那個時間前後，每個人所占據的位置，他發現只有一個人當時碰巧正朝這個陳列室的方向看，而且他的視野是片面的，只能看到掛毯的高端部分。

一個全新方向的調查可能會導向一個更清楚的突破點。

「可是你在座墩後面站過吧？」普賴斯醫生啟發道。

「是的」——他的臉上再次迅速出現泛紅。「我那根深蒂固的膽怯促使我把自己隱藏在一個地方，使我能不被人察覺地觀察她生氣勃勃的年輕身影；從對面的陳列室穿過一個又一個拱門，直到她穿過我的視線，我才走出來，然後——然後我看到了我已經告訴你們的一切——她朝前面跑去——她驚跳起來——倒地——那支殘忍的箭！我承認當我意識到一切都結束了——她死去時——我又躲回到我那狹窄的藏身之處。」

「為什麼？你當時目擊了一場血案——這個事件一定使你回想起那個女士、這個年輕女孩的監護人所表達的焦慮。可是你退縮了——遠離所有人的視線——遠離了那些有權利調查的人！你對此如何解釋，特拉維斯先生？」

「我無法解釋，不過我當時是那麼的眩暈、那麼的震驚，以致於我幾乎感覺不到自己在做什麼。而且，先生們，不管你們相不相信我，如果當時沒有座墩後面的狹窄空間所提供的藏身之處，我想我就會向前倒在地上。當我再次回過神來時（這是在眩暈略微消退了以後），我心裡只有一個念頭：要隱瞞我自己和我的故事，以免讓甜美而純潔的她蒙上陰影。你們安排了一名警衛去守護她的屍體，等到他的注意力被分散以後，我才溜了出來，匆忙來到外面，找了一個安靜的房間，在裡面坐下來，再次沉思自己的不幸。正如你們所說的，我事先已有警覺，而且在現場，我一心想要保護她，但最終我卻沒有做到。我擔心這件事有朝一日會讓我發瘋。」

這件事已經讓他精神失常了嗎？可以相信他的故事嗎？他的故事充滿了破綻。這些破綻是一個錯亂心靈的產物嗎？原先當泰勒女士被認為犯下了罪行時，人們猜測她的犯罪原因就是精神失常。這個男子明確給出的證詞說明他不是一個尋常的英國青年，所以為何不把一個相同的解釋應用在他身上呢？普賴斯醫生瞥了格萊斯先生一眼，格萊斯先生完全領會到他的意思。普賴斯醫生感謝特拉維斯先生坦率的表白，並且問他是否能指出當斯威特華特穿行在大樓裡去驗證每個人的位置時，他所身處的房間。

令他感到驚奇的是，這個英國人回答得非常簡潔，「我試試吧。」然後和他們一起站了起來。

那兩位警官互相交換的眼神富有深意。他將帶他們去哪裡？斯威特華特不是傻瓜。這個有著俊朗外表和偉岸身材的男子是如何躲開他的視線？

和原先一樣，一旦情況明瞭後，事情就非常容易解釋了。他帶他們去的房間是在第二張草圖上位於二樓的H房間。這個房間和旁邊其他一兩個房間一樣，被專門用來收藏一系列的名畫，這些名畫是年輕的女臨摹者的希望和絕望。最受臨摹者喜愛的那幅畫就掛在「X」門的後面，他們發現門半掩著，門裡面是一個畫架、畫架上的油畫布、一條隨意高高懸掛的工作裙、一個臨時搭起來的屏風。如果屏風後面有一個男子痛苦地蜷伏在臨摹者的凳子上，他就不太容易被匆忙跑過身邊的任何人注意到。

如此一來，對於完全相信年輕特拉維斯的故事的一個阻礙就消除了。

但更大的一個阻礙還存在著。那張弓！那張弓是在掛毯後面被發現的，而他就提心吊膽地躲在掛毯的旁邊！他們希望能夠驚醒他，他的坦白可以讓案子呈現出一個截然不同的局面，於是就領著他回到這個最初躲藏的地方。這次他顯得很焦慮，而他們一刻也沒有耽擱，就單刀直入地行動了。驗屍官把掛毯拉了起來，讓他講述當時看到了什麼。

他的回答很激動。

「一張弓！這張弓射出的箭殺死了維萊茲小姐。我不想看到它。它讓我痛苦——讓我渾身痛苦。我請求讓我走吧。」

「特拉維斯先生，」當他們再次來到空曠的陳列室時，驗屍官催問，「你說過在你原先站的展示區裡，只有你一個人。如果確實如此的話，這張弓為什麼會出現在掛毯後面呢？」

英國人一副困惑的表情，慢慢地搖頭，僅此而已。

「你當時知道弓在那裡嗎？你當時看到過弓被扔在那裡嗎？」

「沒有，我什麼都沒有看到。我是一個誠實的人。你們可以相信我。」

驗屍官仔細而善意地盯著他看。

「特拉維斯先生，我們會在天黑前知道誰動過那張弓。弓本身就帶有線索。」

英國人的臉上閃現出明顯的笑容。

「我很高興，」他大聲說，「我很高興。」

驗屍官普賴斯是一個富有經驗的人。他看出英國人的語氣裡具有誠實的內涵，就不再說話，帶著他們走出了陳列室。

幾分鐘之後，他來到了一樓。他簡短地和幾個守衛聊了幾句，然後來到電話旁，接通了環球旅館。

結果令人吃驚。

他問英國赫特福德郡的魯伯特・亨利・特拉維斯的名字是否在他們的登記簿上，回答是肯定的。

「他是什麼時候到達旅館？」

「今天凌晨。」

「今天有沒有來自大洋彼岸的其他住宿客人？」

「有，一位杜克洛夫人和一位維萊茲小姐。」

驗屍官的語氣變了。確實，這個外國人的故事中有相當多部分是真實的。

「你讓杜克洛夫人接聽一下我的電話。我有重要的消息要告訴她。她接電話時最好旁邊有女人陪著。」

「抱歉，這個我做不到。杜克洛夫人已經離開了。」

「離開了？你的意思是外出了？」

「不，是退房了。她走了大約半個小時。那位和她一起來的年輕小姐也外出了，不過我們估計她會回來。」

「是嘛。那位年長的女士為何離開？她有沒有說理由？她去了哪裡？」

「我無法告訴你她去了哪裡。她是在接到了城裡某個人打來的電話後離開的。她下樓到服務台前時顯得極為苦惱，她說她收到了壞消息，必須馬上走。我開好了她的賬單，並按照她的要求開好了那位年輕小姐的賬單，她說年輕小姐回到旅館時會有一位朋友來接她。她付清了兩個人的賬單，然後她拿著自己的包包，就徒步離開了旅館。那位年輕小姐還沒有回來——」

「夠了。那位年輕小姐已經死亡了，她在這裡的博物館裡意外被殺。警察局馬上會派一個便衣警察和你聯繫。同時你要留心觀察，如果有任何關於杜克洛夫人或者維萊茲小姐的消息，就馬上來通知我。如果有任何人前來拜訪這兩個人，要不顧一切地把他留置下來。就這些，閒話就不說了。」

此時，格萊斯走進了房間，陪同他的是一位督察。這增強了他們偵破案件的力量。驗屍官普賴斯熱忱地問候他：

「你來得非常及時，督察。來自對面陳列室的神祕人物射出的箭擊中了這位年輕女孩，並且造成她的死亡，這件案子可能需要更加仰賴你的聰明才智。那個應該作為維萊茲小姐同伴的監護人已經逃離了旅館，她們是在下船後立刻登記房間。她要不是已經聽說了在這裡發生的這起事故——果真如此的話，她是怎麼聽說的？——就是她在執行某項陰險的計畫，而我們必須弄清楚這項計畫。現在看起來，這就像一起預謀犯罪。」

「這個英國人也捲入其中嗎？」

「我很懷疑。我對此嚴重質疑——你不質疑嗎，格萊斯？一個比他更為狡詐的大腦設計了這樁奇怪的罪案。」

「是的。我對此沒有什麼懷疑。督察，我讓那些年輕人工作起來好嗎？一定要找到這個法國女人。」

「同時——發出通緝。你能從環球旅館的職員處獲得關於她的描述。不要讓她離開本市。」

格萊斯先生在電話前坐了下來。驗屍官普賴斯繼續向督察介紹這個案子已知的細節。館長不安地四處走動。博物館籠罩在陰鬱的氣氛中。只能在一張臉上看到一種微笑，那微笑宛若天使，使那位往生者的臉龐顯得熠熠生輝，而她聖潔的胸口尚存有些許塵世歡樂的暖意。

BOOK II

MR. X

第二部　X先生

VIII 調查中

已經是黃昏了。督察辦公室一連幾個小時在忙碌地處理各種訊息和報告，而最後到來的平靜也應該歸功於他。帶著放鬆的表情嘴裡叼著一支新雪茄，他坐著默默地思考下午的調查所弄清的事實。他正要把這些從心頭移除，這時門開了，格萊斯走了進來。

他馬上就全面恢復了責任感。他沒有等著期待中的報告出現，而是立刻向老偵探問話。

「你去了旅館，」他一邊說一邊指著一把椅子。老人坐了下來，他的歎氣聲既表示疲憊也表現出焦慮。「你從那裡獲得什麼新的訊息？」

「幾乎沒有。沒有什麼消息，也沒有人拜訪。對他們和我們來說，這兩個女人，杜克洛夫人和維萊茲小姐，仍然是一個未知數。在我逗留的期間，她們的行李到了，只提供了我所能獲得的唯一訊息。」

「她們的行李！那會告訴我們一切的。」

「如果你能想到搜查一下就有這種可能。行李並不重——除了她們從輪船上帶下來的一只大皮箱之外，她們每人還有一個大皮箱。從皮箱上的貼紙來看，這些皮箱發自巴黎的大陸飯店，並經由倫敦的麗池飯店而來。她們在麗池飯店待的時間很短。這可以從以下事實獲得證實，也就是在那艘輪船上的大皮箱，上面貼著麗池飯店的標籤。而這只大皮箱就是我在她們住宿的環球旅館房間裡所發現的那個皮箱。維萊茲小姐從這只大皮箱裡取出去博物館的衣著。她其餘的衣服——我是說她到旅館時穿的衣服——凌亂地放在床上和椅子上。我可以確定，即使它們不是被一隻匆忙的手扔得亂糟糟的，也是被一個漫不經心的人翻得亂七八糟，而那只大皮箱——」

「呃？」

「敞開著放在地上。」

「攤開著放？」

「是的，當然，我檢查過了。」

「什麼都沒找到？」

「看來今天沒有什麼可以幫助我們。沒有信件——沒有卡片。有一些衣服——一些小玩意兒（順便說一下，是在巴黎買的）以及一本小書。」

「書上有名字？」

「是的——安琪琳。我判斷還有一行文字是抄自某首詩歌。我把書放回原處了。如果我們瞭解得更多，它可能有助於我們找到她的朋友們。」

「就這些？」

「差不多，不過還有；那個年輕女孩還有一個包包。它被放在桌子上——」

「呃？」

「空的。所有東西事先都被翻了出來——包包被倒了個空，裡面的東西四散了。我仔細地察看了這些東西，除了你會在任何一個年輕女孩的旅行袋裡發現的東西之外，沒有別的東西了，確實沒有了。因此只能得出一個結論。」

「結論是什麼？」

「所有這些凌亂的東西被傾倒在桌上之後，又被匆忙地翻動得到處都是。這應該不是那位年輕女孩的傑作。」

「杜克洛夫人！」

「你說對了。她是在尋找一樣她想要的東西，而且她用最快的方式找到了。而且——」

「什麼，格萊斯？」

「她在孤注一擲的匆忙中那麼做，不然的話，她不會讓大皮箱敞開著，或者把那些精巧的小東西弄得到處都是。法國女人做事一向極有條理，而且很在乎她們的隨身物品。我注意到另外一件事，大皮箱的鎖孔裡插著一支鬆動的釘子。釘子上附著一股凌亂的棕色毛線。問題就在這裡，先生。這個女人——杜克洛夫人——穿著一條棕色的嗶嘰連衣裙。如果我的估計是正確的，而且我們能夠看一眼那條裙子的話，我們會在那條裙子上找到一條撕開的裂縫——而且，這條裂縫非常靠近裙子的摺邊。」

「這條裂縫是今天新撕開的？」

「是的——這是證明她匆忙的另一個標誌。當她發現裙子被釘子鉤住時，她可能猛力拉了一下裙子。她這麼做已經失態了——對此，我們應當高興。」

「你是說藉由這一個輕率的舉動，她在我們手裡留下了線索？」

「不僅如此。她雅致裙子上撕開了裂縫會使她心慌意亂。她不是馬上去修補，就是去做另一件引人注目的事——買一條新的裙子。無論她怎麼做，都會讓我們有線索去追蹤她。我已經派斯威特華特去行動了。他從不厭煩，從不疲倦，從不放棄。至今車站方面還沒有報告過來嗎？」

「一丁點兒也沒有。不過她逃不遠。即使她看過晚報後不出來自首，遲早我們也能找到她。」

「她絕不會自首。」

「不一定。你離開之後，博物館裡發生了一件非常奇怪的事情。我們叫來了雷諾茲，他對那張弓做了最仔細的檢查，以尋找指紋。他卻什麼也沒找到。不過幸運之神以另一種一樣好的方式眷顧了我們。」

「現在，**我願意**洗耳恭聽了。」

「我們把那張弓帶進館長辦公室，把它放在屋子中間的長桌上。我仔細檢查了它（這當然是在雷諾茲走後），然後就發現了弓上的一個原有的瑕疵，當我無意間抬起頭來看時，我的目光落在了懸掛在壁櫥裡的一面鏡子上，而那個壁櫥門戶敞開著；鏡子裡有一張臉——一張非常慘白的臉，在我的審視之下，它的容貌變得自然起來。那是科瑞的臉——你記得科瑞，博物館的一個管理員，一個相當誠實的傢伙，不過此刻他的樣子比之前更為憂慮。發生了什麼事？」

「我迅速轉過身去，就在他準備離開時，我叫住了他。他公開宣稱他不認得這張弓。不過很明顯，他認得這張弓，我毫不猶豫就指出了這一點。他突然感到措手不及，無法掩飾他的苦惱。接下來他是這麼解釋的：他記得這張弓，因為他曾有機會細看過它。他指著那個我已經注意到的裂痕，然後說由於這個缺陷，這張弓被丟在了一邊，而他最後一次處理它的時候——說到這裡，他屏住氣停了下來。顯然他回想起另外一件事，使他感到尷尬。」

「你有沒有做到讓他開口承認這是件什麼事？」

「是的，在我對他進行了一番勸說之後。他起初不願意吐露真相。不過很快你就會知道原因。回想起當初他見到這張弓的時候，他說他是在地下室的一個舊箱子裡發現了它，而他當時是在找另外一樣東西，所以把箱子裡的東西都倒了出來。他發現那張弓時很吃驚，他把弓拿出來仔細檢查，看到了我提到的那個裂痕，然後又把它扔回箱子裡。他這麼說時非常不情願。」

「而我很快就發現他不情願的原因。當時在地下室裡並非只有他一個人。當他關上箱子時，他背後某個人的影子落在箱子的蓋子上。他當時沒有認出這個影子屬於誰，所以就沒有多想，可是當他看到面前的這張弓，並且意識到它在今天早晨的悲劇裡所扮演的角色時，他的回憶就栩栩如生地湧現出來。他不願意說是否因為他知道只有一個和這家博物館有著積極聯繫的人，才會進入那一處地下室？我問道。我不期望他會回答，而他也沒有回答我。我們互相盯著對方看，過了不久，我就讓他走了。」

接著是短暫的沉默，然後這位督察又開口說：

「後來我把館長叫了進來，他也認出這張弓屬於這家博物館。但是他沒有主動做出任何解釋，而且事實上，他對這個話題幾乎無話可講。迄今關於這一罪行（或者事故，如果你願意這麼說的話）和博物館人員之間的直接聯繫，顯然令他深感吃驚。」

「那是自然的。射出致命之箭的那張弓必定是通過無人看守的某扇門，被帶進這幢大樓，他應該是第一個明白這件事的人。我和那兩個守衛談過話，他們都宣稱：不管如何隱藏或者包裹，沒有任何棍棒、雨傘或者諸如此類的東西從他們身邊通過，或者獲准通過。最後讓我們回到手邊的這件案子。所以，科瑞一點也沒有試著解釋在他不知情的情況下，這件武器是如何被人從地下室帶到陳列室的嗎？」

「是的。這一次他要整夜不能安睡了。」

「不單單是他。我必須，而且一定會解開這個謎團。明天會有好運降臨的。啊，我忘記說了，在你答應給我的三個小時中，我花了其中一個小時去和船長聊了一下，也就是那兩位女士所搭乘的輪船船長。不出所料，他沒有向我提供任何有價值的訊息。在我所找到的船員中，我也沒有獲得多少訊息。一個男服務員記得那個英國人，主要是因為只有當那位年輕女士出現在甲板上，他才會隨之出現。但是他從未看到他們兩人說過話。」

「你在最後一個細節上證實了特拉維斯的故事。」

「確實如此。我想我們可以信賴他，否則的話，我們就會毫無頭緒。」

「可是他的故事非常離奇。」

「這整個案子都很離奇——是我所知的最離奇的一件案子。不過它並非難以攻破。即使普通的案子也會令人受挫。我們還是要找到破解這整件謎案的鑰匙。」

「我贊成。要拘留特拉維斯先生嗎？」

「是的，把他作為目擊證人。」

「他是否會反對作為目擊證人？」

「一點也不。已經跟他說了——正如他所說的，在傾訴了他的全部故事之後——他相當高興，因為他擺脫了陌生人對他的一番好奇。格萊斯，他是個罕見的傢伙，如果他停下來思考的話，他一定會發現他站在一個或多或少棘手的位置上。不過，對於我們完全相信他所有陳述的真實性這一點而言，他在神色或行動上並未流露出任何懷疑。他唯一的苦惱似乎在於，因為這些殘酷的原因，他失去了他所傾心的女孩。明天我們讓他和泰勒女士對質。她應該能說清楚當維萊茲小姐倒地的那一刻時，他是否站在空曠的陳列室裡。」

可是在這一方面，格萊斯先生並不能向他提供任何振奮人心的消息。

「泰勒女士病了，我認為她病得很重。我停留在她住宿的旅館打聽消息。由於很多種原因，我十分擔心她的情況。而我所知道的關於她病情的報告，一點也不令人放心。她遭受了嚴重的休克。休克是如何引起的？是由於她目睹那怪異而驚人的死亡事件所引起的？還是那個離奇巧合的幻想，導致她強烈的情緒發作？還須進一步的觀察來決定。我從醫生或護士那裡獲得的消息都無法回答這個耐人尋味的問題。與此同時，目前禁止任何人探望她——以後也將禁止任何人探望，直到她開始康復為止。我們希望她很快能夠康復，否則的話，就要無限期推延對於她的訊問。」

「我不知道她的病情如此令人惋惜。我想在空閒的時間裡，我們應該可以找到足夠多的線索……她精神崩潰之前有沒有和別人聯繫過？她從博物館回去後有沒有發送或者收到任何訊息？」

「她沒有收到任何訊息。不過我無法確定她是否發送出任何訊息。她的房門邊有一個信箱。在我們派人監視她之前，她大可以在信箱裡投遞一封信。你現在一定在想兩件事：她對她丈夫所表露的焦慮以及她是否採取任何行動，來查明她對丈夫的擔心是否有事實根據吧？」

「是的，我剛才確實是那麼想。不過我認為她的想像已經過去了，不然的話，她現在就會病得太重，記不得她自己先前精神錯亂過。你當時和她的護士談過話嗎？」

「是的，那是一定的。而且我和旅館的老闆進行了一次簡短的談話。他對泰勒女士十分有好感。她在同一個房間裡住了好幾年，他說來說去總繞不開她樸素而刻板的生活。儘管她沒有刻意隱瞞她沒有和丈夫住在一起的事實，她一貫的行為卻贏得了普遍的尊重。他甚至沒有提到她的怪癖。如果她瘋了，那麼這是後來才發生的。到今天早上為止，她看起來一直很正常。無論你走哪條路，你遇到的總是迷宮和緊閉的大門。」

「報紙的報導遲早會打開大門之鎖。公開報導對於這類型的案件很有幫助。明天我們的處境可能會有利得多。現在，讓我們重新整理一下我們有責任釐清的事實。」

「要以哪一個前提為基礎？」

「拿所有的前提為基礎。目前為止，我們對於這個前提還不夠確定，無法落實其中一個。」

「很好，我看有好幾個前提是最重要的：

「誰把弓從地下室帶到了陳列室？

「把箭從這一個陳列室帶到另一個陳列室的人，會是同一個人嗎？

「根據特拉維斯先生的證詞，一支箭在穿過花瓶的彎曲處後，在那個窺孔中，是否有可能讓他射中既定目標？

「當這支箭射出時，位於博物館裡的男人或女人中的哪一個人，有足夠的箭術知識來為弓上弦？目標可能是碰巧射中的，但是只有一個老手才能為這麼堅固的一張弓上弦。

「誰打電話給杜克洛夫人？驅使她倉促離開旅館的訊息是什麼內容，以致於她不僅留下了最重要的行李，而且離開時沒有為她所監護的年輕女孩提供足夠的幫助？

「這是否意味著有人使她瞭解了那個年輕女孩的命運？果真如此的話，那個人是誰？」

「這些夠我們查的了，」當格萊斯列舉到這裡停頓時，督察如此評論道，「隨著你的陳述，我越來越相信可以在這個失蹤女人的拳頭裡找到你剛才提到的鑰匙。」

「這讓我們繞了一大圈回到了我們最初的結論：維萊茲小姐的死亡不僅是一起罪案，而且是一樁有預謀的犯罪事件。」

「作案者不是某個受益者，而是一個專門挑選對象的代理人。」

「而且這個代理人瞭解這個地方的門禁和機關。」

「一個符合邏輯的推論，不過仍然令人難以置信。我發現在這個案子裡，很難依靠表面現象來破案。」

「我也這麼認為。不過既然我們兩個人都說出了自己的觀點，時間會掃除這個案子裡一些自相矛盾之處。同時我建議來做一項實驗。」老偵探側身靠近督察，儘管他知道沒有人能聽到他講話，他還是輕聲在他耳邊嘀咕了幾句。

督察盯著他看。

「今晚？」他問道。

老偵探點了點頭。

IX 城市入睡時

夜晚——大城市的夜晚充斥著無數耀眼的燈光，和許許多多奇怪而反常的活動。誰沒有感受到他的想像力被如此懸殊的差異所激發——在這些理應安眠的時刻，形成最為顯著的對比？陰森的牆壁後面安睡著綻放笑靨的孩子們！尋歡作樂的地方跳動著音樂的節奏，閃耀著流光溢彩的白熾燈，而舞者的內心滿含傷痛，瀰漫的絕望使強顏歡笑變得刺耳而喧鬧！

在一九一三年五月二十三日晚上，在我們所描述的這座大城市裡，差異最為顯著的景象位於知名的博物館展示廳和兩個陳列室裡。

博物館裡燈火通明，彷彿要舉行一場招待會似的，摩爾風格的拱廊和雕花欄杆充分閃耀著建築之美，人類的天才在古代藝術的珍品裡蘊藏他們的靈魂；並且促使古人的故事在我們面前活生生展現，如那些古老的鑄件，來自沙漠的棟樑，來自巴森農神殿的柱子以及來自尼尼微和赫利奧波利斯的浮雕，這些東西充滿了每一個角落，誘使人的眼睛通過欣賞永恆的優雅或者超人的力量來滿足自己。可是沒有人留意這些！沒有一隻眼睛注意到角落裡的維納斯似乎帶著超乎尋常的誘惑力在柔和的燈光裡微笑，也沒有一隻眼睛注意到古代君王們所穿的盔甲帶有一絲險惡的寒光，這寒光盛於往昔以及寧靜的歲月。往日的幽靈或許在他們時代的寶物間隨意穿行，或者面對他們的主神一口飲盡了光彩奪目酒杯裡的佳釀——沒人會注意這些或者側目去看，因為今晚在這些高牆裡有另外的東西呈現在這些聚集者的眼前。一個將被記誦的故事通過人們的想像力，增添了豐富的現實性，而使他們不再遐思過往。

這另外的東西是什麼？讓我們跟隨聚集在北邊陳列室掛毯前的六七個人的目光，去看看吧。

不過首先我們要弄清，這神秘的一小群人由誰組成？這些人在深更半夜，在一所完全封閉的安謐的大樓裡，並沒有忙於賞玩身邊眾多的無價之寶，而是從事一項怪異且令人生疑的冒險，這個冒險與這個地方，以及他們所專注的行為風格迥異，這些人到底是誰？讓我們羅列一下吧：

羅伯斯先生以及另一位在此地第一次見到的博物館部門主管，傑克遜督察；格萊斯先生；兩個次要的偵探，以及一位具有真正印第安血統的陌生青年男子。這個印第安人一直立正站在他們背後不顯眼的地方，彷彿在等著接受命令。

一共就這些人嗎？是的，在這個陳列室裡是如此；但在另一個陳列室裡，在某一邊的拱門間，可以看見幽暗的身影；或許，我們很快可以得知這些人的身分。

這些在南北兩個陳列室裡的不同人群正在專注地看著什麼，以致於他們都朝著一個方向——那個最引人注意的方向——那個把死亡帶給無辜、含笑的少女的致命之箭，它在十四個小時前的飛行方向？他們都在看一個重新灌注了希望和快樂的少女雕像嗎？那邊確實有一座雕像，但是天哪！這只不過是從某一樣展覽品中搬過來的一個假人。根據特拉維斯先生不情願的說明，這座雕像被人擺放成一定的角度，而這個角度跟受害少女的身體一樣，與陳列室前沿構成同樣的角度。

為什麼要那樣放置？為什麼要被對面陳列室裡正對它的人們全神貫注地凝視，這一切變得不言自明，因為那個印第安人已經被人從不顯眼的地方叫了出來，我們可以看到他一隻手裡握著一張弓，另一隻手裡握著一支箭。即將進行的實驗將如他們所希望的那樣，去檢驗特拉維斯先生故事的真實性。如果一支由座墩前後射出的箭穿過花瓶基部附近彎曲處，從那個窺孔可以射中這個假人的胸部，那麼他們將有足夠理由懷疑他的陳述，也就是不管那支箭的外形如何，都不是從這個陳列室射出去的。如果這支箭射不中假人的胸部，那麼就可以相信他的陳述，而那阻礙他們進一步行動的疑雲也可以從他們心裡消除了。

另一位部門主管的名字叫克雷頓，他站在督察的左邊緊靠著掛毯。督察此刻轉過身來對他解釋道：

「你現在站的地方背後有一道門，有一張上好弦的弓在門口那邊，而拉・弗萊契先生手裡的那張弓跟它一樣長一樣重。他手裡的箭與射進維萊茲小姐胸部的箭來自同一個箭筒……你剛才說話了？」

不，克雷頓先生沒有說話。可是由於某種原因，他身邊的一小群人都緊張起來，而這也強化了他們的意識。他們的眼睛和耳朵都變得警覺。只有那個印第安人還顯得從容。

「拉・弗萊契先生，起初你站在這裡。」督察邊說邊指向特拉維斯先生最終確定的位置，這正是他目睹維萊茲小姐倒下時他所站的位置。

印第安人就位了，他看到了斜對面的假人，手指按在了弓弦上。

「假人胸部別著的花束距離左邊一英寸。」格萊斯先生幾乎湊著他的耳朵低聲說話。

這是一個扣人心弦的時刻，甚至那兩位偵探也流露出興奮的模樣。

但是印第安人沒有射箭。相反地，他朝督察回過頭來，平靜地說：

「既然你們要求，我就站著射，可是我認為你們會發現那支殺人的箭是由一個跪著的人射出的。」

兩位偵探的目光瞬間交流，只有一個人看到了這一幕！所有其他人都看著這支箭閃電般地飛出。它不偏不倚射中了假人。每個人都顫抖了，甚至包括督察。它把現實的悲劇栩栩如生地展現在人們腦海裡。

與此同時，在對面觀望的那一小群人裡也發生了動靜。他們之中的某一個人大搖大擺地走過來，走到假人的旁邊，拔出箭來，然後仔細察看它留下的破洞，搖了搖頭。這個人是驗屍官普賴斯。

「再射一次，這次從座墩後面射。」他隔著一大塊空地朝這邊喊話，一邊回到原來的觀察點。

督察按照他的意見向印第安人示意，印第安人輕巧地轉身走到座墩後面。

「這樣更好了，」督察馬上評價道。「從你現在站的地方，你還能輕易地使用弓箭嗎？」

「這裡有足夠的空間。」

「很好。不過等一下！在我們進行下一步之前，我希望這些先生們注意一件事情。你們一定都很清楚，如果一個人站在剛才拉・弗萊契先生所站的位置上，那麼從一樓展示廳抬起頭來看，或者從對面陳列室看過來的任何人，都能夠輕易地看見他；從大樓兩端任一邊寬闊走廊那裡看過來的任何人，也能輕易看到他。但如果像拉・弗萊契先生現在一樣，這個人沒有站在座墩前面，而是站在座墩後面的話，別人還能看到他嗎？跑到一樓去，巴尼。先生們，你們朝不同的方向散開，然後告訴我你們的看法。現在就行動！」在接下去的幾分鐘內，這些人向右或向左沿著兩個陳列室跑開了，而督察在等待之後問道：「你們怎麼看？」

一樓有人大聲喊道：「要是有人碰巧朝那兒看過來，是看得到的。」

「你怎麼看，驗屍官普賴斯？」

「讓這個人跪下。」

督察下了命令。

「啊，那就不同了！花瓶凸起來的部分擋住了他的上半邊腦袋，而座墩本身擋住了他的下半邊腦袋。他可以安然無恙地從他目前的位置射箭。」

「你們都同意這個看法？」

「是的，是的！」來自大樓不同部分的聲音都這麼說。

「好吧，拉·弗萊契先生，這是來自同一個箭筒的另一支箭。重新瞄準後射吧。」

又是一個扣人心弦的時刻——比前一次更扣人心弦。然後第二支箭飛過展示廳，顫動地插在假人的胸口上。

人們從陳列室的兩邊跑過來，他們急切地靠在欄杆上，看著驗屍官再次走出來進行第二次察看。

這次他讓他們的心懸了好幾分鐘，而且他拔出箭之後，久久地注視著那個洞。他並沒有向大庭廣眾大聲喊出他的判斷，而是離開陳列室，繞著圈走了過來。

他會說什麼呢？當他們等待時，鄰近某個尖塔上的鐘敲響了——響亮的三聲！兩位部門主管對視了一下。他們無疑感受到了這個時刻、場合的怪異。對於這些辦案程序的外行人來說，這是一次嶄新的體驗。

當驗屍官到達他們旁邊時，便加快了腳步。他在重新聚集的人群邊緣以決然的口氣迅速說道：

「特拉維斯先生否認那支箭是從這個座墩的前面或者後面射出的，他或許是正確的。拉．弗萊契先生射出的第一支箭幾乎以一個不偏不倚的角度射中了假人。第二支箭比第一支偏離了一點點。但根據先前我所查探和精確定位的真正的傷口，可以確定箭的角度是傾斜的。那支箭一定是從一個更遠的地方射出的。」

「從另一個座墩後面射出的！」格萊斯先生大聲說道，渾身充滿了激情和興致。「不是那個英國人欺騙了我們，就是每一個座墩後面都有一個人。」

「我們會弄清楚的！拉．弗萊契先生，從另一個座墩後面再射一次！」

印第安人悄悄地走了過來，走向掛毯的另一邊，後面跟著督察、他手下的偵探們和那兩個博物館的部門主管。當他們一個接著一個從巨幅掛毯的正面走過時，他們的外表不像是活人而像是一群行進中的幽靈，因為他們的腳步很安靜，他們的神色很陰鬱。對於某種進展而衍生的擔心，迄今尚未被承認，使他們的行動顯得緩慢而非匆忙。上首的座墩而不是下首的座墩！這種可能的事實何以會使他們產生不同的情緒？然而他們的情緒確實不同了——也許是因為這種可能的事實意味著：他們本能地認為可靠的那個人欺騙了他們，或者——

但是當只有事實重要時，為何要進行猜測？讓我們繼續講述並等待結果吧。

走到上首的座墩邊，拉・弗萊契先生站定了，接過第三支箭後馬上射了出去。早就走向對面的驗屍官急忙走近假人察看一番，然後舉起手大聲喊道：

「箭是從那兒射出的。問題解決了！」

疑問：是特拉維斯先生故意誤導了他們，還是這一個證據強化了那個有利於他的假設，亦即是：事實證明可能有另外一個人從這個陳列室、同一個展示區射出了箭，而他還自認為當時他是那個展示區裡的唯一一個人？

x　「他先前就站在**這裡**？」

督察發現自己被剛剛提到的那個疑問深深困擾著，就想要詢問他機敏的下屬：展開的怪異行動是否取得了任何顯著的進展。他委實不能對此做肯定的回答，而且他感到極為驚訝，因為當他走向樓梯口時，格萊斯先生狂喜地在他耳邊這麼說道：

「真是不錯。我們有收穫了。我們現在知道了箭被射出去的準確位置。」

「但不知道射箭的人。」

「是的——除了知道它不是特拉維斯射的。」

「你如何能確認這一點？」

「有兩個理由。第一個：如果很難理解一個男子如何從東邊的座墩後面溜出來，然後沿著空曠的陳列室走向H房間，而不被布置在對面的警官看到，那麼我們如何能碰巧發現這一點，如果他的行程再增加三十英尺的話——這是兩個座墩之間的距離！」

「那個傢伙當時在幹什麼，無論他逃跑的路程是長是短，他當時應該無法預見到我們的偵破手段吧？」

「他說他當時沒被賦予偵探的職責——即被安排在那裡看管年輕女孩的屍體。在某個時刻，他想像自己聽到了從陳列室遠端走過來的鬼鬼祟祟的腳步聲，屈從於這種滿腹懷疑的好奇心，並且急切地想認出這個人，他就走向分隔他身處的展示區和鄰近展示區的那道拱門，在拱門內側停下了腳步，站了一會兒凝神細聽。由於這牽涉到他把背轉過來並且朝向展示廳，以及隨後朝向對面的陳列室，這就正好給了特拉維斯一個他所需要的悄悄逃脫的機會。不過，我發現你並不十分認同我提出的觀點，所以你不能採信他的故事，以及他自己所說的位置（在東邊的座墩後面）的理由。你一定認為如果對面警官背對展示廳站著的時間足夠長，特拉維斯會像他承認跑過的二十步一樣，輕易地跑過那額外的三十步。接著，請聽我的第二個理由，不妨往這邊走。」

領著他的上司向B房間走去（這個房間的門敞開著），他停在門外觀察，當督察目睹門內的情況時，督察的心裡會產生什麼樣的影響呢？很明顯，老偵探早已估計到了督察的態度，因為督察帶著極為驚訝的神色對他低聲喊道：

「特拉維斯在這裡！在這裡他可以又聽又看——」

「是的。督察，好好地看看他。他一點也不會惱火。我懷疑如果我們走進房間，他是否會注意到我們。」

督察本人也是這麼想的，因為他看到這個英國人正在極度的興奮中活動身子。只見凝神苦思的他邁步在房間裡走來走去，碰到障礙物就機械地轉身，如果沒有障礙物，他就絲毫不顧周圍的環境如何，甚至不去注意斯威特華特的存在，而斯威特華特正安靜地站在某個角落裡觀察著他。

這種情緒的起伏非常強烈，足以吸引任何人的注意，但它令這位警官感到印象深刻的是這一點：英國人的興奮是一種勝利的興奮，不帶有恐懼和緊張，他充滿了希望，不帶有一絲慌亂。

「他現在沒在想他自己的事。」格萊斯嘀咕道。

「他先前就站在**這裡**？」

「不——我們讓他隨意自由活動。他自己的意願使他目睹了整個辦案過程。」

「斯威特華特呢？」

「他距離他足夠近，可以觀察他的每一步舉動，不過當然了，斯威特華特讓自己遠離眾人的視線。」

接著他們都從門口走開了。

「特拉維斯先生不知道他正在被人監視。他以為自己是一個人獨處，而且他的面部表情很豐富，對於一個英國人來說，這簡直是太豐富了，所以斯威特華特就能輕易看清楚他內心的想法。」

「那是些什麼樣的想法呢？」

「無疑是為他那冥思苦想了好幾個小時的現象找到了解釋，而感到欣慰。很明顯，他在一個座墩後面躲了一段時間的這個事實，並不能證明可能有另外一個人躲在另一個座墩後面。」

「我並不感到吃驚。甚至我們也很少碰到這種令人驚訝的巧合。」督察一本正經地回答道。

在這種匆忙的交談過程中，他們離開話題中的男子的視線和聽力範圍越來越遠了。不過，就在這一刻，傑克遜督察再次走近門口並走了進去，他的樣子就是要打斷正在神經質走來走去的特拉維斯先生，他就這麼不顧禮貌地說道：

「我知道你覺得驚訝，特拉維斯先生。對於那個座墩的上端可能隱藏了什麼，你和我們一樣都沒有去琢磨過。」

「你說得對。我甚至從未朝那裡看過。不過即使我看了，我也看不到什麼的。不管這個人是誰，他躲藏得很好，非常得好。不過現在他無法逃脫了；督察，你會抓住他的，是嗎？他應該還沒有離開這幢大樓——所有人都說這是不可能的。可以這麼說，當我向下走進展示廳時，兇手應該是在我眼前四處走動的人群之中的一個。找到他！找到這個謀殺無辜女孩的兇手！他謀殺了一個最可愛最純潔的女孩——」

說完這段話，他轉過身去。哀痛已經取代了憤怒和復仇之心。看到這樣的景象，那兩個偵探離開了。督察最終確信了這個男子的誠實以及一個嚴峻而令人不安的事實：那個真正的罪犯——那個用罪惡的手指射出致命之箭的男子——正如特拉維斯所說的，是包括他在內，那些被安排在博物館裡，在知名偵探眼皮底下活動了好幾個小時的二十二個人，兇手就是他們其中的一個。

XI 足跡

通緝令——一個自稱為安托瓦內特·杜克洛的女士，她剛剛搭乘卡斯塔利亞號輪船從歐洲來到美國。她在環球旅館為自己和同伴安琪琳·維萊茲開了房間，然後在五月二十三日傍晚匆忙離開旅館，從此音訊全無。

她本人中等身材，具有法國女人少有的肥胖。黑色頭髮，黑色眼睛，受左眼皮的影響，左眼乾癟下垂。她的衣著是一條裙子和一件淡棕色的短上衣。帽子情況不明。她離開旅館時帶了一只中等大小、狹長型的深棕色皮包。除了一隻下垂的眼皮之外，她唯一的特別之處就是步履蹣跚。當她拚命快走時，這個特點就更加明顯了。

希望此人在得知維萊茲小姐的死訊後會馬上和環球旅館的員工聯繫。

如果在兩天之後，此人仍然沒有音訊，任何能夠提供這個法國女人行蹤的確切消息的人，我們將給予獎勵金五百美元。

警察總局（馬爾貝里街）。

這個慘案的詳細報導出現在所有早報上，而隨後附加的這則告示激起了這座城市——我甚至可以說這個國家——更強烈的驚訝和激動，其程度超過了頭一天晚上報紙進行頭條報導所產生的效應。

這個通緝令會有效果嗎？

早晨過去了。沒有任何關於安托瓦內特・杜克洛的消息。

下午湧入了各式各樣的消息，讓警察們忙碌了起來，但沒有得到什麼明確的結果。

五點鐘了。博物館的幾位部門主管聯名送來一份公文，大意是說在這種特殊的情況下，由於沒有任何死去少女的朋友到場，他們願意提供必要的協助，適當地協助他們處理這位不幸在博物館遇害的少女屍體，並且安葬她。

一個半小時之後，督察焦急等待的格萊斯帶著一份報告進來了。格萊斯是位老人，而且我們都知道，他連續工作了兩天，昨天晚上又沒有睡好，所以督察就推了一把椅子到他的面前。可是他沒有如督察所期待的那樣一屁股坐下，也沒有表露出任何過度疲勞的樣子。當他終於坐下來，而且辦公室裡只剩下他們兩人時，儘管他確實有許多話要說，卻並不急於開口，而是默不作聲地，也可以說，習慣性地擺弄著他從桌子上拿來的一個小物件。

督察終於開口了：

「你一直在忙。發現了什麼嗎？」

「沒有什麼重要的發現，督察——不過在意料之外的事中，足以令我費心了。確實，在研究案發現場時，你詢問過那個從座墩上端後面射出箭的男子是如何逃脫的；他和特拉維斯不同，沒有等到第一次興奮過後才行動。可以說，當時通往展示廳的逃跑途徑是通行無阻的。當我命令所有在我面前排成一隊的人回到第一次警報發出的位置時，他們跑到自己所占據的準確位置直到被解散，X（以後我們這麼稱呼他）肯定是在這些人當中。當我們意外發現特拉維斯之後，我們派人把整幢大樓從上到下搜查了一遍。除了在草圖上標記的人之外，沒有找到其他任何人。正如我所說的，罪犯一射出箭後，就馬上設法逃跑。但他當時是如何迅速下樓，這是一個令我百思不得其解的謎團。不過我們現在可以再談談這個謎團。他當時到了下面，而且沒有人注意到他。他是怎麼做到的？總而言之，在兩個座墩之中，任何一個的後面都存在著三種逃脫途徑。特拉維斯走的路線是朝向二樓的前端，繞過那第一個標記為H房間的一組房間，來到後面的樓梯。更為直接的路線是就近退出陳列室，然後穿過六號和七號展示區，最後到達同一個樓梯。而唯一值得考慮的路線，是直接衝進掛毯後面的小門，然後走下旁邊彎彎曲曲的樓梯，再進入館長的辦公室。這個神秘的兇手絕不會走特拉維斯的路線，他也絕不會走第二條路線，因為這樣一來，他就會迎面撞上科瑞。所以他走的路線一定是一扇隱藏的小門。我對此深信不疑，所以在昨天晚上發現排除了特拉維斯的嫌疑之後，今天早晨的第一件事就是檢查這扇門和它後面神秘的小通道。當初我們第一次得知有這扇門時，有人告訴我們這個門已經多年未開，而且開這扇門的唯一一把鑰匙是館長向我們所展示的，他從自己口袋裡拿出來的那個鑰匙圈上懸掛的那把鑰匙。對於這句話，我毫不懷疑，根據這一說法，我們決定以自己的方式來打開這扇門，我們馬上就這麼做了。結果卻馬上發現有人近日曾經穿過這扇門，而且下過這些樓梯。我們不用走到門邊就能看得出來，地上的灰塵裡有一連串深深的鞋印。鞋印多而且雜亂，我讓經驗豐富的史蒂文斯進行細緻的觀察和巧妙的處理，以便查清楚這些足跡。現在他正在檢查鞋印，天黑之前，就會給你一份報告。」

督察是一個坦誠的人。他的臉上明顯表露出吃驚的表情。

「這是一起非常嚴重的案件，格萊斯。」

「非常嚴重。」

「單純來到博物館參觀的遊客不會這麼胡作非為的。」

「是的。」

「這就意味著——」

「和博物館有積極聯繫的某個人，伸出魔爪犯下了這起慘劇。」

「我想也是。」

「這個人應該熟知那扇門的存在，並且有能力打開它。問題是——誰做的呢？」

格萊斯先生邊說邊有意避開督察的目光。隨後督察抬起頭來，又低下頭去——他也避免和老偵探四目相接。此刻兩人都感到很尷尬，隨後督察引開了話題。

「你提到的那些鞋印，可能不是在你指明的那段時間留下的。它們可能是後來才留下的，也可能是以前就留下來的。也許館長本人感到好奇，所以對偵探工作，小試身手了一下。」

「他沒有機會。當時我們一進入大樓，整幢大樓的每個部分就被嚴密地守衛起來。他可能在慘案發生前上去過。這是大可懷疑的。可如果他真的上去過，當他給我們看鑰匙時，為何不告訴我們真相呢？館長秉性正直，他不太可能在這麼重要的一件事情上欺騙我們。」

老偵探的話引起督察迅速掃過目光來，而沉著、冷靜的老偵探並沒有回以一瞥。他若有所思地用兩隻手指擺弄著小物件，持續地搖頭晃腦，督察只有從老偵探全然嚴肅的神色中推斷：他的內心和手指一樣不平靜。難道這就是他話中帶有疑問的原因？

「你們在掛毯後面破門而入時，館長在哪裡？他究竟是不是在大樓裡？」

「沒有，長官。今天他不在博物館。他從昨晚病到今天。他向我們表達了歉意。如果他當時在大樓裡，我懷疑我是否會下命令破門而入。我會直接要求他使用他的鑰匙。他會按照我的要求去做，並且守口如瓶。就我所知，我一點也不瞭解他的任何一位下屬。幸運的是，我們破門而入時，沒有人在旁邊偷窺。而且，史蒂文斯將能夠確保一件事：

當他瞞著博物館所有部門主管去把門鎖上時，旁邊沒有人會偷窺他幹活。」

「那麼，這將是一次祕密調查？」

「我建議這麼去做。」

「避開所有的記者，也避開所有的通風報信者？」

「你不建議這麼做嗎？」

「我同意這個方法。你還有什麼要吩咐？」

「等史蒂文斯有了消息再說。」

他們等了沒有多久。史蒂文斯比他們期待的還快出現。他手裡拿了一摞紙，在督察的指示下，他把紙攤開在他們面前，然後他說：

「只有一名男人下過那些樓梯。不過那個男人下樓了兩次——一次穿著橡皮套鞋，一次沒穿橡皮套鞋。同樣清楚的痕跡顯示他只上過一次樓梯，而且當時他穿著橡皮套鞋。我費盡心思去保留這些腳印，並且拍照存證。不過你們會發現一件事：第二串腳印大約有一半踩在了第一串腳印上，這個新發現造成了極大的困擾。我敢分析如下：一個穿著橡皮套鞋的男人迅速跑上樓梯又迅速跑下來，然後這個男人又穿著另一雙鞋子第二次跑下樓。全部的情況就是如此。這些其他的碎紙片，」當他看到督察把目光掃向眼前的碎紙堆時，他繼續說道，「這是我要給你們看的，是我在西邊那個座墩周圍查看指紋的結果。一隻戴手套的手開弓射箭。看這兒：這是我從那個座墩的內緣取得的壓痕。」

他拿過一張四四方方的小紙片，上面清清楚楚地標示出一隻兒童手套縫補過的痕跡。

史蒂文斯走後，督察有意地大聲說道：

「格萊斯！說出這個嫌疑犯的名字。我們要加快進度了。」

老偵探站了起來。

「現在我還不能說，」他說道，「給我一兩天的時間。我必須花時間思考——收集證據。曾經提到過的名字都會產生回響。當我腦海中的回聲響起時，它必須不帶有任何虛假的音調。要記住，昨晚我沒有睡覺。當我憑自己的判斷把這件案子遞交給你時，我必須處在最佳狀態。今天我不是在最佳狀態中。」

毫無疑問，這是句實話，但督察沒有發覺。

XII 「不要放過任何人！我說，不要放過任何人！」

回家途中，格萊斯先生在卡爾德隆旅館駐足，打聽泰勒女士的狀況以及他是否能與她進行一次有限的面談。

他被告知這樣的面談在數天之內不可能進行——因為她仍然臥病在床，神志不清，間或會有強烈的意識短暫閃現，有意識時她會大叫「不！不！」——恐怕她得了腦膜炎，而且她越來越激動的情緒可能會導致喪命。

這是破案路徑上的又一個阻礙！他希望能幫助她恢復記憶，這樣一來，她向他講述的實情就能極大地簡化他的任務，這項任務詭譎之處令他暗自不安。在那個剝奪小安琪琳生命、摧毀她自己理智、刺激她神經的事件發生之前，她的精神狀態良好。就算是現在，如果接觸她的人能加倍小心，她也可能回憶起發生致命事件前的一些印象。假設，如果她能大體描述一下當她轉身進入南邊陳列室時，在那些前往北邊陳列室的人中，她可能看到的任何人的相貌；這將能堅固他的推論，也絕對能支持他的下一步辦案過程！

可是對於這件事，他必須等待，如同他必須等待從杜克洛夫人那裡得到安琪琳的故事。同時，要吩咐一下斯威特華特——然後就休息。

當格萊斯先生接手一樁嚴重的案子時，他的習慣就是在自己家裡接待他這個出色的幫手。不必擔心會有人在他家竊聽偷看。他有時候認為自己是一切事物天經地義的主人，甚至是斯威特華特的主人。因為這個小夥子愛他——他的愛有其理由。有時候，當他們進行了一次冗長的談話之後，斯威特華特會拉拉小提琴，老偵探會感到一如既往的快樂，儘管他的小孫女結婚後就與丈夫一起去了地球的另一邊。

今晚，他不希望有任何這樣的消遣活動。斯威特華特比他預期的還要晚到，在斯威特華特眼裡，老偵探卻顯得特別需要消遣來放鬆心情。只見他坐在老式昏暗的書房裡，一邊用半闔半開的手掌捏著一些小東西，一邊苦思冥想著，他的目光專注又憂愁，這使他年輕的下屬不忍多看。因為心中滋生的不確定感，激起了這個年輕人的鬥志，並且促使他們盡快行動。可是，這份不確定感也使得老偵探疲倦萬分，並且消耗了他們僅存的一點元氣。從老偵探對那個無關緊要的小物件，持續憂心忡忡地凝視，斯威特華特也感受到了不確定感。

不過，對於這個年輕偵探熱烈的問候，格萊斯迅速回過神，抬起頭來，報以歡迎的目光，他們馬上就進入正題。

「那麼你見到了特恩布爾！這個人說了些什麼？」

「他說他看到當時掛毯抖動的部位是左上角，不是我們先前盲目猜測的右上角。」

「很好！這樣我們就可以理所當然地認為我們的新觀點是有根據的。你不在的時候，有些事情真相大白了。掛毯被人拉到一邊不僅僅是為了拋進那張弓，而且是要讓拋弓人穿過掛毯後面的門，下樓直到館長的辦公室，然後再前往展示廳。」

「唔！那麼是誰……」

「要是你早點告訴我實情的話，你當天的工作就會大不相同了。在黃昏這一刻才得到消息，我們可能已經浪費了幾個小時的寶貴時間。不過，我們不必為此而煩惱。泰勒女士還沒有好轉，我們要抓緊時間來驗證我的想法。如果我們成功地追查到杜克洛女士的行蹤，或者成功地收起我暗地裡布下的綿密陷阱——嗯，我決定叫他X——所有的反對意見就會煙消雲散。我期待能找到這個女人，不過對於我布下的羅網，我非常懷疑它的功效。它必須廣泛而深入，絕對不容許任何一個環節出現漏洞。」

斯威特華特坐著，看起來有點驚訝，而且一言不發——內心裡他倒是什麼都想聊一下。他對這個傑出朋友情緒的變化再熟悉不過了，自己卻表現出前所未有的緘默；這讓他思考，卻沒有讓他變得健談。

格萊斯先生似乎很滿意目前的情況，儘管他沒有聲張，而且繼續保持自己出神的樣子和安靜的儀態。所以斯威特華特一直等待著，一邊等待一邊偷看了一眼那個小物件；他的職業夥伴仍然緊盯著它不放。

它看起來像是一小片窄窄的骯髒黑布——別的看不出什麼來了——好像是雨傘收起時用來綁緊雨傘的不起眼的黏扣帶。這是雨傘黏扣帶嗎？斯威特華特現在會叫他去找出那把掉落帶子或帶子被人扯掉的雨傘嗎？不會，博物館禁止訪客把雨傘帶進去。而且，這個小布條的末端沒有金屬圓環，因此它不具備他剛才提到的功能。它一定是別有用途。不過，格萊斯先生不耐煩地把這個難以歸類的東西丟到一邊，然後開口說道：

「今天我和科瑞進行了一次長談。他好像每天早晨在博物館開門前都要穿過兩間陳列室。儘管他不願意發誓，他還是堅持那天早晨他經過時，那只裝有阿帕契族箭的箭筒裡面，一支箭也不少。他有快速瀏覽東西的習慣，這使他總能注意到事物的缺陷或者絲毫的凌亂。」

「我明白了，長官。」斯威特華特以怪異的語氣附和道。格萊斯先生的態度表明他等著斯威特華特顯露出興趣。

老偵探也許沒有注意到年輕人說話時的奇怪語調，也許注意到了，卻毫不理會，因為他還是照老樣子繼續說道：

「斯威特華特，我希望你在下面這個惱人的問題上動動腦筋：如果殺害這個少女的箭十點的時候是在一間陳列室裡，為何它會在十二點的時候進入另一間陳列室？那張弓」——說到這裡，他有意停頓了一下——「可能是通過鐵製樓梯被人帶上來。但是那支箭——」

他的目光注視著斯威特華特（對格萊斯先生來說，直視別人是罕見的事情），然後他等待著——耐心地等待著，對方卻沒有回應。然後他乾巴巴地說道：

「我們倆都很遲鈍。你厭倦了一整天的工作，我也厭倦了我的工作。等我們的腦子清醒一點再來考慮這些棘手的問題吧。不過」——說到這兒，他伸手去拿剛才丟到一邊的骯髒布條，並且把它扔給了斯威特華特，然後以幽默地語氣繼續說道——「要是今晚你的夢有個主題，這個就是。要是你不想做夢，而且想為明天找點活幹，就努力查清楚它是從誰的衣服上掉下來的、它有什麼用處。它是我在二樓的B房間裡撿到的，泰勒女士在下樓前被扣留在那裡。」

「啊，終於碰到有形的東西了！」

「我不懂這個東西。說實在話，我不懂。不過我們不能再讓任何東西從我們眼皮底下溜走了。像那樣的小東西往往會開闢出一條嶄新的途徑。這樣的途徑是很容易錯過的。」

斯威特華特點點頭，把這個小布條放在手掌上，仔細地觀看。它是綢質的，雙層縫合而成，只是在兩端的邊緣沒有縫合起來。它兩端的開口是鬆開的，因為幾根綻開的線頭而顯得毛糙，好像它原先穿過半打左右非常粗糙的針腳，然後附著在某件衣服上，後來又被匆忙地剪斷了。

「我想我可以理解你說的話，格萊斯先生，」斯威特華特說著慢慢站了起來。「不過，一個夢或許能幫我大忙；走著瞧吧。」

「我明天早上十點鐘才會離開這裡。」

「很好，長官。如果你不介意的話，我就把這個帶走。」

「請務必帶走它。」

斯威特華特轉過身去，又被他上司的緘默所打動，忍不住回頭看了一眼。格萊斯先生也站了起來，身體面對著他，明顯想要說話。

「孩子，」他說道，「要是你做的夢引導你去破案的話，不要放過任何人，我說，不要放過任何人。」

然後他坐下來了。老偵探發出最後這一道命令，給斯威特華特留下了深刻的印象，但這個印象一點也不讓人快活。

XIII「給我寫下他的名字」

一個晚上的好眠使格萊斯先生恢復了活力，也讓他有了充分的準備重新開始工作，第二天清晨，他坐在同一張桌子旁，期待著斯威特華特傳來訊息。同時他帶著超過頭一天晚上的注意力仔細看這個小夥子先前交給他的工作紀錄。一部分讀者可能會對這份工作紀錄感到興趣。他把博物館發生慘案時的在場人員列表標示在草圖上，並把在短暫時間裡能夠收集到的詳細情況，按照每個人的情況做了紀錄。

一號：埃弗雷姆・蕭特。一個首度到訪紐約的身材健壯的新英格蘭人。準備把一個

吸引人的故事帶回家。對於失去理智的行為和讓人一頭霧水的陰暗案情不太在乎。但是因為有案子發生，目睹到很多人像稻草人一般在一幢大樓裡四處站立，這可以在往後的好多年裡，作為故事講給孩子們聽。

已記下他的地址，他的自我描述也通過電報證實了。

二號：林奇女士。寡婦，在澤西有一所小房子，有錢養家。沒有孩子。熱心教會工作。誠實可靠。唯一的缺點是生理上的——極度緊張。

三號：卡爾頓・羅伯斯先生，部門主管。工作賣力，是美國聯邦同盟會的會員並且有野心成為美國參議員。住在某某街西六十七號的單身公寓。具有無可爭議的人格和明確的地位，是一位廣受尊敬的人物。是朱厄特館長的密友。

四號：艾本・克拉克，門衛。長期受雇於博物館，公認為完全可靠的人。家住西八十街的一個體面小區。有妻子和九個孩子，孩子們大多已成年。從未出過國。與國外沒有通信聯繫。

五號：愛瑪・薩頓，美術愛好者，通過臨摹昔日大師的作品來謀生。本星期有六天待在博物館裡。特拉維斯就是在H房間裡她的畫架後面找到了藏身處。

六號：愛麗絲・李女士，寡婦，是愛德華・克朗克・泰勒的妹妹，與哥哥一起住在第六大道。脾氣溫和，受人喜歡而且藏不住話。在國外沒有熟人。

七號和八號：約翰．德雷普和瑪麗．德雷普，夫妻，住在新澤西州的東奧朗奇市。是正派、受人尊敬的居民，沒有海外關係。

九號：海蒂．阿姆斯特朗，少女，不太聰明但秉性誠實。不太可能把她和這起案件聯繫起來。

十號：查爾斯．辛普森，明尼阿波利斯市的居民。來市區裡出差，住在聖丹尼斯飯店。急著想回家，不過在要求之下也願意留下來。痛恨外國人。認為美國是地球上最偉大的國家。

十一號：約翰．特恩布爾，大學教授。屬於新潮人士，警惕心強，善於觀察，表達力極為準確。不太可能撒謊。

十二號：詹姆斯．亨特，守衛。作為守衛有點顯老，不過腰桿筆直，行為過於刻板。沒有妻子和孩子。銀行存款超過他的個人需求。

十三號：夏洛特．亨斯克小姐，上個季節剛剛進入社交界的女子之一。愛好網球和其他所有的戶外運動。不太友好但性格堅定。當泰勒女士在B房間暈倒時，是她在旁進行了照料。

十四號：從地下室上來的博物館管理員。

十五號：愛麗莎・布萊克，一個教師，長期患病，目前正在痊癒中。

十六號：拉德警官。

十七號：湯米・埃文斯，童子軍。沒有錯過球賽。午餐在麵包店吃了個餡餅後就去了球場。

十八號：內森尼爾・勞德女士，一位有錢的寡婦，住在雷奇思街。

十九號：厄門特魯德・泰勒女士（除了已知情況，沒有新的訊息）。

二十號：亨利・阿伯特，哥倫比亞大學學生，善良可靠，但過度傾向於獨處，以致於成為同學們的笑柄。

二十一和二十二號：一對來自哈弗斯特勞鎮的夫婦，剛剛結婚。丈夫是藥店職員，妻子是一個農民的女兒。在老家夫婦倆被視作善良人士。

二十三號：詹姆斯・科瑞，博物館管理員。單身，和守寡的母親住在一起。整體而言，紀錄良好。被批評過一次，不是因為玩忽職守，而是因為某種與職位不相稱的愚蠢行為。熟知博物館以及館內的展覽品。人品好，受歡迎，儘管有前面提到的小過失。在家裡和朋友圈中被認為是個大好人。過於興奮時可能會有點隨便，但不酗酒而且非常熱愛運動。曾經是一家專門舉辦花劍（一種擊劍比賽的項目）和射擊類競賽俱樂部的成員，總是得到冠軍。每週三次拜訪同一位年輕女士。

二十四號：朱厄特館長。是一個老鰥夫，有兩個孫子輩的孩子——一個女兒嫁給了英國人，現在住在英國漢普郡的林戈爾德，一個兒子是加利福尼亞州一家大農場的主人。在城裡時住在戈爾漢姆旅館。此人廣為人知，這裡就不再贅述他和他的性格。如果他有缺陷或者是弱點的話，那就是他深以博物館以及他自己的管理方式為豪。

和頭一天晚上一樣，格萊斯先生在其中一個名字上注目的時間最長。當警察總局來電的鈴聲在他肘邊響起時，他還在對這個名字苦思冥想。先前發去倫敦和巴黎的電報都得到了回覆，這兩封回覆的海外電報都保證：將對杜克洛夫人和她的同伴維萊茲小姐的背景進行全面調查。

電話的內容就是如此。沒有任何關於她們的進一步消息。格萊斯先生歎了口氣便掛了電話。

「破案過程將會充滿意外和漫長的曲折，而且在懸崖邊緣時會格外危險。」他疲憊地對自己咕噥道，「毫無頭緒，不過——」

這時斯威特華特進來了。

格萊斯先生有些吃驚。他並不期待見到這個年輕人本人。也許他還沒有做好準備，因為在一瞬間，他彷彿要躲避他意外的出現。

但斯威特華特不曾離身的好心情具有傳染性，所以當他靠近時，老偵探也笑了。斯威特華特意味深長地說道：

「你提到的夢，我昨晚都做了，格萊斯先生，我覺得它們很重要，所以就沒打通電話。」

「我明白，我明白！坐下，斯威特華特，告訴我內容。比起我自己的夢，我對於你的夢比較有把握。如果你願意說出嫌疑人的名字，就說出來！我們在這個房間裡的私下談話不會被別人聽到。」

「我知道。不過現在我也許最好接著你的話說下去，當我必須提到一個特定人物時，我和你一樣把他稱為X。格萊斯先生，X就是藉由那個我們尚未知曉的原因，把那張廢棄不用的弓從地下室裡帶出來，並且把它藏在樓上某個地方的男子。那個同樣因為未知的原因，盜取了掛在南邊陳列室箭筒裡的一支箭，並且把它放在近處或者隱藏起來，然後把箭和那張弓進行配對的男人，和X是同一個人。我的夢向我展示了這種情景：

「一個對運動有嗜好而且很賣力工作的男子，在工作中很正派而且在私生活中受人尊敬，他常常看到而且經手古代、現代樣式的武器，這些武器激起了他的興趣，也喚起了他原本使用它們來測試技能的渴望。有時候，這武器是一把劍，他在隱密的角落裡使勁地揮舞它。有時候這武器是一張弓，需要一個大力士才能使用。他是一個有理智的人，在很長時間裡行為並不越軌。也許有一天他很不幸地在地下室裡偶然見到一張腐朽閒置的弓，才受不住誘惑而越了軌。」

說到這裡，格萊斯先生猛地抬起頭來——證明他心有所悟，但斯威特華特沒注意到。也許老偵探不希望他發覺。但不管怎樣，他繼續迅速說道：

「那是一張做工精良、強而有力的弓，是平原印第安人的典型武器。他當時拿起它來——仔細檢查它——注意到某個地方的一個小瑕疵——然後把它放回原處。但他並沒有忘記它。過了不久，他再次進入地下室，並拿起它來，而且把它放在了——長官，你猜得到是哪裡嗎？——放在了館長辦公室的壁櫥裡！」

「你怎麼知道的？」

「從每天去拖地的那個清潔女工身上得知的。我當時認為也許她可以為案情提供一些有價值的情況，就找到了他──」

「繼續說，孩子。又一個有利的大目標。」

「謝謝，長官。你知道我在講一個夢。他把弓放在這個壁櫥裡，除了館長和這個女清潔工，應該沒有人會去動它。他把弓放在那裡，也許當時並沒有什麼明確的意圖。我說不清楚那張弓究竟在那裡放置了多久。它隱藏得很好，也許被掛在它上面的某樣東西遮擋了。我也不能完全確定那張弓離開壁櫥的原因，是因為X每天看到掛在他頭上的箭筒，看到了裝滿箭筒的箭而覺得那些箭十分適合那張弓，從而強化了他固有的衝動感？在夢境中沒有時間的分別，不然的話我可以說出在哪一天裡的哪個時刻，他看到了館長桌上放著的那個鑰匙圈，突然冒出了一個念頭，然後挑出了其中的一把鑰匙；他用這把鑰匙插進了通往鐵製小樓梯門上的鑰匙孔。他當時是獨自一個人，轉動鑰匙前他停下來聽了一下。我能看清楚他的行動，你可以嗎？他的神色顯得內疚。但這是對愚蠢的內疚，而不是對預謀犯罪的內疚。他想試一試那張弓，認識到自己的弱點就笑了。

「但是他的渴望很強烈，他跑上小樓梯來到第二道門前，他把這道門上的鎖也打開了，然後經過一段短暫的猶豫之後，他拉開了門。他手裡拿著弓，但他沒有離開眼前垂掛著的掛毯。他把它丟在門口，以便有朝一日，當他在強烈衝動的驅使之下想要試射一下對面展示廳印第安人頭飾上的羽毛時，可以就近在陳列室裡拿到它。你一定認為他瘋了，我也這麼認為。但是夢境裡的確充滿了那種瘋狂。當我看到他關上門，又偷偷地溜回來，而且沒有把上下兩道門再鎖上時，我無話可說了，只能把他的動機付諸你的判斷。」

「我不下評論。我只洗耳恭聽，斯威特華特。」

「現在你可以評論了。正如班揚在他的《天路歷程》裡所說的：『我又夢到了！』這次我看見了博物館本身。博物館裡有很多參觀者。有人告訴我，五月二十二號的早晨博物館裡很熱鬧，很多單獨或者一群群的人不斷走上或是走下大理石臺階，或是走過兩間陳列室。對於我力圖描述他的奇異衝動的那個人，我的心情和他的一樣，又擔心又不安，直到參觀者變得稀少，大多數的遊客從大樓裡消失。時鐘的指針悄悄靠近了十二點——那個非常安靜、遊客最少的時刻。十一點三刻時，我終於看到X伸手去拿掛在南邊陳列室的其中一支箭，把它塞進了衣服裡。——你要說什麼嗎，長官？」

然而，格萊斯先生什麼都沒說。而斯威特華特在猶豫片刻之後繼續輕聲說道：

「下一分鐘後，我看到他的雙手都空著，我判斷他的衣服襯裡被貼上了什麼以便固定住附帶羽毛的箭頭。不過這是一個推論而非事實。」

他突然沉默了。一聲感歎——格萊斯先生的感歎——離開了老先生的嘴唇，斯威特華特覺得他必須停頓片刻來享受這份小小的成功。但停頓是短促的。

「繼續說。」格萊斯先生示意。斯威特華特遵命，但降低了嗓門，彷彿他所描述的景象真的發生在眼前。

「接著，我看到了一大幅掛毯，一個焦急張望的人影緩緩從它旁邊經過。那是單相思的特拉維斯，他看著他的意中人輕快地跑上大理石臺階，在樓梯頂端轉向對面的陳列室。他是個膽小鬼，急切地想要看到她，不過在偷看她時，他沒有因為過於焦急而被人發現。所以他悄悄走到身旁矗立的巨大座墩的後面，這樣就使得整個陳列室在X眼中顯得空無一人，而此刻X正從陳列室的另一端進來了。X進來時腦子裡只有一個念頭——把箭射向展示廳那端我所提到的目標。這可能是因為他一時大膽——有時我就是這麼認為的。不過他必須在新的人群出現前發射。

「你應該記得，他已經把箭藏在他身上的某個部位，他只需走幾步就能靠近後面那幅隱藏弓的掛毯。如果他朝對面看，這時分隔不同展示區的其中一面隔牆正好擋住他的視野，他無法看見泰勒女士和維萊茲小姐。除非他覺得沒有什麼會阻礙箭的飛行，否則，他絕不會偷偷走到他選定的座墩的後面，拿到弓，停下來上好弦，然後帶著明顯的自信蹲伏著瞄準目標。在他離開空曠的陳列室並且把他的視野局限在窺孔的範圍後（他想從窺孔射出箭），他所能看到的——這一點我們是從拉・弗萊契先生那裡得知的——幾乎只是掛帽子和中間那條細繩交集的那個點。很遺憾，當箭射出時，那個少女正從細繩旁邊跳過。你明白了嗎，長官？我是明白了，而且我也看到了隨後發生的一幕。」

「X的逃離？」

「是的。正如你所明白的，他不慎犯下了可怕的罪行。他無法收回這項罪行了。不論他如何自責羞愧，沒有任何東西可以挽回因為他的愚行而受害的生命，他自己來日方長——如果他在這件慘劇中的角色曝光的話，他的餘生也將毀於一旦。那麼，他應該坦承他的罪行，還是逃跑（出逃很容易），然後讓命運來主宰他——對於傻瓜總是仁慈的命運是否會偏袒他？這些想法在他的腦子裡迅速閃現，然後在無辜受害人臨死前的驚叫聲迴盪在兩個陳列室間，而歸於沉寂之前，他溜到了掛毯後面，逃向了一樓展示廳。我的夢境到此為止。你的夢呢，長官？」

「我做的夢是關於一起犯罪，而不是一件事故。沒有人會像是你提到的X那樣的傻瓜。只有一個特殊的目的或者某種絕對的必要，才會驅使一個男人把箭射過一個人來人往來的開闊展示廳；即使他看不到陳列室裡的任何人。」

「你的意思是——」

「我的意思是他事先已經注意到他的受害人走近，而且準備好了武器。」

「毫無疑問你是對的，我只想說：我提到的這個人的動機僅僅是為了展現他的射箭方法和姿態，如果你認為這個說法合適，你可以強調這是一樁犯罪。」

格萊斯先生對待這個建議的嚴肅態度，使得斯威特華特略顯尷尬。不過在片刻充滿敬意的等待之後，他馬上大膽補充說：

「你知道嗎，從夢中醒來之後，我在某一點上短暫懷疑過它的準確性。毫無疑問，那張弓被人扔到了掛毯後面，可是那個男人——」

他突然打住了。一張乾淨的白紙從桌上推到了他的眼皮底下，只聽見一個不容置辯的聲音說道：

「寫下他的名字。同時，我自己也這麼做。」

XIV 綢布環

斯威特華特猶豫起來。

「我非常喜歡你自己做出的這個選擇，」他微笑道，「可是如果你堅持——」

格萊斯先生已經在寫了。

隨後兩張紙條在桌上互相交換。

異口同聲的驚歎立刻從兩人的嘴唇邊發出。

兩個人看到的名字都是本人所意想不到的。他們的答案相異而不是相同。他們花了好幾分鐘才使自己適應這種新情況。

然後格萊斯先生就說了：

「是什麼使你執意認為科瑞是兇手？要是認同這一點的話，就會使我們不得不否定費盡千辛萬苦才確立的每一個前提。」

「是因為——我希望你能原諒我，格萊斯先生，因為我們的結論截然不同——我發現更容易把這一愚蠢行為（或者稱為罪行，如果我們能證明它的話）歸咎於一個年輕人，而不是一個明智且上了年紀的人。」

「很好。這無疑是一個絕佳的理由。」

對於這句話的腔調，用**乾巴巴**來形容最貼切不過了。儘管斯威特華特很堅強，他還是紅了耳朵。此刻他對任何來自於格萊斯先生的重話都很在意。

「也許，」他大膽說道，「對於我將要補充的進一步理由，你要更加不以為然了。」

「我願意洗耳恭聽。」

「科瑞是一個熱愛運動的人，愛得不可救藥，這是他唯一的弱點。他像英國人一樣經常打賭——不是為了錢，因為他下的賭注很小，而是因為他愛打賭——這是一種樂趣——一種轉瞬即逝的興奮感。也許——」說到這裡，斯威特華特放慢速度而且面帶愧色，竟然有些結巴了——「他射出那支箭——我相信我先前這麼說過——是因為一時膽大。」

格萊斯先生的手指在桌面上發出快速有節奏的敲擊聲突然停止了。停頓的時間很短，但它給了斯威特華特勇氣繼續說下去：

「然後，我還聽說他有意要娶一個有錢的女孩，卻因為自己薪水太低而不敢向她求婚。」

「這件事和案情有什麼關係？」

「目前我看不出任何關聯。我只是在闡述擱在你手下的那份簡略報告。但是我承認我的愚蠢。你命令我做夢，我做了。難道我們不能撇開我這無價值的空話，著手思考更有意義的事情？」

說到這，他向下瞥了一眼他自己手裡握著的那張紙條——格萊斯先生把這張紙條遞給他時，上面只寫了一個簡單的詞；那是一個人的名字。

「下面，」格萊斯先生回答，「首先向我解釋，既然你腦子裡裝了這些事實，你的眼前放著草圖，那麼在慘案發生兩分鐘後，科瑞在旁邊樓梯上所處的位置如何使你認為他能順理成章地通過掛毯後面的小門，然後迅速逃到一樓的展示廳？難道不是因為你的倉促推理，而使他在那麼短的時間內跑了那麼遠的距離嗎？」

「格萊斯先生，我聽你自己說過這個時間問題，從一開始這就是我們最大的難題。即使我們心裡想到了這三種逃脫的途徑，仍然很難弄清楚遇害女孩發出驚叫後，以及那個在旁邊展示區欣賞古錢幣的男子出現在她身邊時，這段大約一分鐘左右的時間內，一個人怎麼可能從陳列室到達一樓展示廳。」

「你說得對。下一步我們將會發現，有時間被耽擱了。不過就算有耽擱，在這個小小的耽擱所能提供的短暫的時間裡，一個男人也必須快跑以便從館長的房間到達一樓展示廳。不過，也許藉由你糾正科瑞在草圖上的位置，可以重新確定他的位置，來解開這個死結。」

「不，我是以另一種方式解開死結的。你應該記得就在剛才我告訴你，由於我對自己夢境裡的某一部分不滿意，我就不再相信我的X先生是通過館長辦公室逃脫的。兇手揭開了掛毯，把弓扔到了後面，但這個男人是向後退而不是向前走。陳列室旁邊開闊的樓梯比預先安排好的那座可疑樓梯更能吸引他。如果你認同這項事實（你肯定不會認同的），你就能輕易理解：當他靈機一動要把逃跑的狼狽轉變成無辜的樣子時，就迅速回頭衝向陳列室的外側，並且隨後大聲發出警報，這樣一來，就可以站在中央樓梯上的某個位置。不過我明白，我現在是漸漸陷入了困境、一個不當陳述的蹩腳觀點中。我忘了——」

「很多事情，斯威特華特。我只提一件非常簡單的事情。這個射箭的男人戴了手套。你不會認為一個因為一時膽大而朝展示廳射箭的傢伙具有那種非凡的謹慎吧？」

「你說得對，長官。不過那天下午在博物館裡四處查看時，我意外看到了科瑞掛在衣帽鉤上的衣服。衣服的一邊口袋裡有一雙兒童手套。」

「你說這個傢伙在追求一個有錢的女孩，」格萊斯先生提醒道，「在那種情況下，流露出某種虛榮心是可以理解的。當然，他的愚蠢心理不會表現得太過分，以致於戴手套參加你所認為的射箭比賽，除非他的愚行背後深藏某種犯罪企圖——當然，你和我都很難相信這種犯罪企圖。」

斯威特華特臉部肌肉抽搐了一下，不過他還是注意到格萊斯先生和善而開朗的表情，使他的訓誡顯得不那麼難聽，於是，他又面露喜色，帶著恰如其分的耐心聽老人繼續說下去：

「今天早晨要探討與這個名字相關的可能性是徒勞無功的。正如你舉的例子所表明的那樣，一個人可以輕易地曲解表象來迎合成見，這就警示我們在尚未獲得最可靠的事實支撐之前，不要過度地宣揚自己的觀點。如果你發現一個男人的衣服襯裡有縫過一條布環的痕跡，而且這布環與我昨晚交給你的那條尺寸一樣大，我會認為對於證實X的個性；相較之下，一個很可能打算用口袋裡的一雙手套，以沈溺在愛慕他心儀女孩的情緒中，用這個方式來度過一整天的男人，衣服襯裡的布環痕跡是一個更具說服力的線索。」

「我懂了，」斯威特華特再度鎮定下來，「可是你知道，你交給我的不是一件容易的差事，格萊斯先生。對於那些有兩件衣服或者最多三件衣服的人，或許不難找到他們的衣服。可是有的人有一打衣服，而且要是我沒弄錯——」

「斯威特華特，我有意交給你一項艱難的任務。這將會使你避免陷入爭執之中。」

XV 來自法國的消息

在隨後的三天裡，焦急的公眾遭遇了失望。警方保持沉默——比平常沉默得多——而各家報紙因為不能補充新的案情，大致只能登一些沒有根據的猜測。

對杜克洛夫人的搜捕繼續進行，而且此時大眾也參與其中。不過儘管進行了所有的努力，同時對她的全部行李進行了一次仔細的檢查，對她的瞭解還是如同她失蹤當天早晨一樣，寥寥無幾。

這個可憐的小受害者的無辜的屍體躺在停屍房之後，事情還是沒有起色。籠罩整個案子的謎團似乎無法破解。而博物館首度重新開放之後，參觀者蜂擁而至，不得不再次關閉它，隨後，博物館對每日的參觀人數作了限制。

案子陷入了僵局，直到有一天早晨，一份來自法國的通報使舉國上下陷入驚愕之中，並且引起公眾對這件重要案子的濃重興趣。這份通報大意是說：從接收到的描述判斷，這個在紐約市一所公共建築裡不幸遇害的少女不是安托瓦內特・杜克洛女士的未成年被監護人，而是她自己的女兒安琪琳・杜克洛。她們母女在法國盧瓦爾省的聖皮埃爾市一起居住了很多年，這在那裡是廣為人知的一件事。在她接受教育的女修道院裡，她登記的姓氏是杜克洛——在她和她母親動身前往英國前，在居住過幾天的飯店裡她登記的姓氏也是杜克洛。女孩的父親是法國布列塔尼人，儘管她具有純正的法國血統，但由於她不是在法國出生，所以他們無法提供她的出生證明。根據在修道院裡所查閱到的紀錄，女孩的父親阿奇勒・杜克洛是一個語言教授，她母親和他在英國結識，後來在法國結婚，之後母女倆就到了美國。就目前而言，他們的情況很簡單，看不出有任何理由為前往美國的小女孩改名。

幾個小時之後，另一份來自倫敦警察局的通報補充說明了一些情況，大意是說杜克洛夫人和維萊茲小姐在五月十六日早晨，從法國多佛抵達倫敦麗池飯店，並在第二天早晨離開飯店前往南安普敦。當天晚上，她們和朋友們一起在劇院裡消遣，後來是朋友用自動租借汽車把她們接走的。還未找到她們的朋友，不過已經針對他們登了廣告，他們很快就會露面的。關於這兩個人，還沒有其他的消息。

現在這裡有一個驚人的發現！這兩個在法國被人視作母女的女士，在離開那個國家進入我國時，竟然被認為是沒有親戚關係的同伴。我們美國人對此會怎麼看，特別鑒於發生這樁慘案，迅速終止了她們的同伴關係。

儘管法國人的記錄不完美，卻十分可靠，因為它確定了這兩個女人關係的事實，這一點無可置疑。但儘管如此，它還是為已經充滿種種疑竇的案情增添了新的複雜性——不，增添了無法化解的矛盾。

如果以女家庭教師或者監護人的身分來看待照料年輕女孩的杜克洛夫人，那麼她的舉止顯得非常古怪和矛盾。但是作為一位母親，尤其是一位法國母親，在她們抵達美國當天，她就允許一個不諳世事的少女獨自一人去陌生的博物館，然後，在得知或不知女兒死訊的情況下，未做返回的承諾就隱藏行蹤，這對於任何熟悉最普通的法國風俗的人來說，都是不可思議的。

儘管她們的生活表面上看起來十分平靜，但在那樣反常的舉止後面一定隱藏著某種兇險的祕密！這個祕密與那個終結可憐孩子生命的慘劇有何關係？還是完全沒有關係？這是一個大問題。它替追捕那個黑皮膚、具有下垂眼皮和蹣跚步履的法國女人的人們，增添了新的激情，也讓斯威特華特當天在走出警察總局時，對格萊斯耳語：

「不要再胡亂猜測了。在下一個二十四小時過去之前，我們必須找到那個女人或者她的屍體。我們要大幹一場——」

「我們要找到某個屬於她們的家庭祕密，不過不是那個我們現在最關切的最直接的祕密。杜克洛夫人讓她女兒獨自一人去博物館，但射死她女兒的兇手並不是她。兇手是我們的朋友X。我們要確定被冠以這個代數符號的人是真正的兇手，而且我們要依靠她的證詞來讓他伏法。」

這時，他們來到了出租汽車旁，格萊斯先生要乘車回家。儘管斯威特華特伸出胳膊要攙扶老人上車，但他顯得猶豫的樣子，於是格萊斯先生就發話了：

「你沒有結束你的論證。你有其他的東西想說。是什麼？快說出來。」

「不，不。我對有關杜克洛母女的進展很滿意。只是——你不介意往旁邊站一站，讓我把剛剛聽到的一點傳言告訴你？謝謝，長官。福布斯會等的。」（福布斯是計程車司機）「私密性是神聖的。有人私下告訴了我這件事。」

他這麼說時，幽默的表情變化使他的大眾面孔大為改觀，格萊斯先生注意到了這一樣，他開始盯著手邊僅有的東西看，這個東西正是他的雨傘把手——對那些熟知他的人來說，這是一個興趣受到激發的象徵。

「嗯？那就聽聽吧。」他回答。

「這件事聽起來舉無輕重。不過對你而言，它可能是條新聞，正如它對我來說，就是條新聞。格萊斯先生，事情是這樣的：某位我們所瞭解的先生一直在考慮結婚，可是由於這起事故發生在博物館裡——也就是說，發生在前兩天——訂婚就取消了。」

「對了！可是先前我認為他不會準備訂婚的。你是說科瑞這小子——」

「不，格萊斯先生，不是他。我是說——**另一個人**。」

「另一個人！好，那是值得傾聽的。訂婚，呃，然後現在突然又自由了？是誰建議這麼做的，斯威特華特，他還是她？你聽說了沒有？」

「這個不太清楚，不過——說來話長，長官。這件事我是從他的司機那裡打聽到的，要是你急著回家的話，我回頭再告訴你。」

「回家！和我一起再返回警察總局。今晚我要睡在警察局裡。」

斯威特華特笑了，他們一起折返了。

「你知道的，長官，」當他們一起把椅子拖到一個空蕩蕩的角落時，這個年輕的偵探開口說：「前幾天你交給我一項任務，這個任務需要一個朋友的幫助——我是說，我在網球場上結識的一個傢伙，這個人不僅瞭解那位先生，而且能夠接近他本人和他的衣櫃。

X沒有男僕——他這種高智商的紳士很少會雇用男僕——但是他有一輛大型豪華轎車，而且雇用了一個司機。為了和這個司機見面並交上朋友，我花了兩天的時間。我不知道我是如何做到的。我根本不知道如何去做。」他邊說邊靦腆地微笑，因為格萊斯先生按照老習慣哼了一聲；「我沒有恭維他，我沒有拿出我的錢包或是送他飲料、雪茄，但你瞧，我做到了，而且做得很棒，也許是因為我沒有耗費太大力氣。」

「我和這個人在車庫裡待了一整個晚上，然後他就聊開了，說了一大堆亂七八糟的閒話，而這是他無意之中說出來的。X先生，現在這個真正的X先生，在紐約有一間公寓，除此之外，他在長島還有一處住所。長島的房子是最近剛買的，儘管這間房子很精緻，他還是以同齡人所欠缺的不厭其煩的態度，重新裝修並且添購了家具，這說明他心裡記掛著一個女人。這個司機——他名叫霍爾姆斯——一點也不傻，他有時候發現X先生儘管經常來來去去，並且很多次習慣性地拜訪一位特定的年輕女士，而且X先生不希望他——也就是說霍爾姆斯——留意任何他工作範圍以外的事情，或者看出他的雇主的隱密動機。但是我們很幸運，霍爾姆斯這個人恰巧是一個特別愛管閒事的人，他的好奇心抑制不住地滋生。與博物館發生慘案的同一時間，他的雇主停止對情人獻殷勤，不再拜訪，也不再送禮物，他的態度也從快樂變成了沮喪，於是司機下定決心寧可犧牲他的部分尊嚴，也不願再忍受那難解謎團的折磨。這不僅意味著他睜開了他的雙眼——他經常這麼做——而且也張開他的耳朵。

「這位他從未提到過名字的年輕女士不住在城裡，而是住在長島上的鄉村裡，X先生正在裝修的鄉間別墅也位於此處。要是霍爾姆斯，夠幸運再次遵命開車去那裡的話，他不會忘記那條從陽臺下穿過的砂石小路，這一對情人經常在那裡席地而坐。他會去熟悉這條散步小路，而不是像以往一樣坐在汽車上消磨時間。有耳朵卻不去用，有什麼好呢？沒有人會變得更壞，他的心靈也會享受安寧。

「瞧，長官，他真的把他卑劣的決定付諸實現了。有一天晚上——我想那是星期二——命令下達了，他們驅車前往貝爾波特。整個路程中，他的雇主一言不發。他安靜而嚴肅地坐著，當他們抵達後，他一言不發地下車，按響了門鈴然後進去房子內。霍爾姆斯說，那天晚上非常溫暖，不久他聽到露臺上的玻璃門打開了，他知道他期待的機會來了。他下了車，躡手躡腳迂迴在灌木叢間，找了個藏身之處，而他在那兒偷聽到的內容似乎恰恰彌補了他自稱的失落的尊嚴。那個年輕女孩哭泣了，那個男子以極為溫和的語氣對她說話，一邊試圖了結她心中懷有的那份期盼。

「霍爾姆斯聽見他說：『現在還不會。近來我的處境不同了，儘管很遺憾，我必須要求你行行好，原諒我放棄了我們的計畫。』然後他拿錢給她——一份年金，我相信他們是這麼叫的。——但她大叫起來，說她要的是愛情、寵愛和關心——沒有錢，她也能堅持下去。當他再次出現在房子前面時，他比以往更拘謹、更嚴肅，說了一句『回家』，沉悶的語氣使司機感到非常的不舒服。

「當然，對於這件事情，霍爾姆斯是一頭霧水，不過你可能會看出X突然做出犧牲的行為，和射箭之間必然存在某種聯繫。無論如何，我認為你應當明白，X先生藏著一個天大的祕密。無疑他會費盡心思來阻止外界得知他的祕密。霍爾姆斯說，他對這個絕望少女所說的最後一句話是警告；未經他的許可，她不能對外人提起他們的計畫終止了。」

「幹得好，斯威特華特！你巧妙地鞏固了我偵辦的方向。霍爾姆斯這個傢伙知道你是警探嗎？」

「不知道，長官。我確信如果他知道了，我們的友誼就結束了。我甚至沒讓他發覺我對他忍不住告訴我的東西並不特別感興趣。我有一搭沒一搭地讓他聊下去是為了表示我並未感到厭煩。他沒有想到——」

「很好。那麼，你下一步打算怎麼做？」

「在貝爾波特住下來。」

「為什麼選擇貝爾波特？」

「因為X提出本週要帶上全部家當搬去那裡。」

「在他的別墅裝修好之前？」

「是的，他討厭城市。他想要看到房子進行裝修時所發生的變化。也許他認為這樣一點輕微的工作，能夠分散他的注意力。」

「那你呢？」

「你知道，我曾是一個高明的木匠。」

「我明白了。」

「我在現場有一個朋友，他保證會推薦我。」

「那裡需要招募工人？」

「急需一個箇中好手。」

「我相信你會符合這個要求。」

「我去試一下，長官。」

「但是我一定要提醒你，斯威特華特，你要冒著被人認出的風險。」

「我明白。人們不會忘記我鼻子的倒霉樣子。」

「你當時在博物館裡走上走下，活動過好幾個小時。他一定對你的臉留有深刻的印象。」

「這是免不了的。當他在附近時，我會盡可能不讓他發現。我精通木匠這一行。我很瞭解自己的手藝，他會發現我確實是這一行的高手，而且寧可懷疑自己的眼睛，也不會胡亂猜疑，把我聯想為警方的人馬。另外，當我的雙手碰到木頭時，我就會換上一副截然不同的神態。如果必須的話，我能夠以木匠的身分毫不慌亂地與別人對視。這個人一定會比我先垂下目光。」

「你扮作木匠的假名是什麼？」

「雅各布・蕭特。這是我對霍爾姆斯自稱的名字。」

「不錯，不錯，這件事值得去做。很快你就能向我報告進展了。我也會一直向你提供消息的。」

至於他們後面的安排，我們就無須瞭解了。

BOOK III

STORM IN THE MOUNTAINS

第三部　山間風暴

XVI
朋友

一條林蔭小道，在它的其中一側可以看得見遠處的大海、蔭翳的樹木以及一片綿延的草地；在它的另一側，可以看見一座半邊裝飾窗被施工棚架遮擋住的老房子，從房子的內部時不時傳出一個工人的鋤頭聲，正在急速敲擊的聲音。

那個突然作響的布穀鳥自鳴鐘以急促而刺耳的調子報時，倘若它報出的時間是正確的話，此時正是四點三十分。

兩位男士正在鋪滿樹葉的屋旁散步。這兩位我們以前都見過，但由於紛擾的情況的原因，我們沒太注意他們的外表，不過毫無疑問，無論當時還是現在，他們都是相貌堂堂。然而，此刻我們更從容了，可以停頓片刻來向你描述一下這兩位重要人物，對於其中一位，我們後面的故事將會用較多筆墨來描述。

他們之中的一位——我們著名博物館的館長——儘管有時候非常引人注目，但他的身材欠佳。因此我們可以透過他不夠優雅的步伐，遠遠地認出他，而這種步伐有時候正是出現在一個將全部心力投注在追求知識的男士身上；但是，當他轉過身來，你看清楚他的臉時，你會馬上感覺到他廣博的心胸和氣質魅力，這些特性使他的容貌在都市裡引人注目。他的太陽穴上的幾根白髮，以及他養成的一種習慣；當別人叫他時，把手伸到耳朵邊；這些都表明他已經度過了生命中的全盛時期。但是他敏銳的目光和清晰又敏捷的話語，仍然流露出青年時代的氣息，這使他成為很多人的愉快夥伴、所有人可敬的朋友。

他們之中的另一位——館長的密友，也是博物館最主要的部門主管卡爾頓・羅伯斯——屬於不同類型的人，但同樣引人注目。對他而言，提升他的地位、使他躋身於紐約最重要的人物之一，在這一方面，個性起了很大的作用。他的個子不高，但看起來也不矮，這得益於他優雅的身段和緘默可敬的風度。他不需要轉過臉來讓你意識到他很帥，不過當他確實那麼做時，你會發現事實遠超過你的預期。儘管他沒有十分端正的相貌（自然而然，我們會把他的相貌跟他的儀態、無與倫比的身材聯繫起來），但看起來夠不賴了，還有那種額外難以捉摸、過於惹眼的氣質，這些都使他帥得出眾。他像他的朋友一樣已經四十多歲了，不過除了滿頭濃密的頭髮之外，沒有什麼跡象顯示出他上了年紀。他的頭髮已經很白了——剪得很短，但是很白了，頭髮變白的程度引起他朋友的注意，他的朋友一邊獨白似地侃侃而談，一邊偷看好幾眼他的白髮，而羅伯斯插話不多。

最後館長停下來，又偷看了一眼他的白髮，接著急切地說：

「難道你的頭髮不是突然變白的嗎？我不記得那天我和你一起吃飯時，你的頭髮比我的更白，那恰恰是在博物館發生恐怖事件之前的那一天。」

「我的頭髮一年到頭都在變白，」對方回答道，「我父親到了四十歲頭髮就全白了。我已經四十三歲了。」

「這是合理的，不過——羅伯斯，你把這件事看得太嚴重了。除了我們把那樣致命的武器放在伸手可及的地方之外，無論如何，我們都不該受到指責。他們怎能猜測——」

「是的，他們怎能猜測！」這位主管附和道，「這件事情就是個謎！警方的偵破進度沒有超過那天晚上他們在陳列室裡所進行的射箭實驗。這件事使我疲憊不堪，可能是因為我完全一個人獨居的緣故。我看見——」

說到這裡，他突然停住了。他們倆正朝那間房子走去，此刻離房子不遠了。

「你看見什麼？」館長用一種幾乎可以稱為溫柔的嗓音催促道——即使對一個女人而言，這聲音也稱得上溫柔。

「看見**她**，那個死去的女孩！——時不時地——晚上當我的眼睛閉上時——白天當我忙碌時，這裡、那裡，到處都是。那張年輕、年輕的面孔！那麼蒼白，那麼安靜，出奇而且莫名地熟悉！你也有同樣的感受嗎？她讓你想起了我們的熟人嗎？想起她就使我變老。我可以告訴你這個感覺，我無法對其他任何人說出這種盲目、著魔般的感受。我不認識她，我不認識杜克洛夫人，而且我確信以前從未見過她年輕的女兒。可是在過去的這些夜裡，我不止一次從床上驚起；我相信下一刻記憶所提供的線索，會使我忘記這個永恆的問題，也就是我曾經在哪兒見過像她這樣的一張臉？但是我的記憶毫無回應，於是那偶爾中斷的掙扎又開始了，一直到毀掉我的安寧和舒適。」

「太奇怪了！你必須忘記這件使你完全消沉的事情。它對你沒有任何好處，只會使你本已痛苦的惆悵更加痛苦。」

「你說得對。可是——等一下，現在我看見它了——我是說她的臉。它處於我和房子之間，甚至是你的存在也沒有驅散它。它——不，它又離開了。讓我們再往回走，再看一下大海。只有大海才能使我脫離這個幻影的持續糾纏。」

他們繼續走下去，這次是離開房子，走向樹林中的一條橢圓形小道，從那裡可以筆直地看到外面的大海。一條正沿著這條小道的方向駛來的船隻吸引了他們的目光。那艘船駛過之後，館長說道：

「你的生活太孤獨了。你應該要尋求改變——比如說娛樂一下——或者是比孤獨或娛樂更有趣的東西。」

「你是指結婚？」

「是的，羅伯斯，我就是這個意思。原諒我。我想看到你的眼睛裡再次滿足地充滿笑意。你前一位伴侶逝去後，你變得孤獨了，這種孤獨超過你願意承認的程度。你對她無法釋懷——」

「我已和政治結合了。」

「政治是一個靠不住的蕩婦。政治何時曾使一位男士快樂？」

「快樂！」他們又朝房子走去。當他們靠近時，羅伯斯在他的感歎之後又加了一句話：

「你對我提了很多要求，超過了你對自己的要求。你也沒有再婚啊。」

「但是我的愛人不是蕩婦，我在工作中找到了快樂。即使一個女人想要我追求她，使她成為我快樂的第二任妻子，我也沒有時間。我會不得不對她做很多解釋。當我認真欣賞複製的名畫時，即使晚餐的鈴聲響起十二次，我也完全聽不到。一封政府代表寄來、講述美索不達米亞平原的新奇發現的信，會使我忘記我妻子的頭髮是棕色還是黑色。我不需要娛樂，羅伯斯。」

「可是你在鄉間享受了兩三個小時，一陣新鮮的空氣——」

「還有和一位朋友的閒談。是的，我很享受。可是如果博物館開放的話——」

羅伯斯先生微笑起來。

「我發現你無可救藥了。」然後，他指了一下房子，「來看看我的新陽臺。那裡的景色會讓你吃驚。」

正如你已經猜到的，他正是這所房子的主人。也正是為了更加瞭解這個人，斯威特華特再次拿起了鉋子和鋤頭。

XVII
布穀鳥自鳴鐘

當他們穿過四散的木料和地上凌亂的刨花時，那個一直在那裡忙碌，並且耐心地消磨時間的男子拿起他的工具箱，然後消失在房子的拐角處。這兩個人都沒有注意到他。那只布穀鳥自鳴鐘從快樂的體腔裡唱出五聲短促的音符，館長聽了不免評價一番。

「這愉快的聲音不僅悅耳而且令人興奮。我能夠不費力就聽到它的聲音，這就更加不錯了。我覺得我願意擁有那樣的一個時鐘。」

「我去哪兒都帶著它，」時鐘古怪的主人似乎無意地低聲強調了一下。當館長略帶驚訝地向他轉過身去時，他帶著刻意的漠然態度補充道：「那是我以前從瑞士帶過來的——一件傻乎乎的紀念品，不過我喜歡它。」

這當然是一種尋常不過的解釋。不尋常的是，先前提到的那個工人，在繞過房子的角落之後突然停下腳步，在撿起他敏捷扔在地上的某樣東西時，迅速地側過頭來，急切地想偷聽接下來的話。但是那兩個人都不作聲了，因為一樓走廊的門就在旁邊，兩位先生走了進去。但是對於瞭解斯威特華特的人來說，他重新幹活時臉上泛出的笑容帶著某種玄機；如果看透了這個玄機，這只會使那位說話人不安眼神裡的憂鬱色彩更為濃鬱。

瑞士！他提到了瑞士。

不久之後，館長和他的東道主就動身前往紐約。

房子還不能住，不過羅伯斯先生的女管家正在努力監工，她在他結婚前以及他妻子逝世後都是他的管家；而在中間的十五年裡，她也只是他的廚子。

這個名叫哈爾達．威斯頓的女人沒有跟他們去紐約。她就待在貝爾波特，我們也必須在那裡多待一會兒。在夜幕降臨、關上房門之前，她將在廚房臺階上安靜地休息，而我們（讀者）也將對她拭目以待。

她不是獨自一人。一個年輕男子和她在一起——她向他提供臨時食宿，作為交換，他既在裝修現場為她壯膽，又在分發和布置家具的繁重任務中為她提供力所能及的幫助。

我們都知道這個男子。他就是我們剛剛看到在工作時離開新陽臺、在房子拐角處略作停留的那個人——斯威特華特。

他性情和藹。儘管對於她堅持要承擔的職責，她顯得太老了，過得倒是很舒心。儘管他並不喜歡她，但對於他尊重她的高齡而表露出來的無數微小殷勤和善意，她並不討厭。總而言之，他們幾乎成為朋友，除了她還是一個標致的寡婦時，她那喪生的兒子之外，她從沒有像信任斯威特華特一樣，信任其他任何年輕的男子。

也許這就是為什麼在眼前這兩人相處的這個夜晚，斯威特華特主動提出要把話題轉移到她在盛年時忠實服何過的那位先生身上。

他首先提起了那個布穀鳥自鳴鐘。它來自哪裡？它在家裡有多長時間了？這個時不時躥進躥出、把急促的報時聲傳遞給任何傾聽者的小小鳥兒是一個多麼快樂的小傢伙！它讓在工作上閒混的人感到羞愧，而使任何活生生的鳥飛到牠面前就起不到那種作用——只有木頭做的鳥才行！

他讓她侃侃而談。她和羅伯斯先生的母親有交情，當他動身前往歐洲時，她就住進了他家（當時她還是一個年輕女孩）。他原本不想離開，他當時和一位年紀比他大的女士戀愛了，或者他自認為是戀愛了。儘管那位女士除了年長七歲之外，不但很有錢而且事事如意，但他的母親就是不同意這樁婚事。她後來還是成為了他的妻子，儘管他母親疑慮重重，他們在一起生活得很幸福。自從大約一年前她去世之後，他就變成了另外一個人，非常的憂傷而且總是獨自一人悶坐。任何人只要走到跟前看他，就能看到他頹喪的樣子。

「那麼，她是一個好女人嘍？」

「非常好的女人。」

「嗯，一個鰥夫的日子一定過得很孤單，尤其是如果他沒有孩子。不過，也許他的孩子已經成家或是正在上學？」

「不，他沒有孩子。說起來，也沒有親戚。」

「他那只鐘是從瑞士帶回來的嗎？他有沒有說過是從瑞士的哪個地方帶來的？」

「即使他說過，我也忘記了。我記不住外國地名。」

這使斯威特華特的思考採取另外的策略。他知道一個絕妙的故事，講過這個故事之後，他似乎把那個布穀鳥自鳴鐘忘得一乾二淨。因為他對此不發一語，也不再多提羅伯斯先生。

然而，過了一會兒之後，他跟著她走進羅伯斯的房間，為當天送到的一只大皮箱開鎖，他利用她尋找鑰匙而短暫離開的空檔，把牆上掛著的那只布穀鳥自鳴鐘取了下來，並且細看黏貼在自鳴鐘背面的一張小紙條。正如他所期待的，紙條上寫明了生產廠家的名字和地址；不過這還不是全部，他在這個商標上看到了呈對角線方向，用纖細筆跡書寫的幾行褪色的字，細看之下是兩行對句，簽名是五個首字母。幾個首字母看得不太清楚，不過他毫不費力就能看懂那兩行對句。對句的內容極為傷感，也許寓有深意，也許毫無意義。如果筆跡被證實是羅伯斯先生所寫，那麼最大的可能性就在於前面一個假設——他如此自忖道，一邊把時鐘放回原位。

威斯頓太太返回時，他盡可能耐心地站在房間的中央，一遍遍地默念對句以確保記憶，直到他能把那幾行字記到他的筆記本裡：**博斯堡鎮，盧賽恩市……我只愛你——我將愛你到永遠。**

當他對於這個微小而曖昧的線索，興趣變得黯淡時，他替威斯頓太太指定的大皮箱打開鎖並解開了帶子，他深為滿意地發現箱子裡面裝著羅伯斯先生的衣物——此時此刻在這個世界上，他只對這些東西感到好奇。要是他能夠幫她整理堆在上面的那些吸引人的厚重大衣就好了！他該不該主動去要求那麼做？看著她堅定的下巴和從容的眼神，他覺得自己沒有膽量。要是在這個機智女人的心裡掀起懷疑，即使是最輕微的懷疑也會對下一步行動造成致命的打擊；所以他站著，顯得漠不關心的樣子。這時，她拿起一件又一件衣服，小心地把它們放在床鋪上。他數數共有五件大衣和五件背心——一邊絞盡腦汁想要思考出一個可信的藉口，藉機來審視衣物；這個時候，她歇歇手，愉快地說道：

「今晚這樣就行了。明天我要仔細檢查衣服裡的蛀蟲，然後把它們掛在衣櫃裡。」

他必須走了，不過這些東西還是在他伸手可及之處。此時如果他再偷瞧一眼最吸引他的那件大衣的襯裡，他可能會獲得他最需要的線索。

在這座宅子裡，威斯頓太太分配給他的房間位於後面一座陡峭樓梯的頂端。那天晚上他去找自己的房間時，他朝自己房門旁邊狹窄的走廊出口迅速瞄了一眼。儘管威斯頓太太上了年紀，還是具有一個忠實看守人所應具備的警醒，斯威特華特能否在不驚醒她的情況下穿過那些曲折的通道，到達羅伯斯先生的房間？被她發現在宅子裡遊蕩，比因為對主人衣物感到興趣而被她懷疑，更加地糟糕。他天性愛冒險，也準備好了在關鍵時刻冒險，不過他不打算太過分。一次錯誤的行動會危害全部的局勢。除此之外，他記得那些衣物將被拿出去晾曬，而且曬衣場距離他經常光顧的水泵很近；這些因素帶來查看衣物的機會再加上他的機智，會使危險幾乎不復存在。

所以他放棄了在其他情況下可能執行的午夜查看，他關上房門並且閉上眼睛睡覺，又做起了夢。也許這是一個關於那家大博物館的夢（博物館內隱藏的祕密使它眾多神奇的高雅藝術品黯然失色），也許這是關於一個遙遠時間和空間的夢境，在夢裡，卡爾頓・羅伯斯顫抖的手在某種強烈情緒的驅使之下，在他仍然熱愛的傻乎乎的時鐘背面寫下了那個對句。他自己能夠準確記誦那兩行對句：

我只愛你，
我將愛你到永遠。

第二天早上八點鐘，這個工人急促的鎯頭敲擊聲在宅子盡頭激起了迴響。而在盡頭處一條封閉的寬闊走廊正被越砌越高。

時鐘敲響九點時，可以看見威斯頓太太把她主人的幾件大衣和幾條褲子掛在了一條貫穿晾衣場的長繩上。斯威特華特遠遠看到衣服和褲子被晾了兩個小時，但他直到看見老太太挎著籃子走出大門才行動。他覺得口渴，就朝後面走到水泵旁。在那裡他看了一眼大海；一股疾風向他吹來，這使他心裡有了主意。

在確信其他工人都忙於自己手頭的工作後，他把掛著隨風撲騰的衣物的繩子的一端放鬆，然後繼續返回去幹活。風越颳越大，繩子繃得太緊了，很快他滿意地看到晾衣繩猛地一晃，衣物都落在了地上。他按照預先的盤算大喊一聲，讓周圍的工人都看到發生了什麼，然後他跑過去幫忙，提起了繩子重新整理衣物。這次他把原先鬆脫的繩子的一端重新綁緊，然後返回自己的工作崗位，同時帶著失望的表情迅速瞄了一眼已穩當但隨風胡亂撲騰的衣物。

他剛才機智地檢查了每件大衣的內袋，但毫無所獲。但是他惱火的主要原因不是這個，而是因為他指望獲得預期線索的那件大衣——也就是羅伯斯先生在博物館慘案發生當天所穿著的那件大衣——不在那兒。夏天穿的外套倒是有一件。他的調查沒有完成。

為什麼缺少上面提到的那件大衣呢？他確信那天晚上和其他工人一起上床睡覺之前，他還見過它，大衣仍然在那兒呢，還是被老太太不顧蟲蛀的風險收進了抽屜，或是衣櫥裡呢？他因為某種原因，即使付出重大代價也想知道這一點，但是他不敢問。必須要等到他獲得老太太徹底的信任之後，他才能問——但目前還不是時候。

缺少一件他最想看到的大衣，使他極為苦惱。在威斯頓太太回家時，他告訴她晾衣繩如何墜落，以及他如何把它重新安置好，不過富有心機的他沒有再講其他的事。當天的活幹完了，羅伯斯先生也重新出現了，斯威特華特就溜到了村子裡，以避免遇見他。他很清楚遇見他會有什麼後果。所以在羅伯斯先生用完晚餐之後，他才能吃飯，而對他而言，在吃飯之前必須等待的三個小時，就顯得非常漫長和徒勞，尤其是他還沒有找到痛苦折磨他的那個問題的答案。

他在大街上走了兩遍，踅進了一條狹窄的小巷，小巷的盡頭是一間極小的房子和一座極小的花園。這時小房子的門敞開了，一個男子走了出來，這個男子的外表讓他一時間說不出話來，卻又使他心臟急速砰跳，趨使他向前走去。產生這種令人吃驚效果的並不是男子本身，而是他穿的衣服。就眼前他的帽子和帽子下面的衣服來說，即使它們稱不上襤褸，也相距不遠了。但他穿的大衣不僅整潔且用料考究，而且不帶有一絲穿過的痕跡。衣服精緻得引人注目，而且與穿他的人顯得格格不入，所以這個男子會引起旁人的好奇，而他很可能在接下來的幾天裡會樂於解釋：一位紳士的精緻的大衣是如何落到他的手上。

但是對於斯威特華特來說，大衣的趣味不在於這種可笑的突兀，而在於其他更重要的地方。它看起來和羅伯斯先生堂而皇之逃過他檢視的那件大衣一模一樣。如果事實證明確實如此，如果在如此尋常的情況下，他確實遇到了這件唾手可得的大衣，那麼他是相當幸運的，他也不必費心去想如何充分利用這個有利條件了。

道賓斯老爹——附近的孩子們是這麼稱呼這個老傢伙的——可想而知，對他的新大衣十分自豪，而且完全無視大衣與他捲起的褲腳之間的強烈對比。他微笑著，當他看到斯威特華特同情的目光時，他變得笑容滿面了。

「天氣不錯，」他咕噥道，「你來這兒是想向我要件東西嗎？」

「也許吧，」斯威特華特回答，「我看你身上這件精緻大衣是北街的威斯頓太太給你的吧？」

「是的，先生，有什麼不對勁的地方？是的，是她給我的。她大老遠來村裡找我，送這件大衣給我。她說她主人穿起來太小，我就順她的意思收下了。現在她想拿回去嗎？」

「哦，不——不是她。她不是那種人。只不過，她送你大衣後就記起大衣其中一邊口袋裡面有一個破洞——我想是裡面的口袋。她擔心這會使你有朝一日掉落硬幣。你讓我看看她說得對不對，好嗎？要是她說對了，我就馬上帶你去裁縫鋪，把破洞補好。我來付錢。」

老頭盯著他慢慢晃起了腦子，然後帶著顯著而特有的從容慢慢放下了籃子。

「我向你保證衣服沒破，」他說。「不過你要看就看吧，我可不想丟錢。」

斯威特華特掀起大衣的一側，又掀起另一側，在幾個內袋裡摸索著，然後就笑了。而格萊斯先生（不是無知的道賓斯老爹）本該看見他的笑容。他的笑容裡含有喜劇因素，也有最深含意的悲劇因素。在其中一個口袋的底端可以看見針腳被強行剪過的痕跡——這些針腳一定是用來縫住像雨傘黏扣帶一樣窄窄的東西，而這件東西的長度不會超過那個小小的細長帶子；格萊斯先生在一個幾乎預見性的憂思之夜所端詳的那樣。

XVIII 戴維斯太太的奇怪房客

「如果你仔細看這張草圖，並且注意到科瑞大聲喊叫的那一刻，博物館裡所有人所站的位置，你會發現，正如我剛才向你解釋的，在所有可能被懷疑的人當中，只有一個人能夠具備所有逃跑的條件。」

格萊斯先生伸出一根意味深長的手指，指向攤開在他和總督察之間的草圖上的一個特定數字。

他望過去——看見了數字「3」，又急切地向下看它所代表的名字。

「羅伯斯——那個部門主管！這不可能！想都不要想。我擔心你已衰老了，格萊斯。」然後他四處張望，確保門關緊了。

格萊斯先生微笑，也許還帶著一點疲倦，他也承認這個不言而喻的事實。

「你說得對，長官，我是老了——不過還沒有老朽到鹵莽的地步，不會把這麼令人震驚的髒水潑到聲望極佳的羅伯斯先生身上。事實上，我有充分的證據來支持我的指控。」

「當然，當然。不過這麼做毫無用處。我告訴你，格萊斯，這沒用。對於所謂的罪行，你的解釋非常牽強附會，再可笑不過了。要知道，他幾乎已經被提名為共和黨參議員候選人。任何對他的攻擊，尤其是這種駭人聽聞的攻擊，都會被看作是赤裸裸的政治迫害。事情鐵定會發展成這樣，人們就是會這麼看。我相信這件案子一定會徒勞無功。我倒是希望你是獨自做出這些推斷的——關於這方面的想法，你沒有告訴那些年輕人吧？」

「我只和斯威特華特談過，他是我的屬下。」

「喬伊斯呢？你和他談過了嗎？」

「他瞭解情況的機會和我一樣多，不過我們還沒有提起羅伯斯的名字。我認為最好是先和你商量。」

「很好！那麼我們就丟開這個案子。」

這是上司的決定，可是格萊斯並不樂意聽從。

「恐怕是不可能的。」他回答，然後帶著老警察具備的長期經驗的尊嚴，他平靜但鄭重地補充道：

「正如你所知道的，這麼多年來，我接手過所有類型的刑事案件，我追查過無知的、幾乎是低能的貧民窟殺人犯。也逮捕過那些善於用教養和廣泛的知識來掩蓋犯罪本能的紳士。上等人和下等人的人性都一樣。如果環境使破案無望，那麼一個外國佬可能會拔出匕首刺向他的同伴，同樣的事情也可能會發生在他出生高貴的兄弟身上。」

「羅伯斯先生是許多善良人士的朋友，他們都願意證明他的良心和清白。如果一個月前我聽說羅伯斯先生的名聲收到質疑，哪怕是最輕微的質疑，我都會替他申辯。儘管透過我們所樂見的現場證據，有特定的離奇發現，因而把他和這樁不幸的案件聯繫起來，這也引起了我對他的懷疑，我還是要再次竭力為他申辯。因為正如我必須指出的，在這種案件的指控，我們必須要依賴一樣重要的東西，至今在他的案例中也是缺乏的；我指的是犯罪動機。」

「我還不清楚他的動機——實際上，我也無法推斷出動機——這動機會促使一位擁有平靜生活和遠大志向的紳士利用一種致命武器，去攻擊一個無辜的孩子，而根據我們的調查，他甚至並不認識這個孩子。只有癲狂才能解釋那種怪異的行為，如果我們在把證據提交給地區檢察官之前，必須找出犯罪動機的話，我們一定會把這一項罪行歸因於癲狂。目前我要做的是向你解釋為什麼我認為殺害安琪琳・維萊茲的那支箭——毋庸置疑，權威人士使我們確信安琪琳・杜克洛在使用安琪琳・維萊茲這一假名——是我們剛剛提到的那位紳士安上弓後，射向展示廳的。」

說到這裡，格萊斯先生停頓了一下，希望從那位他極力要打動的嚴肅、沉默的上司那裡，獲得一絲鼓勵的表情，但是他沒有得到。充分感受到「高齡」已前所未有地成為他的負擔，他歎了口氣，不過還是帶著幾乎一成不變的腔調繼續說話：

「在接手這個非常複雜、神秘又令人深感驚訝的案子的頭一兩天，我在心裡設想了一連串問題；我覺得，在我有責任向你提交一份揭示犯罪嫌疑人的報告之前，這些問題應當得到合適的回答。第一個問題是：

「那張被科瑞認為在地下室裡放了無限長時間的弓，是誰悄悄拿進了博物館的陳列室裡？」

「直到昨天我才得到關於這個問題的明確答案。科瑞不願說，館長也不願意說。而我不敢對他們當中的任何一個過度強迫。和你一樣，我最討厭別人懷疑我的本意或者它牽涉到什麼人。

「館長無意隱瞞與慘案相關的任何方面，可是科瑞不一樣，他對於有人進過地下室的事情心知肚明——只是他不願意承認。所以昨天在解決了另外一個麻煩的問題之後，我下定決心讓他攤牌——我是這麼做的。和大多數人一樣，他實際上很敬愛館長。我和他談到那張弓被神秘人拿到館內，以及隨後它被隱藏在館長辦公室，其間我故意帶著假笑，說只有館長本人會那麼做然後忘得一乾二淨。我還說他在地下室看到的一定是館長的影子。然後我半認真半開玩笑地懇求他說出真相。我達到了目的。

「我的話起作用了，長官。他像一個被打動的人一樣臉上泛紅。然後他因為憤慨，臉色發白、脫口而出說：那個影子其實是羅伯斯先生的——實際上它根本不是館長的影子而是羅伯斯先生的影子。談話進行到這兒，我就說：『你是這麼想的嗎，科瑞？』他回答：『我什麼都沒想。但是我知道朱厄特館長絕對沒有把弓從地下室拿上來，不然的話，他一看到弓自己就會承認。世界上沒有比他更好的人了。』『也沒有比羅伯斯先生更好的人了。』我插了一句，即使這使他不放心也會因而感到慰藉。

「第一個問題就說到這裡——

「第二個問題具有類似的性質。『把箭從一間陳列室射到另一間陳列室的人，會和那個把弓拿上來的是同一人嗎？』現在，回答這個問題之前，我有一件奇怪的東西要給你看。」說著，他把一個相當大、用厚實棕色紙張包起來的包裹遞到他眼前，打開它，露出了一位先生的大衣。他翻出來大衣的襯裡，把大衣鋪在他們之間，然後指出兩個相隔一英寸左右的殘餘針腳的痕跡，這些針腳似乎毫無用處，然後他從自己的背心口袋裡取出一條看似狹小的黑色帶子。他把黑色帶子放在上翻的大衣襯裡上面，我提到的兩行痕跡之間，讓督察看，又輕聲解釋：

「這個和那個本為一體——針腳相符。我請你仔細看看這兩樣東西，然後告訴我根據你的判斷，這條帶子或布環，或者不管叫什麼名字吧，是否顯而易見是從這件大衣上剪下來的，而原先它是被縫在大衣上。這個縫與剪的人應該是同一個男人。」

任何人都能發現他說的是正確的。他接著說：

「這件大衣是我從一個老頭那裡買來的。在羅伯斯先生到達長島上的新家後，羅伯斯先生的管家便把它送給了這個老頭。這個布條是在博物館裡撿到的，在泰勒女士離開犯罪現場之後，她立刻進入一個房間，在那裡待了一個小時左右。當時和她在一起的有那位主動提出善意、照料她的年輕女士，以及與博物館直接相關的兩三位男士，其中就有羅伯斯先生。就是這些人。現在，這個布條或者說布環——既然我們開始發現它的用途——在這些少數幾個人進入那個房間之前，這個布條並沒有在地上，實際上在他們進入之後，短時間內也沒有布條在地上。不然的話，那位讓我看到這一條線索的年輕女士肯定會看到它，這是因為，她站在泰勒女士身邊的半個小時裡，她沒有人可以聊天，而她還可以不受約束地四處張望。但是當那位女士從昏迷中甦醒過來，它**就在**那裡了——你會發現它是被人扔下的——從它主人的大衣上剪下來，然後扔掉！頭兒，我要問，如果它與令所有人矚目的罪行無關的話，那麼，在那種充滿懸念的時刻，那個人為什麼要那麼做——一件精緻的大衣，幾乎是全新的，你注意到了吧？」

可能總督察的態度少了一分冷漠的嘲諷，他用同樣直率的方式回答這個直率的問題：

「你在這件可憎罪行和這家博物館重要主管所穿的大衣之間，成功地建立了怎樣的聯繫？無疑，它和你剛才企圖確立的事實：這同一位紳士和這家博物館的弓之間的關係，是一樣的直截了當和無可爭辯。」他以尖銳的懷疑補充說明。

「是的，」對方不顧他的嘲諷，冷靜地答覆，「確實更直截了當，更無可爭辯。你會記得，我們在問一支箭如何在不被任何人注意的情況下，被人從南邊陳列室帶到北邊陳列室的。我可以告訴你，這是如何做到的。」

他在桌上敲了一下，斯威特華特進來了，接著，他在羅伯斯先生的大衣襯裡的老位置，再度別上那個所謂的標籤。然後，接過斯威特華特遞過來的那支箭，他把它塞進那個弄好的布環內，並證明憑藉箭尾的羽毛它可以平穩地插在那裡。

「舉止得體的羅伯斯先生穿上齊整的大衣，即使到百老匯大街去走一趟，也不會讓人看出他藏了一支箭。」格萊斯先生說道。在他的目光示意下，斯威特華特脫掉自己的大衣，換上了羅伯斯先生的大衣。

督察看著這一切，當他注意到結果時，臉色有些蒼白。顯然，格萊斯先生說的話並沒有太過份，他揮手示意斯威特華特離開，然後繼續談論下一個問題。

「第三個問題，」他說道，「本該第一個提出來，不過它已經被回答了。它是問：從三號展示區的座墩後面射出的箭，是否能射中二號展示區的目標？如果從最靠近外沿的座墩射出，是**射不中的**。但如果從更遠處的那個座墩射出，**可以射中**。順便提一下，史蒂文斯從那個座墩上找到了一個戴手套的手指印記。

「那天誰戴了手套——請注意是兒童手套。手套上針腳的痕跡與你看到的史蒂文斯採集的手指印記一模一樣。那天所有的女士都戴了手套，除了那個急忙離開未作停留的年輕女臨摹者沒有戴。但是在所有男士之中，只有穿著講究的羅伯斯先生一個人戴了，他是出了名的不打扮就不出門的人。我是怎麼知道這件事？看看這張草圖，頭兒——這張圖展示了在發出第一聲警報的那一刻，展示廳和遊客的情況。你可以發現羅伯斯先生距離出口有多麼近，以及誰最靠近他。我和這位女士進行過一次簡短且最保密的談話，就是我剛才提到的那位沒戴手套的女士。她告訴我的情況，我剛才已經告訴你了。她提到了羅伯斯先生的一雙手，因為它們使她的手相形見絀。當科瑞大喊大叫時，她正停住腳步，從自己的大衣口袋裡抽出手套。其他的情況，她都忘記了。

「有說服力，很有說服力吧，長官？我對此深信不疑。而我現在要補充的情況更為重要。對於一個門外漢來說，給弓上弦並不是一件容易的事情，射箭也不容易。倘若在我們所談論的那種危險情況下射箭，一個道道地地的門外漢只會草率行事而射不中目標。無論我擁有多麼強大的證據來指控一個並非是十足傻瓜的人，在沒有獲得鐵證之前，我絕不會冒昧地把它羅列在你面前。而鐵一般的事實是，那位部門主管，不管他現在是如何生活的，曾經一度迷戀體育運動，而且精通射箭技術。我耗費了一些時間，才知道這件事。瞭解這樣的事需要依靠大量的海外電報。不過，最後我獲得了一份文件，十六年前由瑞士盧賽恩市一家俱樂部發出的一份報導副本；這個報導提到一位名叫卡爾頓．羅伯斯的美國人，他曾在一個所有國家級選手都參加的射箭比賽中，藉由十二射十二中的成績而獲獎了。

「還有，在對他——他的住所、他的生活、他私下的愛好——研究一番之後，我們發現了需要更深入審視的東西。比如，自從那個可憐女孩被放到停屍房之後，他就想馬上去看她。他說，他做夢都夢到她，她的面容在他心裡縈繞不去——你可以發現，他的頭髮一直在變白。

「不過就此打住吧。我毫不懷疑你會把我所有的話當作是一個老朽之人的胡言亂語。如果我處在你的位置，毫無疑問，我也會這麼做。但儘管這個工作確實令人討厭，我還是深深竊喜解除了一塊心病。在考慮了所有情況之後，就應該由你來決定，我是該就此放棄這個案子，還是繼續盲目地搜尋潛藏在每項預謀犯罪背後的動機。正如剛才我所坦承的，在這件案子裡，我想像不出犯罪動機，而年輕的斯威特華特在他所關注的另一個嫌疑人身上推斷出了一個不具說服力又站不住腳的動機——那就是，一個射箭高手意外地獲得了一張弓之後，按捺不住衝動，想要測試他的技能。

「那種說法不適合羅伯斯——一點也不適合，」督察帶著強烈的確信斷言道，「即使，我們允許自己把這些林林總總的具體證據看作是證實你所提出的離奇觀點，他出眾的能力和謹慎也不會使他屈服於那樣愚蠢的誘惑。現在就不提他的事了。你為何迄今只密切關注案子的一面，而嚴重忽視另一面？杜克洛夫人當初的遭遇會使一位正常的母親不顧一切的阻礙而返回；依我看，她急忙逃跑和連續的失蹤所能提供的調查範圍，比你目前費盡心力調查的事情更有價值。你一句也沒有提到她。」

「對此我沒有什麼可說的。我很樂意把那個方向的調查留給你來做，如果它能被證明是有收穫的，我就更高興了。你有沒有聽說——」

「看看這個。」

他把一封信扔到老偵探的手邊，然後靠在椅子上看格萊斯讀信。

寫信人文筆欠佳，不過對格萊斯來說，還是值得費力一讀。

致警察局長：

親愛的先生：有人告訴我，你們為一個名叫杜克洛的女士而進行懸賞。我不認識那樣一個人，不過兩個星期前投宿在我房子裡的一個女人常常行為古怪，所以我覺得她很可疑，就認為有必要讓你們瞭解某一天晚上她在這裡的所作所為。

大約兩星期前她來投宿。她的穿著舉止很體面，要是她年紀輕一點的話，我就不會開門收留她，因為她是一個外國人，而我不喜歡外國人。但她是個中年人而且預付現金，所以我不僅讓她進來而且給她最好的房間。這並不能說明什麼，因為我門口有高架的道路，使我整個房子前面都顯得陰暗，而且馬路上總是有討厭的喧嘩聲。可是她似乎並不介意，我也對她沒多加留意，直到另一個房客——一個多嘴的女人——開始問我：為何這個古怪、長著黑皮膚、相貌平平的女人只在夜晚才出門？她是靠做針線活或者寫作維生嗎？如果不是，她整天在忙些什麼？

對於最後一個問題，我能夠輕易地回答，我就說她把大部分時間花在看報紙上。這是事實，因為她進門時胳膊上總是抱滿了報紙。不過我沒有再多說什麼，因為我從不談論我的房客。可是我必須承認這個談話激起了我的好奇心，我就開始觀察這個女人，很快我發現她心神不寧，痛苦得彷彿喪失了親人。可我仍然不是很擔心，因為我被她的名字誤導了。她自稱克萊莉。

前天晚上我早早就寢了。儘管我的房前每隔幾分鐘就有汽車隆隆開過，我還是睡得很沉。可是某種噪音卻把我驚醒，我發現自己突然從床上坐起來，全神貫注傾聽起來。一切都很安靜，甚至在高架的路面上也是如此。但當下一列火車隆隆地駛來時，我聽到穿透火車隆隆聲的是刺耳的砰砰聲。剛才就是這砰砰聲把我驚醒的。這是什麼聲音？似乎來自房內某處。但這怎麼可能！於是受驚嚇的我起床了，匆忙穿上幾件衣服，站在地上伸長耳朵，等待下一列火車。

火車來了又過去，在它發出隆隆聲的那個瞬間，我再次聽到了那種急促刺耳的聲音。這次我確信它來自附近某處，我就打開房門，悄悄走進大廳裡。除了一位有夜間鑰匙的先生之外，我的所有房客都在。我能肯定大多數房間都是黑沉沉的，因為沒有一扇門是嚴實密合的，如果任何一個房間裡在燒煤氣，門縫裡肯定會漏出光來。一切都顯得很正常，房子裡非常安靜。當我再次回房間時，另一列火車疾馳而過，而那種聲音又出現了。這次我確信聲音來自一樓某處。心裡記掛著克萊莉太太的古怪舉止，我偷偷走下樓來到她門前。她沒有睡覺——那是顯而易見的。可是她在做什麼？我有點害怕，不然的話，我就會敲門問她。

當我正等待著下一列火車經過時，我的最後一位房客進來看見我站在克萊莉太太的門前。我對他很瞭解，所以我把一根手指放在嘴唇上，然後示意他與我一起行動。當火車靠近時，我抓住他的胳膊然後指向克萊莉太太的房門。他肯定不懂我的意思，不過他還是又看又聽，然後當火車經過時，我拉著他走下大廳然後說「就是這個聲音！」並且問他這是什麼聲音。他回答說這是手槍射擊聲，接著他想要回去看看是否發生了任何可怕的事情。可是我搖搖頭，告訴他這只不過是五聲槍響中的其中一聲，而每一聲槍響都發生在火車駛過時發出的最響亮的嘯叫之時。他說這個女人在朝靶子練習射擊，然後叮囑我小心；不然的話，我們就會有滿屋子的無政府主義者。聽了他這句話，我大聲宣布天亮後的第一件事就是她必須離開，然後我就從他身邊走開了。但是我沒有說到做到，我的理由如下：早餐之後當我像往常一樣立即去為她打掃房間時，我有說有笑的，眼睛卻仔細地盯著牆壁，尋找期待中的彈孔。但是我一個彈孔也沒找到，你肯定會認為我相當的困惑，因為那些子彈一定飛向了某個地方，而我確信它們沒被射出窗外。我幾乎不敢望向天花板，因為她盯著我看，讓我聊個不停而且充滿疑惑，直到我突然注意有一個沙發枕頭離開原處不見了。這件事讓我思量起來，當我要問她那個枕頭的事情時，我的注意力被分散了；因為在那個我要拿出去的廢紙簍的凌亂雜物裡，我發現了一張照片，而照片部分的邊和角看似被毀滅了。

這件東西太奇怪了，注定要引起任何女性的好奇心，不過我很小心，直到遠遠走出了房間才把目光投向照片。然後，理所當然，我迅速把照片從廢紙簍取出，卻發現照片整個中間的部分都不見了——被那些爆烈的子彈射成了碎片。照片上的人臉連一絲一毫也看不清，而殘存的頸部和肩膀還足以表明這是一位男士的照片。我把這張照片附在信中讓你看。如果你想和這位女士談談，她仍住在這兒，而我留她在此處，只是希望她就是被懸賞通緝的杜克洛夫人。我會告訴你為什麼我這麼想：不是因為一條破裙子——你看我一直在仔細核對報紙上印的通告——而是因為她是外國人，長著黑皮膚，而且眼皮顯著下垂。除此之外，當我叫她馬上到窗邊來看某樣東西時，我注意到她一隻腳有點蹣跚。如果你想要看到她，就在五點和七點之間過來，那時我和她都在家。

你尊敬的，

卡羅琳・戴維斯

「無疑那就是我們通緝的女人，」格萊斯說道。「我們很幸運，在這個關鍵時刻找到了她的下落。」

他先前已經瞟了一眼放在面前的那張殘缺不全的照片，不過現在他把它拿了起來。

「只剩下了一點點，」他查看了照片的正反面之後說道。「不過如果你讓我帶走照片的話，或許，我可能會發現它是我們不完整證據鏈的其中一環。」

「拿走吧，如果你想和那個女人本人談一談——」

「是的，長官。我想馬上和她談一談。」

「很好。我隨時會在這裡等她，不過——嗯，現在怎麼樣了？發生了什麼？」

一個警官迅速敲了一下門之後，急匆匆走了進來。

「戴維斯太太的房客不見了，」他說道。「沒留下任何話就離開了。他們去她房間時發現房間空了，只有一張五美元的紙幣釘在千瘡百孔的靠墊上。沒有人看到她離開，所以，我們又回到沒有頭緒的狀態了。」

格萊斯先生傾聽這些話時，雙唇掠過一絲奇怪而微妙的笑意，然後他認真地轉向督察，請求擔任這項尋找這位房客下落的工作。

「我認為既然我們有了這個小小的開端，就能找到她，」他說，「無論如何，我要試一試。」

「然後讓另一個線索停滯下來？」

「也許吧。」

「你這句話是什麼意思？」

「我對自己所知甚少，頭兒。一切都很模糊，但是天空是晴朗的，我們大多數的問題也是清楚的。如果我手中繩子的兩端碰巧能夠串聯在一起——」

不過此刻，這位長官的神色阻止了他。

「希望它們不會。不過如果它們確實串聯在一起，我們就不該逃避我們的責任，格萊斯。」

XIX 格萊斯先生和靦腆的孩子

「沉著冷靜才能做得到，長官——極度的沉著冷靜，並不是我非常——」

說到這兒，格萊斯先生笑了，結果斯威特華特也笑了。片刻的歡樂是可喜的安慰，他們倆都非常享受。

「並不是我完全沒有。」斯威特華特趕緊補充說。然後他們又笑了——然後他們繼續嚴肅地談話。

「斯威特華特，關於名叫杜克洛的一家人，你曾經告訴我什麼？」

「哦，是這樣的，長官。城裡是有這樣一戶人家，這是那個太太失蹤一兩天之後，彼得斯在電話號碼簿裡查詢名字時發現的。不過從那戶人家那兒得不到什麼線索。愛德華·杜克洛先生夫婦是一對極為受人尊敬的夫婦，而且對每一項問題只有一個答案。他們對家人以外的同姓人一無所知。儘管男主人出生在法國的布列塔尼，他已經在這個國家居住了很多年，而且迄今從未遇到過另外一個姓杜克洛的人。」

「那麼彼得斯就再也沒有往下調查？」

「他不得不如此。除此之外，他還能做些什麼？然而，他坦承——當時房間裡有個孩子，在他的詢問之下，這個孩子流露出緊張的樣子，就算是在比她年長的人身上，也看不到這種緊張的神情。那是一個十二歲左右的女孩，當她發現無法控制抖動的雙手時，就把雙手放到了背後。我有一個想法，如果他能把這個女孩單獨帶出來的話，他或許可以聽到另一種說詞；某種與她母親直率的閃避之詞相當不同的說詞。我一直是這麼想的。可是我還有許多其他事情要做，就沒有辦法把我的想法付諸實施。」

「現在，如果你批准的話，我會努力找出對付這個女孩的辦法，因為理所當然的，城裡肯定有一處地方供那個剛下船的女人就近藏身，以便讓她更換衣物。倘若我們發現她住在杜克洛家的房子裡，我也不會非常驚訝。你怎麼看，格萊斯先生？這件事情值得調查嗎？」

「這件事值得我調查一番。我有另外的任務交給你。這個杜克洛一家人住在哪裡？」斯威特華特告訴了他。那是八十街的一處房子，離環球旅館還不到四分之一英里。

這件事搞定了，格萊斯先生從口袋裡取出那張殘缺不全的照片，它先前被住在五十三街的那個女人當作了靶子。

「正如你所看到的，」他說，「完全看不見人臉了。只能看到一邊的一綹頭髮、另一邊的一小塊衣領以及一個削尖的肩膀，這些可以留作線索。而我希望你可以找到這張照片的底片。這不會很難——也就是說，如果最後底片沒有被毀掉的話——看這裡。」他把這張殘缺不全的照片翻轉過去，露出下面這些字：

紐約第九街轉角處

「紐約！照片是在這兒拍的——在弗雷德里克斯照相館。幾年之前，他的照相館還在第九街的轉角處。我腦子裡的印象就是如此。如果底片存在的話，即使需要搜遍城裡一半的照相館，我也要找到它。你認為這張照片大概有多舊？」

「舊得足以給你帶來麻煩。不過你是不怕麻煩的。我們想要知道的東西——我們必須知道的東西——是這個：那個招致了那位女士仇恨的男士的名字。那位女士的仇恨如此之深，以致於她費盡了午夜的幾個小時，才在那張十五年之久的舊照片上毀去他的容貌。如果事實證明那是一位公眾人物的照片，不論他是富是窮，我們可以一貫地把她的行為歸結於社會仇恨。可是如果情況與此相反，事實證明那是一位默默無名的男士的照片——那麼，在那種情況下，我會給你安排一個需要一點沉著冷靜的任務。我們剛剛都承認你具備了一定限度的沉著冷靜。」

那天晚上，就在黃昏時分，一輛計程車行駛在一個外觀整潔的街區，這輛車突然在一家雜貨店門口前的人行道停下來，這是為了讓一位年老的男士下車。他看起來非常虛弱，穿過人行道向雜貨店走去時，他身體的重心就落在手杖上。但他的面容和善，整個外表就像一位不帶一絲痛苦或抱怨，而默默承受人生不幸的人。當走到半路時——因為對於一個每走一步都必須小心翼翼、平衡身體的老年人來說，二十步遠的路程也算得上是一段路——他滑跤或是絆倒了，他的手杖從手裡飛了出去。幸運的是——因為他自己似乎無法撿起手杖——一個剛從雜貨店出來的年輕女孩看到了他的困境，就彎腰去撿手杖，然後交給了他。他笑著接過手杖，而當他們彼此都拿著手杖的那一刻，他用世上最平淡的語氣說道：

「謝謝，杜克洛小姐。」然後突然問：「妳的伯母在哪裡？」

她沒有停下來思索，她沒有停下來問自己這個問題是什麼意思？或者這個看起來對她和她的家族祕密所知甚多的老紳士，是否有權利問這個問題；她彷彿不知道有其他任何事情可做，又緊張又匆忙地脫口而出，「她已經離開了。」然後就拔腿跑開。

「回來，小傢伙。」他的語氣非常蠻橫，但他這麼說的意思是為了吸引那個受驚的孩子。「我知道她走了，」他安慰似地補充說道，這時她回過頭來，正在猶豫的時候，老人又說，「我很抱歉，我帶了件東西給她。妳一走出商店，我就認出了妳。不過我發現妳不記得我了。妳何必記得我呢？小女孩們總是記不住年老的男人。」

他臉上再次浮現出慈祥的笑容，然後在一個衣服口袋裡摸索著，最後拿出一個小包裹遞給她。

「這是妳伯母的東西。看，上面有她的名字『安托瓦內特・杜克洛夫人』。她剛剛離開五十三街的公寓，包裹就到了。別人叫我把它交給她。我一辦完在這家商店的小小差事，就準備去妳家，不過既然我碰到了妳，我就讓妳把包裹轉交給她。」

女孩低頭看著包裹，然後抬起頭來看他，最後伸出手接過了包裹。

他那幾乎已經停滯的老舊心臟再度輕鬆地帶著嶄新活力跳動起來。他沒有弄錯；當杜克洛太太和他們家的其他人說「除了他們自己，他們不知道在這個國家裡還有別人姓杜克洛」。這是因為住在環球旅館的那位女士是他們的親戚——是他們哥哥的遺孀，正如這個女孩所確認的。

他轉向那輛計程車，而這個仍然顫抖得非常厲害的女孩向前邁一步，對他說：

「我不知道哪裡可以找到我的伯母。她沒告訴我們她要去哪裡。而且——而且我可不想帶著這個包裹。媽媽不喜歡我們提起伯母。而且——而且我不認為伯母現在會願意收下這個包裹。先生，要是我答應，有一天告訴她包裹已經取回來了，而且我不願意收下它，你不會——難道你不會把這件事忘記嗎？」

格萊斯先生感到一陣良心不安。這個孩子真的太單純了，不該被利用。另外，他確信就她的智能而言，她說的是實話。她不知道她古怪的伯母去了哪裡。而進一步詢問只會嚇到她，而得不到他想要的訊息。因此他拿回包裹，說了些安慰的話，然後穿過人行道，走向他的計程車。不過他交給司機的地址卻是這個小女孩居住的房子。

他先到達了那裡。對他來說，待在客廳裡靠近窗邊的她，那個瘦小的身影顯得非常可憐。而瞥了一眼計程車，她發現裡面空無一人後，就意識到誰將在她母親的眼皮底下等著她。他想起了自己的孫女，當她緊張地悄悄溜進來時，他打定主意，無論發生什麼事情，他都不會讓這個無辜的孩子陷入困境。

當下走過來迎接他的那位女士使他滿懷敬意和欽佩之情，他直覺地站了起來。她是屬於最優秀的那一類美國人，如果這個女人撒了謊，她的目的肯定不是為了自己的舒適或者利益，而是為了幫助她所效忠或深愛的另外一個人。可是她會為任何人撒謊嗎？隨著進一步觀察她，他以自己的方式接受了她坦率的眼神，以及她那甜美而堅定的雙唇，他開始認為她不會為任何人撒謊。他進一步和她談話的興趣，不單是源自他想從她身上獲得訊息，也同樣多地源自她本身。

「杜克洛太太？」他問道。

「是的，先生。你是？」

「我是紐約市警察局的一名偵探。妳應該能猜得到我的任務。妳有一個嫂嫂，她是妳丈夫兄長的遺孀。對於她女兒的死亡原因和方式，我們即將展開調查，她的證詞極為重要。如果正如我們握有充分的理由，相信她現在就住在這間房子的話，我很樂意和她談幾分鐘。」

愛德華・杜克洛太太是一位堅強正直的女人，但是老偵探直言不諱的態度、犀利的話語，卻使她有點難以忍受。然而，在回答之前，她自己有一個問題要問，接著，她就堅定、平靜而直接地問了這個問題，並滿心希望能夠得到回答：

「你是怎麼得知杜克洛先生有一個兄長，而且這個兄長留下了一位遺孀？」

「不是透過妳，太太，」他微笑著說，「也不是透過妳丈夫。不過我倒是非常希望如此。自從我們的告示見報以來，我們一直在等待消息。不過消息尚未出現。」

她帶著質問的眼神瞥了他一眼，叉起雙手，開始坦率地回答：

「我們有理由保持沉默，我們認為自己的理由很正當。不過如果我們對抗警方，這個理由就不成立了。杜克洛先生今天早晨告訴我，如果我們被迫吐實的話，我們必須完全坦誠，毫不掩飾地說出來。你想要知道什麼？」

「所有的一切。首先，妳嫂嫂的故事，然後她把孩子單獨送到博物館的理由，還有，她在得知那個可憐孩子的命運之前，她逃跑的原因。除了我告訴妳的之外，我們對於這些事實的瞭解，更多的是茫無頭緒。她本人可能會同意我和她談幾分鐘。」

「她不在家。昨天深夜她沒有告訴我們要去哪兒，就離開了我們。你會很清楚地發現，儘管你想要她開口，她卻並不急於談論她的困境，而且她注意到警方千方百計地搜索她，要讓她說出真相，於是她及時逃跑了。我很遺憾她離開了，我為她、也為我們自己感到遺憾。不管是出自什麼理由，我們並不同意她的做法。與此同時，我覺得有必要向你保證，對她而言，她有充分的理由。她是一個有良心的女人，有很多優良的品格，她的行為就是要告訴我們：『我有責任逃跑。』她最終的告別就是要告訴我們：『我寧死也不會說出埋藏在心底的話。』我明白，促使她這樣東躲西藏的原因，不會是一件小事。」

「我也這麼認為。她讓她的女兒暴屍在停屍房，而沒有主動去保護她，使她免於這種恥辱，也沒有在屍體陳列之後，使她得到合適的安葬，作為一位母親，這麼做實在太殘忍了！」

「我知道——那很可怕——至於我們的感受！你不認為我們也受到這份恐怖的折磨？」

「對於妳們自己的骨肉——也就是說，妳丈夫的嫡親侄女。我很納悶，你們是否還忍受得住。」

「我們做過承諾。她到這裡的第一天就讓我們保證：不論發生什麼事，都必須保持沉默，不採取任何行動。」

「當時她是直接從旅館來到這兒嗎？」

「我得承認是的。」

「穿著她的破裙子，帶著她的小提包？」

「是的。」

「妳為她採買了衣服，和那只她現在用來裝財物的手提箱？」

「你似乎很瞭解一切。」

「杜克洛太太，我希望妳像回答之前的幾個問題一樣，誠實地回答我的下一個問題；當杜克洛夫人第一次出現在妳面前時，她有沒有得知她女兒的死訊？」

「既然你問我這個問題，我就必須回答。她當時極為憂傷，但沒有告訴我原因，直到我問她安琪琳的下落；然後她完全崩潰了，掩面撲倒在沙發上，又是抽泣又是哀嚎，最後告訴我們在她女兒的身上發生了一起可怕的事故，她死在市裡一家大博物館裡。」

「她有沒有說是什麼事故？」

「沒有。她因為過度悲傷，幾乎精神錯亂，我們就無法問她。然後報紙送來了，我們讀到了可怕的消息，我們試圖讓她解釋到底是怎麼回事，可是現在她不會解釋了。而先前她是無法解釋。」

「妳當時有沒有問過她，在安琪琳的死訊流出博物館之前，她是怎麼知道安琪琳已經死去？」

「我問過，可是她沒有回答，只是看著我們。那種神情，是我這輩子看過的最絕望的眼神。那讓我們更加輕易地答應她所有的心願；儘管當我們對這件事情思索一番時，我們對自己的所做所為感到懊悔。」

「所以妳肯定不知道更多關於她虔誠保守祕密的隱情？」

「是的。而且我已經把不願講的事都說出來了。」

「對於她要來美國這件事，妳當時知道嗎？」

「知道——不過對於她為什麼要來，我並不知情。近來她顯得有些神秘。」

「她當時有沒有說要帶女兒一起來？」

「是的，她提到了安琪琳，也提到了她們計劃搭乘的船名。」

「這封信是從巴黎還是倫敦寄來的？」

「巴黎。」

「妳當時是否認為她將永遠離開法國？」

「我當然是那麼認為。」

「但妳不知道她那麼做的理由？」

「是的。這封信的內容很簡短，而且不是很好讀懂。我真的把我在這方面的所有訊息都告訴你了。」

「杜克洛太太，我有責任告訴妳，妳的嫂嫂對於一個我們迄今一無所知的男人懷有深刻而強烈的仇恨。妳能說出他是誰嗎？在她早期的人生裡，或者就妳所知，她後半段的人生中，無論在這裡還是國外，有沒有任何東西能啟發妳說出那個男人的身分？」

帶著從容的神色，她慢慢搖了搖頭，杜克洛太太說自己對此一無所知，她甚至對顯而易見的事件新進展，流露出明顯的訝異。

「自從我們的哥哥去世以來，安托瓦內特幾乎和男性沒有什麼往來，」她說，「我幾乎無法想像她極度喜歡或者仇恨異性。」

「然而她確實仇恨——甚至恨到了希望他死的程度。」

杜克洛太太迅速站了起來，但又馬上坐下。

「你是怎麼知道的？」她問。

他該告訴她嗎？一開始他認為不該，接著他重新考慮了自己的決定，開始實話實說。

「太太，」他說，「有朝一日，妳將會聽到我希望妳現在從我這裡得到的消息。杜克洛夫人離開她安全棲身的公寓，是因為她被人察覺身分，或者她懷疑自己被發覺了。她在午夜的幾個小時裡，把一張照片當作靶子，射擊上面的人臉。」

「不可能！」這個驚叫的女人顯然是真情流露。「我無法想像安托瓦內特會那麼做。」

「可是她就是那麼做了。我們有那張殘缺的照片。」

「那個男人是誰？」

「如果我們知道他的身分，我們會知道一切，或者即將知道一切。」

「你嚇到我了！」她看起來顯然一副受驚的樣子。

「為什麼，太太？難道妳不認為最好讓這件案子真相大白嗎？」

「你忘了我告訴你的事實。一旦洩漏安托瓦內特的祕密，她就活不下去了。她說過，她絕不會洩漏她的祕密，而且，她是一個慣於權衡自己的話的女人。她的決定總是既堅定又不凡。迄今她的決定總是充滿善意。我無法想像她的決定或多或少充滿惡意。」

「她有沒有社會主義思想？她的仇恨是否指向我們的某個富豪或者所謂的人民的壓迫者？」

「哦，沒有。她出身貴族而且以她的階層為傲。杜克洛家族是資產階級，而安托瓦內特是德・蒙特福德世襲伯爵家族的一員。」

格萊斯先生抑制住了自己對這句話本能的驚訝。這個事實讓這位優雅的美國女人感到一種沾沾自喜的榮譽感。她的嫂子是一個貴族！對她的坦誠表達了謝意之後，他起身準備離開。

「儘管如此，」他說，「在內心裡，她可能是一名革命者。」然後，當他注意到她臉上不以為然的表情時，他溫和地補充道：「對於她目前藏身之處的最少線索，也能使我對妳深表感激。」

「我無法提供任何線索。我一無所知。」

不知為何，他像她所希望的那樣絕對相信她。倘若他夠幸運能找到那個躲藏的女士，這一定會是透過其他的某個線人，而不是透過她的這些親戚。

他走出去時，聽到背後大廳的某處傳來慌張的喘息聲。轉過身去，他用最自然的語氣問房子裡是否有孩子。

杜克洛太太帶著尊嚴回答說，她有三個女兒。

「妳很幸運，太太，」他邊說邊老派地鞠躬。「我一個人住。我最小的一個孫女為了一個比我年輕很多歲數的男子，一年前離開了我。」

這句話讓那個小不點走進了他的視線。她在微笑，他離開時心情是寬慰的，只是有一點遺憾：

對於到哪裡去找安琪琳的母親，他還是像以前一樣毫無頭緒。

XX 格萊斯先生和大意的女人

儘管如此，格萊斯先生還是對自己在這場與杜克洛太太的談話當中，所取得的收穫感到自豪，他一邊微笑一邊盤算著和斯威特華特的下一次面談。沉著冷靜往往會使人收穫良多，這是真的，可是有時候它也需要借助年齡的力量來發揮作用。他無法想像，即便是斯威特華特在這方面具有特殊天賦，杜克洛太太母女倆都不會屈從於這樣的甜言蜜語。也需要借助權威的力量——那種融合長期經驗以及對人性根深蒂固的同情，一種渾然天成的權威。

如此一來，他滿足於一些沾沾自喜的思緒。不過當他停下來思考紐約是一座多麼巨大的乾草堆，而三次與他們擦肩而過的案情線索，又是如何難以捉摸，他的情緒有些低落了。在乘車返回警察局的路上經過半個街區時，他正陷入最沮喪的時刻，只有某種鼓舞人心的好事才能有效提振他的情緒。他很高興能夠報告他獲得一些關於杜克洛夫人的重要線索，然而同時，他極不願意承認自己迅速的追蹤獲得了一些線索，因為他像以前一樣對她目前的下落幾乎一無所知。他更痛恨自己必須交出線索，讓警察局派人監視一間房子（不管這種監視有多麼隱密），因為這間房子裡住著一個孩子，她的天性和那個幫他在雜貨店前撿起手杖的小朋友一樣，既敏感又靦腆。

他又回憶起那個激動的幼小身影所散發的可悲景象，這時他的目光碰巧落到了他當時路過的一家小商店上。這是一間女士用品店，當他觀察著櫥窗裡的陳設以及旁邊貨架上的物品時，他產生了一個愉快的想法。

杜克洛夫人先前倉促地離開旅館，只攜帶了少數幾件隨身物品；作為一位具有良好教養和品味的女士，她一定掛念著許多舒適生活所需的物品。而且她有錢，自然就會買齊這些物品。她不敢出現在市中心，也不敢在白天裡四處走動，所以她只能光顧像這樣的一間小商店。它離她最近的藏身之處很近，而且這間店的外表整潔、吸引人，這些因素就很可能足以使她光顧這間店。去店裡問一兩個問題，足以驗證這個想法，而且可能會帶來一些收穫，而且在目前的非常時刻，這些收穫或許會顯得非常有價值。

他示意司機停車，他步出車子，來到這間小商店前，帶著一種半真半假的蹣跚腳步，馬上朝商店走去。那天他的風濕病又發作了。

走進商店，格萊斯先生首先向貨架和櫃檯籠統地掃視一遍，以確定他能在這裡找到他決定購買的那一類衣服布料。然後，他走向那位負責的中年女士，吩咐她務必不勝其煩地展示布料，就這樣搭訕了幾句話，最終他隨意評價了一句，他的語氣和他刻意流露出來的焦急相當合拍。

「我在為一個女人買布料。過去幾天裡，你們可能已經賣了很多零碎的小東西給她。也許你知道她的品味，能不能幫我挑選她合意的東西？她住在南街，總是在夜裡買東西——一個黑皮膚、有教養的法國女人，甚至當別人都抬起頭時，她也總是奇怪地低頭。你還記得她嗎？」

沒錯，從他的描述當中，她記起了她，還能原原本本地認出她來；他馬上注意到這一點，不過他繼續一本正經地聊天，一會兒拿這塊布料，一會兒拿另外一種，似乎在灰色和棕色兩塊布料間猶豫起來。

「她昨天出城了，想要讓我派人送這塊布料給她。你可以為我送這塊布料嗎？還是說我自己寄快遞給她？實在不行的話，我就自己去寄——只是我忘記了確切地址。」他自責地咕噥幾句，「我的記憶力非常壞，而且變得越來越差。妳碰巧不知道她去哪裡了，是嗎？」

這個有著和藹面容的老偵探的簡單請求，似乎沒有引起這位女士的懷疑。不過她還是長話短說：

「要是你做好了選擇，我會派人送貨的。」很久以後他才得知，焦急等待郵件和急欲看到報紙刊載的消息的杜克洛夫人，早就安排了這個女人暗中替她傳遞東西。

老偵探感到失望，但是他仍然希望透過某種確認，來獲得他想要的東西，就繼續翻動布料，這時她插嘴厲聲斷言：

「我想她喜歡灰色。」

「哦，是嗎？」他說，對她的建議帶著一絲否定的語氣。「我自己最喜歡棕色。不過還是選灰色吧。十碼，」他吩咐道，「她很挑剔，說她想要十碼，讓我務必在雜貨店旁邊的商店裡買布料。妳看，我服從了她的吩咐。」在平靜的笑聲中，他增添了些許老年人的味道，這麼做讓那個繁忙的女人放鬆了警惕心。

「我擔心，」她說，「我以前賣給她的布料不是很好看。不過灰色總是好的。所以我建議你買灰色。」

「我明白，我明白。」老偵探喋喋不休接著說，但心裡有些淡淡的懊悔。「不過在我的眼裡，她的皮膚太黑，不太適合穿灰暗色的衣服。我已經對她說過很多次了。」然後他一邊看著眼前這個女人捲起布料，一邊繼續帶著挑剔又好事的語氣，詢問她快遞費用大約需要多少錢，因為他現在就想把賬款全數付清。

她上當了——這次著實上當了，儘管我懷疑她是否心知肚明。

「我們不常常把貨物運到河岸上游，」她說，「不過我要說明，像這樣一個大小和重量的包裹，快遞費大約是四十分美金。不過你可以讓她付費。我相信她一定會樂於付錢。」

「當然，當然——我剛才沒想到這個。她會付錢，她當然會付錢。」然後他繼續小題大作地聊天，他的舉止交織著兩種奇怪的特色：天生精明的態度和老年人對小東西的執著；他認為這種奇怪的態度很可能會在招呼他的那位女士心中，留下深刻印象，而且會誘使她遞出完整的地址。

但她實是太警惕了，或者是太專注於自己的事情，就沒有洩露更多的訊息。而他只能滿足於她的承諾：這個包裹將在第二天早上盡可能早地送交給快遞員。

他離開商店時顯得極為虛弱，然而，與此形成鮮明對比的是，他在旁邊雜貨店的公用電話亭裡拿起話筒時的旺盛精力。不過女店員看不到這一幕，也沒有任何人對他的舉止感興趣。所以，當他要求警察局密切監視附近的雜貨店時，他可以提出所有重點；監視的目的是為了一個特定的包裹，當它從那裡快遞到河岸上游某處之際，可以立即截獲收件人的地址。

然後他回家了。因為此刻他完全感受到年老體衰所帶來的疲倦。

XXI 困惑

「艾爾薇拉・布朗。」

「艾爾薇拉・布朗？這就是包裹上的名字？」

「是的。」

「地址呢？」

報給他的地址是卡茲奇山區裡一個小鎮的名字。

「謝謝。幹得很好。」格萊斯先生掛起了話筒。然後他站起來思索著。

「艾爾薇拉・布朗！十足是一個化名——也就是說，姓布朗。可我幹嘛要考慮艾爾

薇拉？既然我記得那個選擇用化名隱藏身分的女人是法國女人，我幹嘛要考慮**布朗**。真是奇怪！讓我看看我是否能打電話到她待的那個地方，給火車站長打個電話。」

證明了長途接線是可行的。過了一會兒，他發現自己和站長通上了電話。

「我是格萊斯，紐約警察局的偵探。一位我們非常感興趣、化名為艾爾薇拉・布朗的女士，她剛剛進入了你們的小鎮。」

「**艾爾薇拉・布朗**！」

儘管格萊斯先生體諒電話通訊不完美之處，站長重複名字的語氣還是使他感到驚訝。

「是的。這個名字有什麼奇怪的嗎？」

「是這樣的：這個名字屬於一位住在這個山區裡四十年的女士，她三天前剛剛在這兒去世。今天我們將要安葬她。」

這對老偵探的期待，無異**是個**打擊。他犯了什麼樣可怕的錯誤？還是上述那個截獲包裹、報告收件人姓名的警察犯了錯誤——還是商店裡那個女士弄錯了，還是所有人都犯了錯誤？他無法停下來細問。可是他試圖抓住第一個浮現出來的懸念。

「嗯，我們要逮捕的不是這個人，這是肯定的。我們通緝的那個女人已屆中年，相貌和穿著都很普通。如果她住進你們的小鎮，那應該是昨天或前天晚上的事情。你們不太容易注意到她，除非你們看到她蹣跚的步履。你可記得曾經出現這樣的人嗎？」

「沒有，而且我認為沒有那樣的人經過我的車站。車站距離大路不遠，而且我們的旅客很少。如果有那樣一位女士抵達車站，我會注意到她的。」

格萊斯先生苦惱地歎口氣，掛起了話筒。他感到完全洩氣了。

儘管他已年老，卻仍然具有年輕人的韌性。不再努力一下，他不會接受失敗。像往常一樣，他來到市中心，他再度走進那間小雜貨店，去確認店家寄出那件包裹。

沒錯，他們寄出包裹了，但是事實上，快遞員遇到一件麻煩事，一個喝醉酒的男子從他手裡搶走這件包裹，快遞員費了一番口舌才把它追回來。男人們可以喝酒喝到睜不開眼為止，而且在清晨發生那種事，實在是太奇怪了！

格萊斯先生憑藉敏銳的直覺，立刻不屑一顧地把這種言詞完全視作女人們大驚小怪的習性。不過對於包裹本身，他有話要說；所以儘管有一兩位顧客要買東西，那個店裡的好女人還是耐心等待老偵探說完話。

「妳可能會認為我是一個大驚小怪的老人，」他說，「可是我整夜都在擔心那件包裹。她亟需一件新衣服，我擔心你們沒有正確的地址。現在我記起了這個地址——它是——是——」

「哈德遜河上的巴福德。」她迅速說道。很明顯，她不願因為他的愚笨而浪費時間。

「對了，對了。就在卡茲奇山區裡，是吧？」

「我不知道。那些人在等我，先生。我真的應該——」

「再等一下！我想替她再買一樣東西。不過這次由我自己去寄。我不會再麻煩妳。這另一件衣服顏色要鮮豔，而且要比任何她所有的衣服更漂亮。她會原諒我的，她會樂意得到它。」

「我不明白，先生。」這位女士真的非常尷尬。她秉性誠實，儘管她樂於見到商品從貨架上消失，卻不忍心利用這麼衰老的一位長者。「恐怕她不會感到滿意。你看，距離她上次從我這兒買布料去訂製衣服，還不到兩個星期，而且她認為那次的購買過於浪費。這次你買了件灰色的——」

「妳是說藍色的那種？」

「不，那不是藍色的。」

「那是什麼顏色？難道妳沒有剩下一點點布料讓我看？以便我更明智地做出抉擇。」

她指向一匹條紋圖案的羊毛布——對於一個他們口中所謂「穿著品味傾向於樸素和灰暗」的女士而言，這塊布料顯得有些俗麗。

「那塊布料？那實在是夠鮮豔了。我從沒見過她穿成那個樣子。」

「她不喜歡那種顏色。不過由於某種原因，她接受了這種樣式的布料。上次她來店裡的時候，就穿著那樣的衣服。」

「是嘛！我很滿意。仍然要感謝妳，再給我一副手套就買齊了，我立刻出發。」

她挑選一副手套給他，然後他快步走開，一邊在櫃檯間穿梭，一邊高興地咕噥著。可是一回到他的計程車裡，他就把所有思緒都集中到那匹條紋圖案的布料上。布料的底色穿插深紅色和黑色，間或點綴淺色的小圓點！他費心地把這些記在腦子裡，因為毫無疑問，她逃跑時的衣著就是這種樣式——倘若這次的搜捕會變成一場針對反覆迂回潛逃的獵物的追蹤，那麼，這條線索對他而言就很重要。

在接下來的兩個小時裡，他釐清自己有意去探訪的那個小鎮的地址，以及其他一些情況。他面對一項事實：他無法理解為何杜克洛夫人冒用眾所周知的艾爾薇拉．布朗女士的名字，而另外一項事實：那個名叫艾爾薇拉．布朗的女士此刻已經去世，他覺得，藏在這些事實中的謎團需要他親身做一次調查。他覺得自己已不太適合做這種純粹耗費腦力的探險，尤其是沒有斯威特華特的陪伴（更不要說是他的幫助）他根本無法完成，他也認為斯威特華特幾乎沒有理由從他交付給他的任務中抽身。所以他挑選了一個名叫佩里的小夥子，然後他們一起乘坐西岸火車進入格林縣，接著在一間車站稍作停留，而一條岔路從這間車站繞向那個小鎮；寄給艾爾薇拉・布朗的包裹已經比他們先抵達這座小鎮了。

意外事故往往會決定我們的行動路線，也會使我們從已安排好的路線中岔開。在這裡，我說的事故就發生在我之前提到的岔路上，是一件真實發生的事故，由於這件事故，火車都停駛了下來，無法繼續前向駛去。當格萊斯先生得知這件消息時，他發現有必要做出選擇：搭乘汽車完全剩下來的路程，或者在火車停留的小鎮裡過夜。張望一下處於他和目的地之間的高聳群山後，他決定留下來等待第二天火車重新啟程。而在詢問了一兩次之後，他徒步離開車站，前往旁人推薦給他的那間旅館。

在很多方面，格萊斯先生都是一個哲學家，儘管他常因為惱人的事生氣，他還是讓自己平靜下來，他在腦海裡想：在這個世界上，我們並不總是瞭解對自己最有益的事，而且雖然他的計畫看似不利；安頓在此處所導致的幾個小時的休憩，最終可能會證明這是他所能碰到的最有益的事。所以他開了一個好房間，享受一次豐盛的晚餐，然後坐在旅館大廳裡舒暢地吸了一頓香煙。他選擇的椅子能使他看到河景，隱約聽著周圍人們的談話，在這很長一段的時間裡，他飽覽了美景，而且景色的平靜融入他躁動的心靈。可是逐漸地，一邊觀景一邊吸煙時，他發現自己的注意力首先被他背後一個男人的聲音所吸引了，接著，某種介於他自己和雙目裡閃亮河流之間的東西攫住了他。

吸引他注意的話語和他的思緒格格不入，而且似乎對他或他身邊的任何人沒有什麼意義。男人說的是關於河對岸的一家工廠，工廠在加班以增加生產，還是滿足不了訂單的需求。

「我們要的是女工，」他聽見那人大聲說，「年輕女工、中年女工，任何急著想要穩定工作和可觀收入的女工。」

可能這句話的強調之處賦予它某種含義。無論如何，格萊斯先生的耳朵聽見了這個簡短的句子，而此時，他開始注意到一位坐在旅館門廊裡、背對著他的女士。當時他完全沒想到杜克洛夫人。而這個坐著的女人一點也沒有使他回想起那個隱密的獵物。可是一旦他的目光落在她身上，就會在那裡停留好幾分鐘。

這是為什麼呢？

可能是因為她的坐姿安靜得反常。他盯著她樸素的帽子和穿著體面的雙肩，在這段時間裡，她映襯著銀帶似的河流般的身姿，一點也沒有改變過。他也凝視過外面的風景，不過他確信自己沒有坐得這麼安靜。這段凝視的間隙裡，他轉身去看如此起勁說話的人是什麼樣的一位男士，然後當他轉身恢復原狀，並再度朝向窗外張望時，她仍然坐在那兒；帽子、肩膀以至全身一動也不動，僵硬得像是一座雕像。

不錯，可是這究竟代表什麼？那種尋常景象沒有任何顯眼之處。不過在隨後的半小時內，他或者企圖把自己大部分注意力集中到那位男士的政治談話上（先前他聽到那位男士談論過一家工廠急需女工），而他的目光不時地掃向那條河流，同時他的眼睛一直想看清楚那位女士有沒有移動。在他的偵查之下，她的姿勢還是分毫未動。

「她會在那兒坐上一整夜，」他自言自語地說。過了一會兒，他的好奇心升漲起來，於是他站起來，沿著門廊走出去作一場小小的散步。

XXII 他記得

只不過是一個普通的女人，一邊等火車出發一邊沉醉在某種幻夢之中——或許這就是老偵探格萊斯在她身邊蹣跚而過時所做出的結論。

他何必要去思量這個女人？可是他還是思索了。他注意到她裙子的樣式和她握住雙手的樣子，以及先前沒有起疑的一個細節：她沒有向外張望鋪陳於她眼前的景色，而是低下頭盯著自己膝蓋旁反常緊扣著的雙手。然後想起要逮捕另一個女人是多麼的希望渺茫，他馬上忘了這位女士。杜克洛夫人的形象清楚地印在他心中，就彷彿她坐在他面前這個偶然遇見的女性旅客的位子上。他知道她會戴哪種帽子（或者他自認為知道），他也知道她裙子的顏色。難道他沒有看過她裙子裁製自哪種布料？難道他不懂她的古怪選擇是因為本身的緣故，而顯得她更加古怪？她是一個心思乖巧的女人，既然警方在搜捕一個外貌普通、衣著簡樸的女人，一件俗麗的連衣裙就會使他們放鬆警惕，確保她不會遭受任何近身檢查；所以她偏愛那種條紋圖案的料子，不喜歡純黑的顏色。然後是她的一雙眼睛！她會使用眼鏡或者至少是很厚的面紗，來掩蓋那種顯眼的缺陷。當她行走時——噢！要是她不疾行，或許可以成功地掩蓋她蹣跚的步履。不過他向自己保證：他會非常小心地做到，想辦法讓每一個引起他懷疑的女士快步行走。

當他陷入這樣的沉思，他走到門廊的另一端。他又轉過身來，此刻他面對那位女士的側影，他的雙目再度不由自主受到這個側影的吸引，然後又對她開始遐想起來。她沉思的內容多麼引人入勝，那是多麼深刻地影響了她！

他再次安靜地經過她身旁，心想這是他所見過的最悲哀的面容。然後，那個印象從他心裡消失了，因為他看見佩里手中拿著一支鉛筆和一頁空白的電報紙，正向他走來。他先前決定讓斯威特華特知道他當晚的落腳點，佩里來找他，就是為了發出這個訊息。

足足有兩個小時之久，坐在原先位置的格萊斯先生抬起頭，發現他能不受阻礙地看到那條河了。那位女士已經走了。

僅僅為了對靠近他身邊的佩里說幾句話，他就事論事，並補充說明他對那件小事的興趣：

「現在引起我好奇心的是人們的思想和情緒。人性是一本大書、一本偉大的書。我剛剛開始翻閱這本書，而我已經老了。有些人以某種方式流露他們的情緒，有些人以另外一種形式流露他們的情緒。有些人陷入萬入苦惱時會大聲嚷嚷，有些人會變得安靜，以致於別人認為他們死了。我剛才正在觀察的女士屬於那種安靜的人；她的煩惱很深沉，你可以從她的身影判斷出來——她的身影一動也不動。」

「是的，她是個奇怪的傢伙。我看見過她。我甚至為她跑腿過——在你坐在這兒之前。」

「你為她跑腿過？」

「沒錯。她當時想要一份報紙。我當然樂意為她去拿，因為她說自己是個瘸子。」

「瘸子？」

「是的。我認為她說的是實話。我認為她沒有惹上任何特別的麻煩，不過我想她看起來很古怪。她似乎穿了兩條裙子。」

格萊斯先生身體一跳，驟然面朝向他。

「你在說什麼？你這句話是什麼意思？」

「噢，是這樣的：當她站著不動，從某個暗袋裡掏錢時，她拉起了裙子的下襬，所以我看見她裙子下面還有另外一條裙子。也許她認為那是最容易揹帶裙子的辦法。我注意到她的手提箱很小。」

「描述一下她最下面那層的裙子。」格萊斯先生的神色和語氣含有一份莫名其妙的認真；「它是什麼顏色？」

「噢，紅紅的，我想。不，它上面有條紋圖案和圓點一樣的東西。你認為那是她的襯裙嗎？」

格萊斯先生雙手垂下放在無力的膝蓋上，但沒有碰觸的感覺。「查一下她去哪裡了！」他大聲說，「不，我自己去查。」在對方能夠從震驚中恢復過來以前，他已經走向門廊，剛才他看到旅館的老闆坐在那裡。

「這完全是我這個老頭子的愚笨所造成的，竟會認為他能夠在沒有幫助的情況下處理好這種事情。」他一邊腳步沉重地往前走，一邊咕噥說，「如果我早告訴佩里我們追捕的對象是怎樣一個女人，以及他可以如何認出她來，我當時就會和這個女人搭上話而不是只有盯著她看。兩條裙子！鮮豔的一條在下面！嗯，她比我認為的還要狡猾。」

這時他已經走到了那位男士身邊，他問道：

「你能告訴我關於剛才坐在這裡的那位女士的任何情況嗎？她是誰，她去了哪裡？」

「剛才坐在這裡的女士？噢，她是一家工廠的員工，她去河對岸上班了。」

「她的名字？你知道她的名字嗎？我是來自紐約的一名警探——一名普通的警察。我要找一個人，她就像我剛才在這兒看到的那位女士。我必須說明，如果不是情勢逼迫，她不會去做工人。」

「你是一個警探，呃，憑你這把年紀！這一定是有益健康的職業。但是關於這個女人，我很抱歉，恐怕我只能告訴你，她先前和你搭乘同一列火車來這兒，而且她想馬上坐船過河。你看，我告訴她這裡沒有渡船，她能過河的唯一途徑是等待菲爾・簡金斯，他將在五點鐘渡河。她說她會等，然後就坐在這裡，毫無進餐的意思，也無意住宿。也許她並不餓，也許她不想登記入住，呃？」

「她說話的時候，帶有某種口音嗎？你有沒有覺得她是外國人？」

「沒錯，她是有某種口音，但是我沒有把她當成外國人。她的英語講得很好。她不年輕了，你知道的？」

「我不是在尋找一個年輕女士。」

「那麼，她離開了，今晚你找不到她。現在他們就在那兒，看！已經渡過了四分之一。那艘小船正穿過那艘大船的尾波。」

格萊斯先生望過去，看到她正遠去，恐怕今晚她已逃離了。

「我什麼時候能渡河？」他問。

「等到明天中午，菲爾會再次渡河。」

「在這段時間裡，她可能會去任何地方。我鐵定會失去她的蹤跡。」

「不一定。她是為了前往工廠。稍稍往右看，你就能看到樹頂冒出工廠的屋頂。她問盡了所有可能的問題；關於那邊的工作，以及在那家工廠周圍步行可及的範圍之內，是否有體面的住處。」

「她的腿不瘸嗎？我要找的那個女人腿有點瘸。」

「就我所知，可能是吧。我沒有看見她走路，不過她沒有攜帶拐杖——只有一個提包和一把雨傘。」

「一個棕色的提包，像她的外表一樣整潔？」

「不。提包是淺色的而且很舊。她本人很整潔的樣子。」

格萊斯先生蹙起了眉頭，他陷入困境。帶著一種令他驚訝的確然，他相信眼看那艘小船一點一點地駛向對岸，就是眼看著安托瓦內特・杜克洛從他的眼皮底下逃脫。

然而，儘管導致他做出這個結論的證據源自於事實，他還是覺得：冒險跟隨這個穿套兩條裙子的女人，前往她在哈德遜河對岸的目的地，可能會喪失時間和機會的眷顧，所以他樂於接納進一步確證這些證據。有不止一個理由，可以解釋他無法承擔喪失多餘一分鐘的代價。一兩次超出尋常的風濕痛警告他，他正接近筋疲力竭的臨界點。

另外，在格萊斯先生暗自的擔憂中，有一種擔憂尤為明顯地浮上心頭，而且讓他抑制住一種衝動般、不由自主的顫動。在額外耽擱那麼多鐘頭的期間，他必須證實她的身分——儘管他對此並不懷疑——然後再冒險硬著頭皮工作。可是在目前的處境下，他希望能獲得什麼樣的證據？無論打電話還是打電報給愛德華・杜克洛太太，都肯定不會獲得什麼結果。即使她奔逃中的嫂嫂現在穿著來自她自己的衣櫃裡的整潔黑裙子，他也不可能及時確認事實，來做出他自己的決定。那個孩子——是的，如果他在她附近，自己或許可以從她那裡探得消息，可是他現在身處幾英里外的小鎮。而且，儘管他自認為辦案方式很正派，他內心裡還是反對進一步把這個孩子牽涉其中，而且這種事情肯定對她沒有好處。不，他必須相信自己的直覺，或者——

他坐在旅館老闆旁邊的一把椅子裡，但隨著思慮所及，他又迅速站了起來。他尋找的證據是他自己設想到的。在回憶那個孩子時，他內心裡瞬間閃現了一幅關於她外表的圖畫，當時在那家雜貨店的前面，她彎腰為他撿起手杖。他似乎再次看到了那個彎著腰的身影；紅紅的臉頰、戴著一頂小帽子的亞麻色頭髮。啊！就是那頂小帽子！帽子讓他留下意想不到的深刻印象。他發現自己不僅記得帽子上的飾帶，還有垂掛在帽子前面的幾束顏色奇怪的花朵。這些小花束，或者頗像花束的東西，他當時從窗子另一邊注視了那麼久，那頂帽子唯一的裝飾品就是這些小花束。那個女人就是杜克洛夫人。這些摘自那個孩子的帽子上的花朵，它們被別針扣在伯母的帽子上。這些他極為熟悉的花朵樣式，使他確信那位伯母的身分，儘管他並沒有去證實這個理由。

這種確信的結論給予他萬分的安慰，他轉過身去和那個專注於報紙的老闆繼續談話。

「你是否樂意給我一個機會，讓我在菲爾·簡金斯返回時，與他說幾句話？」他問，「如果你樂意的話，請相信我能保證，絕不誤會他的那名乘客。」

老闆點了點頭，格萊斯先生再次靠在椅背上看著那艘小船，然後等待它返回。

那天晚上，他從簡金斯身上得知的消息使他更加安心。那位女士在離開時承認，她將去那家工廠找尋工作。「對於打工來說，她的年紀有點太老了，」這個男子自發性地說道，「但是她的身手還算敏捷，她是手腳利索地登上河岸！」

這些已經足夠。格萊斯先生十分滿意，在第二天的小船上，他預訂了一個座位。

XXIII 女孩們，女孩們！只有女孩們！

工廠主管表現出困惑的樣子，而且他心中的困惑表露無遺。他邊聽格萊斯先生說話邊聳聳肩，說那天雇用了很多位女士，他確實無法記清楚在她們之中，是否有任何一位符合描述的情況。

「這是考勤員的記錄簿。仔細檢查一下，所有名字都在這裡。」他說。

格萊斯先生照他說的話做了，不過當然沒有在簿子上找到安托瓦內特・杜克洛或者其他曾經聽說過的名字。

他要做的下一件事情是徹底搜查那家工廠，以便確定是否能從那些已經工作的工人中找到她。他十分不願意這麼做。這項任務對他而言太費時間、太不容易，而且他無法把這種需要敏銳辨別力的任務交給佩里。他是多麼想念斯威特華特！他多麼想派人去叫回他！最後他決定，當所有的日班工人下班時，他應該站在那裡觀察每個魚貫而出的女工。

可是這種遺憾的嘗試帶來的只是同樣遺憾的失敗！在那些女工當中，他發現沒有一個人的年紀超過二十五歲。可是這並不意味著已經毫無希望，還有夜班工人吶，她會不會被分配輪值夜班？掌管夜班工人的主管是另一位男士。他會等待這位男士出現，向他陳述理由，然後看看可以做些什麼。

當夜班主管終於走進辦公室，格萊斯先生有機會自我介紹時，他也沒有什麼太大的發現。比起日班主管的升遷，他被提拔得更晚，性格敏捷，而且更自以為是。老偵探的年紀，甚至是偵探的任務都沒有令他刮目相看。這是一個繁忙的夜晚，一個非常繁忙的夜晚——每個部門都有新手在工作。現在完全不可能帶他查看大樓，也許晚些時候可以這麼做。但不是現在，不是現在。

說完這些，夜班主管急忙出去了。這種情形令人洩氣，但是格萊斯先生並不灰心。

他站在寬闊的後窗旁邊，輕鬆觀察起一排排在廠房裡奮力工作的女孩們。他和這些女孩只隔著一個狹窄的院子，由於工廠大樓的三層樓面都是燈火通明，他幾乎毫不費力就能從這些女孩之中找出那位中年女士。在她神秘捏起的拳頭中緊握著那把鑰匙，那足以解開威脅名列紐約最知名的男士的榮譽、解決那起恐怖事件的謎團。

在他找出那位女士之前，格萊斯先生站著不動，以確定他目前的位置，並且盡可能回顧這幢大樓的整體平面圖。他所處的地方被稱作外部辦公室，而只供公司董事長使用的內部辦公室位於他的左側。現在沒有人待在內部辦公室，因為董事長很少在夜間出現。另一扇門通往外面的平臺，而第三個辦公室位於右手邊的隔牆中間，它通往一間很大的門廳或者女孩們專用的更衣室；這個辦公室繞過轉角而與廠房相通，而這些廠房一個接著一個，緊緊圍繞一個狹窄的中心院落。

傍晚的時候，他曾經走過這間更衣室，他站在那裡觀察下班的女孩們魚貫而出。所有員工的出口在某一處牆角，而當安托瓦內特・杜克洛下班時，她會經過這個出口——也就是說，只要她真的在這幢大樓裡；而且，對於這個假設，他有充分的理由相信。

然而，確定這一點推論後，他可以從目前的煩躁中大致解脫出來。目標明確之後，他打算再次進入更衣室，希望在牆上掛著的形形色色帽子中，搜查出那頂形狀和飾物他都非常熟悉的帽子。

儘管這個嘗試充滿希望，它卻注定即刻要失敗；有人待在更衣室裡，在距離不到十步的地方，他能聽到女孩們在說話，像往常一樣他很著急，不想引起別人不必要的注意，於是他在門口轉過身去，返回那扇窗子。先前他在那扇視野寬闊的窗子眺望時，已預先考慮了很多。

一個光輝燦爛的景象正在等待他。最初建造這幢大樓是有其他目的，然後為了符合目前的功能，它又被倉促地改建，這種建造方式可能會飽受詬病，但它一定會向在裡面的工人提供充足的光線和空氣。當夜晚強烈的燈光照射整幢大樓時，那些支撐三層樓面的狹窄圓柱卻顯得毫不起眼，所以大樓的外觀彷彿完全藉由窗子構成。他觀察到圍繞這個院子的雙排電燈只有熄過一次燈。熄燈的位置在他的斜對面；那裡一個數英尺長的區域片刻展現出他無法理解的幽暗。不過似乎沒有工人在那裡，他就忽略了熄燈這件小事。

他眼前的任務似乎毫無希望。首先，那裡有三層樓，在第一層樓上看不到工人的面孔。然後在伸展於他前方的長方形區域，他只能看到兩個邊角，而使這一事實更為複雜的是，兩個邊角向上朝大樓外邊的工人面孔就像院子那邊的面孔一樣多。不過決定了路線之後，他決心要看清楚情況。

他的位置位於那個巨大的長方形角落裡，這使他無法看清楚在他這一邊的工人。他不得不忽略他們。但是對於那些對面的工人，尤其是那些正對面的工人，他很容易就把她們數清了。那些都是十五歲左右的女孩，他只瞄她們一眼就忽略她們，不把她們計算在內。在更遠處，他能看到一排年紀稍長的女工，作為一個人性的專家，他想要對她們的面孔觀察兩次，儘管看一次就能達到目的；杜克洛夫人不在那兒。

繼續觀察後，他接著看到那塊莫名其妙熄過燈的空間，並又再次忽略它，然後他看到一排排的長凳上面坐著忙碌的女工。似乎只有熟練的工人才會在這個區域工作。她們的手法和效率顯示出那種熟練的程度，使他不必再徒勞地搜尋那位也許從未在轟鳴機器聲中工作過的女士。

在旁邊的角落裡他看不到任何人，然而當他沿著連接對面和他這邊的廠房的尾牆掃視時，另一番景象正在等待他；那裡的每一條長凳前前後後似乎大多被新來者占據，這一點很清楚，因為那位夜班主管正急切地在她們中間走來走去，他解說支技巧和指導她們的熱忱不僅證明他對工作的熱愛，也表明他已經完全忘記那位被他遺留在辦公室的老偵探。瞧，瞧吧，這就是世人做人處事的方式！老偵探發現他必須依靠自己，意識到這一點後，他集中所有精神遠遠地觀察這些女工，深切希望他至少能夠區分年輕、年老的女工。

沒錯，他能夠做到這件事，但上年紀的女工似乎占大多數，這就讓他感到為難。而且距離過遙遠，他看不清楚，但他還是鼓起勇氣觀察，他細心審視的那些面孔和身影在他的注視下融合為淺淺的輪廓。正如我已經說過，他對於人的外形有敏銳的觀察力，而且確信他能夠充分回想起那個女人；那天在他眼皮底下長時間暴露腦袋和肩膀的女人，甚至，他自信能夠在五十個人中認出她來。但是在這些人中，沒有一個人——她們所有人之中沒有一個人——準確地具備杜克洛夫人瘦削和僵硬的外形。然後在很多分鐘的痛苦中，一遍遍重新觀察之後，又是一遍遍的失望，他離開窗子坐了下來。有一樣東西你可以永遠指望格萊斯先生，那就是他的耐心。

但是格萊斯先生的耐心也有停頓的時候。有一次他站起身望出去，想搞清楚他有沒有算錯這家工廠與河流之間的距離。然後在再一次等待之後，他開始思索：如果他掃視一下長方形盡頭附近的那個遠遠的角落（在那裡，他可以看到很多新工人正接受夜班主管的指導），他可以發現些什麼。先前他沒有想過利用這種方法觀察。他必須走出去，走過正在裝載貨物的平臺，觀察位於更遠盡頭的其中一扇大窗子。不過當他真的這麼做時，他發現自己身陷一種混亂之中。工人們裝載箱子、馬匹的後退和驅趕把路堵塞了，所以他馬上返回。他不想遭遇所有這些情況，而更加願意等待大樓內部發生變化。因此他又坐回老位子，在餘下的半個小時裡傾聽機器的轟鳴聲和一部生銹電梯閘門發出的嘎吱嘎吱聲，這些噪音幾乎使他無法思考。他幾乎要打瞌睡了，這時他突然意識到自身或者身邊的某種變化。

機器停工了嗎？不，沒有。

這個地方似乎有點變暗了，但是它仍然很亮。

他煩躁地動了一下，艱難地站起身又朝院子看過去。很快地，他清楚發生了什麼事；三樓的整排電燈被人關掉了，現在二樓的電燈也都被關掉了。只有一樓還保持著繁忙的景象，所有的燈都開到最亮，每一條輸送帶都運轉著。

看到他的觀察範圍被意外地縮小了，他感到極大的安慰。他擔心長途步行穿過無數的廠房，他能做到繞大樓走一圈，但走三圈對他而言就太多了。帶著高漲的滿意心情，他動身想回自己的座位，但當他最後一次朝那個一度燈光幽暗的某個區域看時，他發現自己被目睹的某樣東西吸引住了。這個區域現在像周圍一樣明亮，在那裡，夜班主管俯身於一個女工的旁邊，向她解釋手頭工作的複雜操作程序。很明顯，這個女工對於這項工作完全陌生。他可以很清楚地看見他，但她的身影或多或少模糊不清。但是這種情況維持不久，主管離開後，她完全進入老偵探的視線；那就是安托瓦內特・杜克洛。即使當他看清楚她的裙子之前，他也對此深信不疑。當他的目光瞄到她的裙子時，他能夠肯定就是她了。他不會搞錯裙子上的條紋圖案和小圓點。安托瓦內特・杜克洛！而且他能夠在五分鐘之內趕到她所在的位置——事實上，只要夜班主管一回來，他就可以辦到。他站著看她勤勉地工作，但似乎處於孤立的狀態之中，他覺得自己的年紀彷彿年輕了十歲。當我們看到一個先前讓自己絕望的目標突然出現在眼前時，我們會自得其樂，格萊斯先生就是這樣自得其樂著。她就是他在心裡想像的那個女人嗎？不太像。不過她的舉止中有一種令人羨慕的直率。從她做事情的方式，他可以清楚地發現，如果命運不加干涉的話，她可以馬上掌握她份內工作。當她就要獲得安全感和能力的時候去打斷她的工作，肯定是不容易做到。但他的職責毋庸置疑，而羅伯斯先生要求務必充分瞭解這個女人，以及她和那些足以完全毀掉他名譽的事件之間的連結，從而獲得任何補救辦法的權利，應該也是無可置疑的。她的口供也許可以使他擺脫所有的嫌疑，也許可以在實質上證明他有罪。所以必須馬上得到她的口供——如果可能的話，就在今天晚上。

可是他必須等——等夜間主管回來。他安心等待。與此同時，他決定不讓這個女人離開他的視線。所以，他拖過一把椅子，坐定下來，對於她活躍的身影一目瞭然，他看到她身上所有的僵硬都消失無蹤，這是因為她對於工作的興趣正迅速提升。要是他能夠更清楚地看到她的面容，他就會高興起來。在他和她的容貌之間彷彿隔著一層面紗，準確地說，他發現這是種很難理解的模糊和朦朧。不過想起他是隔著兩層玻璃在觀看，而且位於目標較遠的斜對面，他就平靜接受了這個小小的不利條件。然而就在他準備舒舒服服地抽一根雪茄時，他看到他目睹的景象改變了，而且是鮮活的改變，這使他因為嶄新的興趣而變得激動，也使他看得更加仔細了。

一個女孩從某個看不見的地方向杜克洛夫人走過來，在經過她身邊時，把一張紙條塞進她手裡。這個法國女人接過紙條，卻表露出震驚的樣子。給她帶來靈活身體和自信舉止的那種輕鬆自在的態度立刻消失了，從她鬼鬼祟祟看紙條的樣子，格萊斯先生領悟到：他很快就需要使出渾身解數來掌控這個時刻變化的局面。

紙條裡說了些什麼？誰會利用那個後來進去的人，把它塞進她手裡？格萊斯先生發現這是一個非常難對付的問題，帶著不斷加深的焦慮，他仔細觀察：當那個女人有機會看紙條時，這些未知的文字會對她產生什麼樣的影響。

結果令人吃驚——他是這一結果的即刻目擊者。她一讀懂紙條上文字的含義，馬上匆忙地環顧四周，然後不慌不忙離開她的位置，格萊斯先生確信在她與生俱來的那種從容果斷的神色裡，包含了一種任何事物都無法阻擋的決心。

她不僅離開了她的長凳，而且似乎要離開這幢大樓。他肯定要阻止這種情況，所以他起身行動了。待在那裡看著她匆忙的身影穿過院子對面雙排女孩們的身邊，走向更衣室，也許會讓格萊斯先生感到有趣，但是他有好幾個理由期望自己在她之前趕到更衣室，這些理由似乎很充分，足以促使他毫不耽擱地趕往那裡。若是他能夠從更衣室的某個角落裡，在眼前衣帽鉤上的許多帽子裡發現她的帽子，他就能輕易攔住她，並在他允許她離開大樓前，對她說幾句必要的話。

他的眼神犀利，但腳步並不敏捷地跑過去查看那掛在一個個衣帽鉤上、形形色色的帽子，然後在那些衣物櫃旁繞了半圈。然而，他沒有發現到她的帽子。在這個她工作的第一個晚上，她可以被分配到一個衣物櫃嗎？他認為不會。走得更近一些時，他又查看了一下；她的帽子在那兒，不過被放在地上。有人把它撞倒在地上。也許就是塞給她紙條的那個人做的。

迄今，他無可置疑對於自己所占的優勢，感到極為滿意，他撿起帽子，走向那扇她一定會在下一刻出現的門。

她沒有出現。

他等了又等，她仍然沒有出現。最後，他感到不耐煩，冒昧地打開那扇他先前非常猶豫去碰觸的門，然後迅速向裡面望了一眼。女孩們，女孩們！只有女孩們！那裡根本不存在杜克洛夫人。

一定是發生了某件事，阻礙了她的逃跑。阻礙她逃跑路線的原由不是那位主管，就是一位具有同等權威的人。如果這一點對她不利，對他也是不利的，因為一次按照他的計畫而進行的私下阻止行動，肯定要比現在注定要發生的公開阻止行動還要好。

為她和自己都感到遺憾的格萊斯先生回到了辦公室，此時主管也從對面那扇門進來了。老偵探認為這位主管的神色看起來怪異，他馬上知道了原因。

「你想要找的那個女人相貌端莊、上了年紀，明顯是個外國人？」

「是的——有人告訴我，她是法國人。」

「嗯，我認為你懷疑她一點都沒錯。她走了——考慮到她自己不適合上夜班，連一句『對不起』都沒說就離開了。她一定是通過某種不可思議的方式察覺到你的存在。太糟了！她本來很有可能成為一個我們想要的精細女工。」

「你是說她確實走出了這幢大樓——而你沒有阻止她——」

「她離開之前，我並不知道她在搞什麼名堂。我——」

「她是怎麼出去的？她沒有走那扇我一直在旁站監視的員工門。先前我看到她收到一張紙條——」

「一張紙條？怎麼收到的？誰遞給的她？」

「一個女孩。」

「你看到了這個？你怎麼看到的？你穿過了廠房？」

「沒有。當我朝院子的斜對面看時，我從這扇窗戶看到了她。她在對面的一個廠房裡——」

主管放聲大笑起來。

「你上當了！」他大聲道。「你們這些警探是一群聰明人，但是這間老工廠一連排的廢棄窗戶卻使你一度判斷失誤。先前你看到的並不是任何對面的廠房。你看到的是電梯前面一扇廢棄舊窗子上的映像。當運行的電梯下來時，映像就產生了。我常常看到這種映像，對於它可以給我機會偷偷觀察某些工人坐在長凳上的工作情況，我暗自高興了好幾回。很多女孩因此被解雇——這種做法從未引起爭議；過來。」

「你以為你看到的對面的廠房——現在你會發現沒人在裡面工作——位於大樓的這一邊，而你追蹤的那位女士從南邊的這扇送貨門逃走了。今晚我們正從大樓的這邊裝載貨物，她就利用這個機會逃跑了。工人們對一位女士妥協。儘管有命令下達，不准私自進出那扇門；一旦一位女士有意要逃離工廠時，你不能指望男工會抓住她。不過她走不遠。這附近的房屋很少，除了這家工廠之外，沒有其他的大樓。如果你費工夫去車站攔截她，你今晚可以安心，而明天早上你又可以輕鬆地找到她。現在我必須走了。不過我想問，她究竟犯了什麼罪？偷竊，是嗎？」

「不是。這個從我們手指縫裡溜走的女人是杜克洛夫人，是一個女孩的母親，這個女孩在紐約一家博物館裡遭人射殺。尋獲和拘捕到她的人，可以獲得大筆賞金，而且——」

主管站在那裡一臉驚駭的樣子。

「你幹嘛不早說？先前你幹嘛不馬上說？否則的話，我會命令全體工人在你面前魚貫而出。我會——」

老偵探拿起了帽子。

「剛才我沒有意識到，我已經老朽，無法區分映像和現實了，」他咆哮道，迅速走了出去。

這個城鎮的規模很小。佩里會確保她逃不出車站。另外，她逃跑時沒帶上她的帽子。

具備了這些有利條件，他確信一定能夠很快地逮捕她；即使不是在今晚，也一定是在明日夜晚以前。

XXIV 逃跑

離開大樓時，格萊斯先生幾乎和佩里撞了個滿懷。先前焦急等待命令的時候，這位年輕偵探坐在外面的臺階上，現在，他站著準備應付任何緊急情況。

看到他站在那兒，格萊斯先生情緒高漲起來。通向電梯的大門敞開，距離他們左邊不到二十英尺遠的地方。也許佩里裡見過那個女人，能夠說出她從哪條路逃跑了。接下來，格萊斯先生問的問題又急促又切中要害。沒錯，佩里是看到一個女人從身邊一閃而過，但她似乎和一個男子同行。這兩個人他都看得不太清楚。

「他們朝哪條路跑的？」格萊斯先生問。

佩里告訴了他。

按照目前的情況看來，他們似乎前往火車站。想到這兒，格萊斯先生不禁緊張起來，他往下走到馬路上，竭力讓目光穿透黑暗，望向那個方向；但是他只看到火車站的燈光，其他的一切都是影影綽綽的光影。夜幕籠罩一切，如果不是因為背後的機器運轉、摩擦，發出嘎嘎的聲響，他們就會感受到夜晚的寂靜。

「佩里，從這兒到火車站的路程，是否會不好走——我是說，對我來說是不好走？」

「要是你一直走大路，並不是非常難走。」

「噢，那你就跑過去打聽下一班火車什麼時候啟程——任何火車，不論是開往北方還是開往南方——我不管到底是哪一列火車。如果火車就要啟程了，你就去找一個穿著條紋圖案裙子的中年女人，如果你無法阻止她上車，就不聲不響地跟蹤她，絕不要離開她——然後一有機會就給我打份電報。跑吧。」

佩里一躍而起，很快被黑夜吞沒了。他一離開燈光照耀的工廠，夜色就變濃了。格萊斯先生跟在後面，大著膽子疾步往前走。火車站月臺的距離並不遠，但焦急的他覺得彷彿有一英里遠。他氣喘吁吁地趕路，直到他看見一個飛奔的影子出現在他和車站的燈光之間，他知道佩里已經到達了月臺。

這正是一天中火車經過班次最少的時刻，格萊斯先生穿過鐵軌，來到月臺上，然後遠處鳴響的一聲汽笛告訴他：一列火車就要進站。他匆忙朝四處張望，看見佩里急匆匆地從他背後走過來。

「沒有人，」他說。「周圍沒有這樣一個人。」

他們等待著。火車進站，停下，帶上兩個無足輕重的旅客，然後迅速朝北開走了。

「恐怕我必須讓你待在這裡，佩里。她輕易可以搭上一列夜班火車，然後從列車員那裡買一張車票。」

他一邊說一邊停住了，抓住佩里的胳膊，他側耳傾聽起來。

「一艘船，」他說道。「一艘小船離開了河岸。」

確實如此。在火車離開後的寂靜中，他們可以清晰聽見船槳的打水聲。除了那個，空氣中沒有其他聲音，它使老偵探內心鬱悶。

「就是她！我能肯定。」格萊斯脫口而出。

「過河的男子提醒了她——有可能派了一條小船給她。快跑到岸邊去查看一下，那裡是否有給她送行的人。」

佩里跑進了夜色中，而格萊斯先生站在那裡細聽；船槳輕輕的打水聲變得越來越微弱，那艘船迅速地離去，帶走了所有希望：當場抓獲這個有用的目擊證人的一切希望。

不過可以肯定的是，事情還不算十分嚴重。他只須打通電話給河對岸的警察局，去拘捕這個女人，直到第二天清晨，他過河去接手這個案件。但他莫名其妙地感到心煩和焦躁，儘管他具有豐富經驗和威名赫赫的從警紀錄，使他不會因為日常生活而灰心，但在下面短短的幾分鐘裡，他面對河流，感到某種即將到來的厄運慢慢地降臨到他衰老的心臟，在這孤獨的等待中，他感受到了，或者似乎感受到一種前所未有的徹底沮喪、對自己工作的厭倦，而他從事警察職業的漫長生涯，使他已無心再去細數。

然而，他畢竟是一位非常成功的警探，不會讓帶著羡慕眼光的下屬看到自己的沮喪。當佩里走過來時，老偵探再度面露喜色；當佩里報告說他剛剛和一個能認出那艘船和船上槳手的男人談過話時，沒有什麼能比老偵探流露出的冷靜態度，更具有欺瞞性了。那艘船是他們白天稍早乘坐的同一條船，槳手也是同一個槳手。他在這個最不尋常的時刻多划了一趟船，目的是專程把這個女人送回去。

「我猜你沒有說服任何人，以便讓我們及時渡過河去抓他們？」

「是的，我已經問過了。」

「那就跟我去火車站，我要發送幾條訊息。」

其中有一條緊急訊息是發給斯威特華特的。

等到第二天早晨！然後早早地過河吧。這裡發生了一樁意外正等待著他們。他們詢問了之後才發現，那個要為杜克洛女士逃跑的負責人不是他們原先認為的旅館老闆，而是菲爾本人；那個和藹、軟弱的渡船工人，在他們第一次過河時，她可能就打動了他的同情心。也許額外的一點小錢就加深了這種印象。天知道是不是這樣。

但事情還沒結束，那個女人跑了。在他們找到菲爾之前，她就已經徒步逃離了小鎮。菲爾這一次沒有在一個尋常的地點靠岸，而是在上游，一個他們一無所知的地點靠了岸。當他最終露面時，天色幾乎已經亮了。

「他現在在哪？」

「在家裡，應該在家裡。」

「告訴我房子的位置。」

十分鐘之後，這兩個人就面對面了。

結果並不完全令老偵探滿意。儘管他使用所有技巧來詢問這個善良的渡船工人，除了簡單的事實，幾乎從他身上一無所獲。而事實是，當那個女人聽說火車停駛後，她堅持要逃往大路。他無法說服她等到天亮，或者傾聽一下在夜幕中等待他們的危險和恐怖，以及群山帶來的可怕孤獨感。她不懼怕自然界最可怕的狀況，而且她比那些居住在山區多年的村民更瞭解山區。她一定要離開，所以她就走了。

這已經是六個小時以前的事了。當問到他為何對她如此熱心時，老偵探很快明白：他對她的身分一無所知。在他們第一次過河時，他僅僅看出她已屆中年、神情悲苦，而且相當的正派善良，不應該被任何仇家或缺德的警察跟蹤。確實，頭一天早上，他渡河讓他們過去追捕她，但那是因為他不知道他們的任務。在返航時他知道了，就打定主意：即使整夜留在對岸，也要通知她、幫助她脫身。他並不希望帶她回對岸，但她堅持讓他這麼做，說她在山區有朋友，他們會照料她的。他發現她的態度中有一股可怕的認真，因為她沒有逗留片刻就去取她的帽子，而且即使她沒有採取預防措施，在工廠附近的灌木叢裡藏了一包東西，以防萬一，她也不會再多帶一件額外衣服。他無法拒絕她。在這名渡船工人的眼中，她已經順利讓自己成為他那遭遇厄運、現在又順利解脫的姊妹，感謝上帝！

當這個渡船工人聽說成功逮捕她歸案的人可以獲得數百美元的賞金時，他顯得有些懊悔，不過他的懊悔轉瞬即逝。很快，他誠懇地宣稱自己對賞金一點也不在乎。他要的是心靈的安寧，而不是金錢。

格萊斯先生離去時，腳步比平時走得更慢了。心靈的安寧！他自己需要怎樣的心靈安寧？他一路跟蹤這個可憐、不幸的女人，就是為了得到賞金嗎？不是。對於上了年紀的他來說，金錢已經喪失它自身具有的巨大吸引力。無論他是否瞭解自己，他都不會格外被成功所帶來的榮耀所打動了。職責，只有職責，驅使著他一往直前——破解他的案件，並且回報上級給予他的信任。如果破案會帶來痛苦，那不是他的過錯。他要做的就是繼續幹下去。

帶著這種想法，他準備要乘車出發了。

現在格萊斯先生的心裡不再懷疑這個女人的目的地，或者他必須前往何處找尋她。他洞悉了她的心理；她離開紐約，目的是為了躲進某個偏僻的村子，顯然，她已經要求她的所有郵件都以她熟知的假名艾爾薇拉・布朗署名，寄到這個村子。不過不是在火車上，就是在她停留的旅館裡，她聽說了河東岸的工廠招募女工的消息，她就如他所知的那樣改變了計畫，但是謀求自力更生的企圖一旦被證明失敗，她就只得繼續執行那個最初的打算。

如此一來，他繼續尾隨她，並考慮到布朗小姐突然死亡會給她帶來新的失望，因為她指望的那個避難所也會不復存在。如果他有能力像她一樣步行的話，他非常願意步行，因為跟蹤的最好辦法是緩緩進行，跟蹤者的耳朵和眼睛要緊貼地面。但是他做不到，所以他必須等到一輛汽車出現，可能的話，等到斯威特華特到來——因為佩里幹不了這個活。這個小鎮裡沒有汽車，也許必須沿著河往上游走，或往下游走一段距離，才能找到一輛汽車，載往他們通過路途必經的險峻山路，從而避免因為走入絕境而大失所望。

一切都會適時發生。儘管等待讓他感到痛苦，但他毫不懷疑，隨著斯威特華特來到他身邊，他們很快就能上路並且捉住那個女人。為什麼那麼痛苦？也許他覺得很難說出理由。迄今為止，他覺得自己的任務已成功在望，因為目標已經確定，在屈指可數的時間內，他就可以完成使命了！

XXV 恐懼

一個女人從眾人的目光中逃脫，就像一個人逃離了死亡——還是一個優雅的女人呢，迄今她一直在野外奔逃！

經過晝夜前所未有的舟車勞頓和格外擔驚受怕的折磨，安托瓦內特・杜克洛在途中幾乎沒有吃一點東西。那列火車為寧靜的雷克山姆村帶來三三兩兩的本地旅客，當她步出那列火車時，就算是她最好的朋友也認不出她了，也許等到好幾個小時之後，這個拚盡全力、抗爭不幸命運的女人，才會改變她的臉色。

她似乎意識到這一點，看到一雙雙探詢的目光注視她的眼睛，她拉下裹在她帽子上的那層面紗，面紗不僅遮住了她的面容，而且遮住了她的喉嚨。狂跳的脈搏使她喉嚨發緊，幾乎無法喘息。她似乎隨時要倒下，所以用盡她僅有的一點力氣，邁著蹣跚步履走近一輛笨重的老舊馬車，這輛在煙塵中等待的馬車準備把乘客送上長山。

馬車夫不在，但她毫不猶豫就坐進車廂裡。車站裡有額外的活要幹，因為這是兩天來駛入的頭一列火車。即使有人注意到她坐在幽暗隱蔽、又笨重又老舊的車廂裡，也沒有人會靠近她。沒有任何人會打擾她。當馬車夫出現時，她幾乎睡著了，而當他探進那張和善的面孔時，她迅速醒過來；她聽到馬車夫問她想去哪裡，以及她是否有行李。

「我想上長山，然後在第一個十字路口下車，」她說。「我的行李在這兒。」她指了指腳邊。但她的腳邊空蕩蕩，沒有任何行李。在一個時隱時現的月亮下長時間爬山之後，她把提包和雨傘都丟在路邊，自己卻沒有意識到這一點。

現在看到那個馬車夫盯視的目光，她回想起來了，臉上泛紅。馬車夫的手搭在絡腮鬍子上，若有所思地撫弄，卻一言不發；儘管他的面相和表情都表明他是一個健談的人。如果往日的時光讓她還能歡笑的話，現在正是微笑的好時機。可是她還來不及彎起乾癟的嘴唇擺出笑臉，他已經愉快地說了聲「行了」，然後轉身爬上他的駕馭座位。

心中感到極大安慰，她靠在座位上，暗自高興他們很快就要出發，而且她會是唯一的乘客。可是她馬上就感到懊惱，因為馬車夫想要和她聊天，但試了幾次都沒有成功。看到她沒有談話的興致，馬車夫很快閉上嘴巴，使出渾身力氣趕著馬匹奔上沒完沒了的陡坡。

她幾乎沒有注目過的房舍逐漸從眼前消失，取代它們的是一片片綿延的山林、一塊塊的山地，隨著他們前進山林，變為濃密的森林。在半山腰上，一直被近處山巒遮擋的遠處山峰突然躍入眼簾。他們背後的夕陽正落往山間，那番景致一片輝煌。即使她看到了這片景致，也並未流露出喜色或是傾慕的模樣。在行程前面的四分之一英里，她把頭抬得筆直，但當馬車越爬越高時，她的頭卻下垂得越來越低。可是她並不困倦——只是感到極度的厭倦，一種似乎會侵蝕生命本源的厭倦。華麗而壯觀的天空燃燒著所有彩虹般的顏色，卻無法吸引一個被囚禁於陰暗處的靈魂。山岩和雄偉的峽谷漸次出現在眼前，這幅觸動人心的想像，卻無法喚起她自己的故事。面對連綿的美景，她既沒有往右看也沒有向左看，而當最後一抹陽光從山頂消失時，來自東邊的一串鉛灰色的雲朵為昏黃的天色增添了幾分陰霾，她就更加毫無興致了。

對這些雲朵看了一會兒，馬車夫覺得他應該對沉默的女乘客說話。停下馬匹，似乎要讓牠們得到片刻喘息的馬車夫回過頭來，嗓音裡帶著一絲焦急，開口說：

「我希望妳的朋友們住在山頂附近，夫人。暴風雨就要來臨，天色也很暗了。妳還要走一段很長的路嗎？」

「不，不。」她迅速抬起目光，四處張望了一下，然後說，「只有一小段路，很短的小路！」然後她閉嘴再度陷入沉思中。

「我還要往前趕，」當山頂出現在眼前，他再次插嘴說，「在前面一英里多的路上，我有一個乘客等著我趕八點五十分的火車。讓妳下車後，我就要離妳而去了。」

「可以，就那麼做吧。我可以照顧自己——別擔心我。你人很好。」片刻之後，她用頗有教養的嗓音說道，而她的聲調足以在馬車夫的耳朵裡甜蜜迴盪。

「我們到了。」過了一會兒，他向馬車後面喊道，拉住馬匹停車，並向下跳到了路上。「妳要往東走還是往西走？」他一邊問，一邊又瞥了一眼她虛弱而單薄的身體。

「往這兒。」她回答，手指向東邊。

他站住盯著她。

「沒有人住在那邊，」他說，「——我是說，在暴風雨襲來之前，那裡附近沒有一戶人家可供妳躲雨。」

「你錯了。」她一邊說一邊不由自主地縮起身子，因為第一聲巨大的雷鳴在山間激盪了無盡的迴響。然後轉過身去，她急匆匆走進了狹窄十字路口的陰影中。

他又回頭望了一下他的幾匹馬，馬耳朵抽動的樣子意味牠們感到緊張，他嘴裡蹦出一個熟悉的字眼，使勁跑向那個女人跑。「原諒我，夫人，」他喊道，「妳是要去布朗小姐家嗎？」

寡婦停下腳步，回頭看他一眼，迅速做出抗議的手勢，然後急奔而去。

馬車夫搖了搖頭咕噥道，「嗯，女人要比魔鬼強！」他走回去。而她獨自離開了。

隨著最後的馬蹄聲消逝在路上，第二聲雷鳴似乎使天空和大地融為一體。她幾乎沒有抬頭看。她正靠近一座飽經風霜的小屋，小屋座落於一條深深峽谷邊上的樹林中。當她看到小屋時，她加快了腳步，而且她抬起手，匆匆扯掉面紗。她憔悴而蒼白的面容上發生難以言喻、卻又真實的變化。不是快樂而是一種溫柔的期盼，使她的容顏從極度的緊張中舒緩過來。如果此時有一個朋友正等待她，那個朋友現在會輕易就認出她來。唉！

她又往前走了幾步，站在小屋門前。小屋有一種淒涼的外表。整座房子看起來都很淒涼，可能是因為每片遮陽窗簾都被拉上了。但她沒有注意到這個情形。她確信自己會受到歡迎。她舉起手抓住門環，然後響亮地叩了兩下門，然後等待著。門內沒有應答聲——沒有急促的腳步聲——只聽見天空再次響過隆隆的雷鳴，她兩旁的樹林發出急促的沙沙聲，彷彿使天際變黑的巨風派一名急先鋒衝到了山頂上。

「艾爾薇拉出門了——去參加教堂聚會或下面村子裡的社交集會。她會回來。不過，我不會等她。我會嘗試用老辦法進屋。暴風雨可能會使她耽擱很久。」

離開那扇只比馬路高出兩個臺階的門，她走到屋角，彎下腰去，在一塊凸出的石頭後面摸索她希望找到的東西——一把前門的鑰匙。

但是她縮回無功而返的手。

她感到奇怪，因為這不是她第一次來到這裡（她以前在這座小屋裡住過幾星期，非常瞭解女主人的習慣）；她再次在老地方摸索起來，以前好幾次在她朋友外出時，她就是在那裡找到鑰匙。但還是毫無結果。鑰匙不在那兒，不久她又來到馬路上，注視緊閉的前門。

她一邊看，一邊說了這些話：

「她知道我隨時會來！」

極度的疲憊感使她踉蹌了幾步，她伸手抓住那棵籠罩小屋屋頂和圍牆的大樹幹。

樹幹為什麼抖動呢？她腳下的土地為什麼似乎正在搖晃？彷彿隨著一塊黑布的墜落，整個天地都變暗了。暴風雨正向她襲來，它帶著不可思議的迅猛來臨，就要在她的頭上肆虐。在震驚中，她明白自己的處境；無處躲藏，而季節的暴風雨正向她襲來！她該怎麼辦？無法從後面進屋，因為那裡的灌木叢太密了。她必須接受自己的命運，被淋成落湯雞，也許還要被下一個雷聲震得發懵。但儘管安托瓦內特・杜克洛身體虛弱，她卻不是懦夫。她靠在樹幹上挺直腰板，心想儘管自己的處境糟糕，但還是比躲著風雨卻讓對手堵在門口，還來得情況好些。她會平靜下來，她很快就開始平靜，這時她突然意識到一個站在附近的男人，就在暮色中找她。

她根本不懂為何在她喉頭躥起的尖叫沒有從她的雙唇間逸出，她的恐懼難以言表，因為她根本沒有聽見他的腳步聲。事實上，周圍的噪音太大，她聽不見。然而，這是一種帶著安靜絕望感的恐懼，因為她認為他就是自己拚命要逃離的那個男人。但是很快就證明他不是；他是剛才趕馬車的馬車夫，他回來看看她怎麼樣了。他不忍心看她在馬路邊一籌莫展，當他看到她孤獨而狂亂地抓著樹幹時，便毫不猶豫地帶著所有必要的坦率對她說話。

「我問過妳是不是來看布朗太太，」他在一片喧囂聲中向她喊道，「當時妳沒有回答。」

「我幹嘛要回答？」她回喊道，「你為什麼這麼說？她碰到了意外嗎？」

「難道妳不知道？」

「不，不知道——上次我收到她的信件時，她還好好的，她在信中表示期盼我來。難道她——她——」

「死了，太太。我們上星期二安葬了她安葬。我很遺憾，不過——」

他為什麼不說了？因為她在他面前倒下，直挺挺地躺在馬路上。此刻，一束閃電撕開了天幕，照亮了她令人吃驚的面容，她的臉龐因為發狂而變得蒼白，上面裹著一團隨她倒下而鬆散的鐵灰色頭髮。

「天哪！」這個受驚的男人發出一聲尖叫，一邊彎腰去扶她。「現在我該怎麼辦？」雷聲正在回答他，或者倒不如說在片刻之間使他腦海一片空白。一陣接一陣的雷聲迴響在群山間，搖撼著山間的空氣，使他的內心充滿恐懼。但喧囂過後，希望又回來了。只見她不僅又站得筆直而且在他耳邊大聲說：

「我能不能進屋？要是我今晚能在那裡過夜，我明天就回去。」

「即使我打破一扇窗子，也要讓妳進去，」他回答，「不過妳確定不會害怕在這間半英里之內沒有鄰居的屋子裡，躲避可怕的暴風雨？」

「我瞭解這間房子。我以前住過這兒，如果艾爾薇拉・布朗能在她孤獨的屋子裡面對四十年的暴風雨，我肯定也能至少一次勇敢地面對暴風雨。」

他不再說話，而是走近小屋，開始摸索他搆得到的窗子。最後他打破了一塊窗玻璃，並且撥開窗栓。這樣，就方便進入屋內了。

不過當他為她打開門，讓她走進陰暗的屋內後，他卻不願意離開她了。但職責在召喚他。他得罪不起那位在路邊等待他的男乘客。他在屋裡待了一段時間，對他而言很不尋常；手裡握著大門把手，看她費勁地摸索那盞燈，最終她還是點亮了燈。隨著燈光照亮門廳的四壁、她弓曲的焦灼身影，他迅速說了一句「再見！」

她轉過身，微笑著想要謝謝他，但終於沒有說出口。同時，一個更近更凌厲的閃電射向大地，擊中近旁的一棵樹，樹的倒地聲混雜空中的霹靂。雷聲停止，他也離開了；他不忍心面對她遭遇大災難時的面容。

那種面容再也沒有離開過她。當下一時刻，她持燈進入某個房間，看見鏡子中的自己時，她驚訝說道：

「即使我自己的母親現在看見我，也會認不出我來。我可以無憂無懼地去任何我想去的地方。我為何要離開紐約呢？」她放下那盞燈，雙手蒙住臉開始抽泣。

暴風雨變小了。瓢潑而下的大雨只維持幾分鐘，然後一切都結束了。她身處於嚇人的安靜中——這份安靜幾乎比先前的喧囂還要糟糕——她不得不面對她的記憶，並且想到那個孤獨的女人，那個女人的生命與她珍惜的一切緊緊相繫，如今卻已經死亡，再也不會經過那些房門，用靈巧而細緻的手指觸碰無數裝滿屋子各個角落的小東西了。

一切都沒有改變，一切都沒有搬動過。多麼令人愜意，安托瓦內特比別人更加瞭解這間房子；這也許是因為，長久以來，她是艾爾薇拉．布朗允許同住的唯一一個客人，她可以記得——唉！儘管那個巨大的恐懼永久地噬咬她的心靈，她還是栩栩如生地記得——一樣無論多麼小的物件，一旦被擺放在這間房子裡，就會永遠擱置在那裡，直到破碎或其他原因喪失它的功用。她看著朋友心愛的椅子還擱在八年前所看到的那個位置，就感到一陣心酸，眼眶裡充滿了眼淚。但現在不是哭泣的時刻。她覺得這個可靠朋友的逝世使她陷入了困境，她實實在在感受到了這種壓力。過往的記憶已經褪回舊地，而當前的處境帶著它令人發狂的問題，攫住她的神經，使她一度桀驁不馴的靈魂氣餒。

自從她離開法國快樂的家園以來，命運就一直糾纏著她，在這個危機時刻也沒有放開她。這場對她不值一提的暴風雨引起了馬車夫的同情心，不僅使他記住了她的形象而且洩露了她的行蹤。因此她藏身於山區的所有希望都消失了，她必須離開，但是去哪裡呢？如果她現在能夠離開，她可能會在早晨之前找到某個藏身之處，也許在那兒會有人幫助她進一步脫逃。但是路況以及她自己虛弱的身體都使這個計畫變得毫不可能。她需要食物，她需要睡眠。她確信自己能找到充足的食物，但是睡眠！想到她就要遭遇的明天，她怎麼能夠安眠？但是她必須睡上一覺。之後的一切都依賴她的體力，無論如何，她要好好睡覺，這麼做能使她恢復體力。

在不安的思緒驅使之下，她站在門廳的中間，帶著探詢的目光徒勞地注視對面的牆壁。她焦躁的內心就像她的雙腳般停頓下來，她不能想也不能動。事實上，她處在神經崩潰的邊緣，因為先前她平靜地看卻視若無睹的那扇門，此時輪廓慢慢地從空白中進入她的視線，直刺進她的心靈。她現在才看清楚它。當它在她眼前現形時，她為何要驚跳一下？它既不奇怪也不神秘，它不通往任何地方，它沒有隱藏任何東西，打開它就可以看到一個院子。

但是那個院子！她清楚地記得它，它不像任何一座她在美國或者法國見到的院子。這是一座半圓形的小院子，它被高高的木板柵欄圍繞著，只在圍欄的盡頭處開了一個入口，那裡有一座顫顫巍巍、建於四十英尺高峽谷上的橋樑。這座橋經過一片稀疏的樹林通往一條馬路，這條馬路的方向和小屋邊那條馬路的方向截然不同。她竭力回想這座橋，變得越來越確信：她成功逃脫的唯一機會就在那條路上。想到這裡，她十分高興，在下一個狂熱的時刻裡，她低頭表示衷心的感謝，然後迅速抽開這個帶給她快樂解脫的門栓。

她無意今夜逃跑，但是一種無法抵擋的衝動強烈地剝奪她的判斷力，驅使她望向院子，然後確信那座橋仍在那兒，一切仍然像她上次看到的老樣子。

在一股風的幫助之下，她拉開笨重的大門，當她站在門外淺淺的臺階上，在狂風吹拂下心跳不已時，她發現自己面對的是寥廓而渾然的夜幕，她覺得自己彷彿跌進了一個深坑。但是她沒有退卻，也沒有產生回去取燈的念頭，她邁了一步，走下那條窄窄地穿過綠草和花朵、通向高原邊緣的小道。而這座橋樑正伸展在高原旁邊。現在她心滿意足了嗎？不，她必須親眼看到這座橋，要是無法看見它，她必須用雙腳去感受它，用雙手去觸摸它。一旦確信了它在那裡，她就會返回去，褪下衣服然後沉沉睡去。

可是在這漆黑的夜裡，她如何能找尋到她的路呢？暴風雨就快要停止，但是嗚咽的狂風一下子飆起，一下子風又在她耳際嘶鳴出最後一聲抗議；她孤零零地站著，無助地張望著。她伸出胳膊，就像一個盲人在未知的道路上伸出探路的雙手。她感到巨大的恐懼襲來。她經歷過的所有孤獨感向她襲來，她覺得自己迷路、被遺棄了。但她還是不想轉回去。要是她能找到某種支撐的東西——某種能放下手指的支撐物就好了。她想到了柵欄，她的勇氣復甦了，如果她能夠回到柵欄再往前走就好了！

途中還是存在障礙，她非常清楚。因為她記得一些，而艾爾薇拉一點也沒有修整過她的花園，就像她對待房子的方式一樣。她小心翼翼地繞過這些障礙，很快減弱的風力使她明白：即使沒有走到高高的柵欄下面，她也已經靠近它，而她還要靠柵欄引路呢。幾叢灌木——這是另一個不期而至的障礙，後面是重重的跌跤——隔開了她和柵欄。最後使勁一下，她的手指碰到了木板，然後她急切地向前走，毫無意識地穿過地上的積水。當她的手從木板上滑脫，在半空中胡亂抓摸時，她心一驚停了下來。她來到柵欄的盡頭，距離橋樑只有一英尺——只要橋仍然在那兒。

走到了這一步，她的恐懼幾乎不復存在，她手腳並用地四處摸索、感覺，直到手摸到了身邊的欄杆，腳碰到了連綿於峽谷上的狹窄鋪板。

她現在有些猶豫了。此刻誰不會猶豫呢？可是驅使她走一段這麼遠的路，內心的衝動仍然慫恿她繼續前進。她走上橋，準備穿越過去，雙手緊緊抓住橋的欄杆，用她的腳試探每一塊鋪板，然後才大著膽子踩上去。她發現鋪板似乎都很牢固，然後大約到了橋的中段時，她才停下來傾聽山澗發出的嘩嘩聲；距離她下面四十英尺深的河流奔流在壘石河床上。

她聽到了，但峽谷兩岸樹林發出的沙沙聲滿溢她那緊張的耳膜，幾乎把沉悶的流水聲蓋過一半。帶著難以形容的情緒，她把雙手揮向空中，空中一顆明亮的星星射出一道光芒，透過迅速飄移、分解的雲團。然後她又必須依靠引路的牢固欄杆，不顧一切地抓住欄杆，向前邁出一步，然後某種帶著壓抑的尖叫聲停住了。原來她手下的欄杆突然折斷、墜入了深淵。她聽到碎片落地的聲音，或者自以為聽到了，一時間她站著屏住呼吸，不敢再往前走，身邊的一切在半夢半醒間彷彿都從心靈裡消失了。她又是什麼？只不過是在未知虛空裡漂浮於深不可測永恆之海上的一個顫抖的微物！然後，隨著內心平靜下來，她開始再次試探腳底下的鋪板，並且傾聽樹林深處巨大的樹枝相互拍打的聲音。她甚至聽見了那種熟悉的聲音，就是她留在背後、未栓上的大門砰砰敲打的聲音。鼓起所有勇氣（當她從第一次驚愕中擺脫時，她的勇氣並不小），她堅定地倒退一步，並再次感受手下欄杆的牢固。然後她毅然而然地轉過身來，沿著橋往回走，穿過高原回到了小屋。對她來說，只要屋門被風吹開，屋內的亮光透射出來，小屋的燈就好比一座引路的燈塔。

當她再次進屋時，她久久地徘徊在陰暗的門廳裡，她瘦削的身影和長有白髮的腦袋帶著幾乎無人知曉的孤寂倚靠在牆邊。然後她心裡的某種感覺彷彿重新點燃的火焰燃燒起來，她迅速走進房間。房間裡燈還亮著，吹滅火光之後，她躺倒在長沙發上睡去。一個小時之後，月光照在她蒼白的臉龐，她用焦灼凝視的目光回望月亮。然後月光消失了，她和整座房子再次淹沒進黑暗之中。

儘管這座的房子裡的儲藏物豐富，食櫥間裡放滿了食物，她還是忘記要吃飯。

XXVI

窗戶上的面孔

「是不是這個地方？」

「根據我們得到的指點，沒錯。在第一個右轉彎之後的第一間房子。我們轉過第一個彎，這裡就是第一間房子。呃，環境很浪漫？但對於一個城市人顯得有些孤寂吧？我扶你下來好嗎？」

這句話還未說完，斯威特華特已經站在馬路上了，他伸出胳膊給格萊斯先生，格萊斯緩緩地步下車。此時正好是清晨，無處不在的燦爛陽光引領人的視線迷迷離離地拋開昨夜的殘跡。可是這兩位男士表露的神情既沒有與清新又嶄新的白日一致，也沒有與歡欣鼓舞的自然景象一致。他們倆似乎都感到了一種壓抑——一種不尋常的躊躇，從外表上看不出原由。

為了掩飾這個他可能自認為的弱點，斯威特華特走向那間古樸的舊房子前緣，有幾分空洞地呆視那扇門。他們就要打破它的清淨。他叩響了那個飽經風霜的門板，起初是輕柔的叩擊，然後是一連串急促的敲擊。

門內沒有傳來應答。毫無動靜，他沒有聽到任何聲響。再次敲擊之前，斯威特華特轉過身去請教他的同伴。

「天色還早。也許她還沒有起床。」老偵探費力走過來回答。昨天晚上的暴風雨誘發了他的風濕痛。

「我不明白。這種寂靜有點反常。她應該在此處，不過恐怕她現在不在裡面。」斯威特華特又敲起了門，這次又果斷又激烈。

突然在一個沒掛窗簾的窗子旁出現了一張臉孔，他們看到了，兩人都倒抽了一口長氣。那雙眼睛向他們張望，但卻如鬼魂的眼睛一般；它們視若無睹，沒有流露任何想法，僅僅是在盯視。然後那張臉慢慢移開，變得越來越恐怖，接著那扇窗子還是十分顯眼，但是這個女人不見了。門卻還是沒開。

「我不願意強行闖入。」斯威特華特說道。

回答之前，格萊斯先生走到一旁，目光掃視屋角，向屹立在屋後的峽谷望去。

「屋子後面好像有一個院子，」他說，「但是圍繞在院子周圍的柵欄很高，而且被多刺的灌木叢遮擋住，你很難攀爬過這片柵欄。」

「在這一頭也是如此，」斯威特華特跑到左邊的近處之後喊道。「如果我們要進去的話，」他返回時說，「我們必須打破你眼前那扇窗子的玻璃。」

「我不喜歡那麼做，我一點也不喜歡這種做法。可是我們也不能再待下去。那個女人的神情使我們必須立即行動。我們不該忘記她那空洞的凝視。」

「他們說住在這兒的那個女人已經死了。」

「是的。這件事很糟糕，斯威特華特。再敲一次門，如果她不來開門的話，你就攀上窗子爬進去。」

斯威特華特按照他說的做了，像剛才一樣沒得到任何回應，他就從那塊窗玻璃的洞裡伸手進去，發現窗子沒有拴上。他向上推窗，爬了進去。下一刻，他就出現在前門門口，格萊斯先生走了進來，然後他們一起初次觀察這間內部裝璜精緻得令人驚訝的小房子。

他們站的門廳裡沒有階梯，但是有很多家具。門廳兩側錯落地開了幾扇門，在門廳後面他們看到一扇明顯通往院子、緊閉的門。看不見任何人。人們不妨說隨著這間小房子主人的逝世和安葬，它所有的生氣都消失了。但這兩位男士知道裡面有人。格萊斯先生抬高嗓門，用最溫和的語氣喊道：

「杜克洛夫人！」報完她的名字，他又為自己貿然闖入而道歉，並且懇求和她面談一分鐘。

回答他的是沉默——沒有任何動靜。

帶著莫名的憂慮，這兩位偵探同時行動起來，一個走向他們右側的門，另一個走向左側的門。當他們再次於陰暗的門廳裡碰頭時，格萊斯先生搖了搖頭，而斯威特華特舉起一根手指向他示意。不由自主放輕腳步的格萊斯先生跟著他穿過一個房間，來到另一個房間的門口。他看到那扇門虛掩著。

通過門軸間的空隙，他們可以清楚看見屋內的景況；他們看到了一張床，一個跪在床邊的女人，她雙目上揚正在祈禱。那種使他們在窗邊感受到的恐懼表情消失了，取而代之的是一種崇高、充滿宗教信仰的神情，於是片刻之間，他們感到自己放棄了所有的想法。

然而，僅止於片刻之間。他們等待時，不忍心闖進去打攪她極為真誠的祈禱儀式，但是隨後她站了起來，用一種半瘋狂的目光環顧四周，然後在他們的注視下，消失於門廳裡。

斯威特華特一轉眼就跟上了她。但是就在他和從不同路線包抄上來的格萊斯先生一起到達門廳時，他們驚訝地發現小屋盡頭的那扇門——那扇開向高原的門——在她身影背後關上了。

「夫人！」斯威特華特一邊喊一邊敏捷地躍去追她。

格萊斯先生一言不發，卻加快腳步靠近那扇斯威特華特打開的門，然後迅速地掃視邊際清晰的高原、那座橋和旁邊高聳的樹木。她似乎正朝那座橋逃去。

「她逃不了。」他即刻做出結論。然後他大聲喊，叫斯威特華特不要太心急。

斯威特華特已經跑上了這座她正在奔逃的橋，聽到老偵探的命令，他放慢了腳步，然後立刻停住了，因為她也停了下來，而且似乎從橋的中間回頭張望，她的神色彷彿表示最終願意聽聽他們說些什麼。

「你們是誰？」她喊道，「你們想要對我做什麼？」

「妳是不是杜克洛夫人？」

「是的，我是安托瓦內特・杜克洛。」

「那麼，妳一定知道妳被紐約警方通緝的原因。妳的女兒——」

她舉起了一隻手。

「我無可奉告——無話可說。你們是否接受我的回答，然後讓我走？」

「唉，女士，我們不能！」格萊斯先生冷靜而溫厚地回答，「杜克洛小姐的死亡需要盡快破案。儘管作證違反妳的意願，但是對於一個公正的判決而言，妳的證言是必要的。我們要的就是這個——」

「不可能！」她喊道。迅速地朝天空望了一眼，她又在橋上走了一兩步，來到了斷裂的欄杆邊。就在驚慌的斯威特華特正要邁步向她躥過去之前，她跨出了死亡的一步，在他們的面前墮入深不可測的峽谷。

BOOK IV

NEMESIS

第四部　報應

XXVII

沉默不語多時

「這讓我這個偵探成了一個廢物，我想起來都滿心恐懼。儘管事實上，上了歲數的我對此尚且能夠忍受。」

這就是幾小時之後格萊斯先生和斯威特華特啟程返回紐約時，偵探格萊斯所說的話。

「我和你有同感，」斯威特華特回應。他整天都出奇地沉默，只在需要回應時才說話。「告訴你吧，我自己和你一樣痛心。我希望我當時能從後面阻止這個發狂的女人，即使我被迫在欄杆上扯下木板、撕爛雙手也在所不惜。」

「這麼做毫無用處。她寧死也不願放棄她的祕密。我記得她弟媳警告我時臉上的表情，她說一旦我們抓住她嫂嫂，她就會死。我當時以為她在說大話。」

接著，兩人都有意識地沉默起來，然後這位疲倦的老人痛苦地補充，「她的證詞也許能——我不說將會——洗刷掉我們對於羅伯斯主管的懷疑。」

開車的斯威特華特放慢了車速，直到它停在路邊。然後平靜地轉身面對他驚訝的同伴，他非常嚴肅地說：

「格萊斯先生，以前我不忍心告訴你**這個**，不過現在時機到了，你應該知道；正如你所認為的那樣，這個毫無疑問會成為羅伯斯先生定罪的首要證人，她的自殺已經替羅伯斯先生的事業帶來了不利的影響。我相信，如果我告訴你在完成你交付給我的任務時，我得到了這個東西，你會同意我的觀點。」

斯威特華特把手伸進衣服口袋，他拿出了一個大信封，又先從信封裡抽出了一張私人照片的方形殘留物，然後又抽出剛才這張照片的新沖洗的樣片。他舉起這兩張照片，等待老偵探說話。

正如他所期待，老偵探的話語一針見血。

「羅伯斯！羅伯斯主管！」

「兩張一模一樣，先生。」在這個他們一生中最莊嚴的時刻之一，兩個偵探的目光交接了。

為了這次簡短的談話，他們停在一個地點，馬路從此處延伸到幾碼遠的地方，他們能看到層巒疊嶂上蓋著深淺不同的青翠蔥鬱，而秀美的哈德遜河流淌在山間。抬起頭來，格萊斯先生用一個清楚的手勢表明他不願碰觸斯威特華特手中的照片，他的雙眼看著展現在他面前的美妙景色，然後用時斷時續的語氣說出深切的感受：

「如果我緊隨這個不幸的法國女人，此刻死在這裡，這將有助於消滅我千辛萬苦搜集的、針對這位男士的證據，對此，我將會心存感激。我不願意以毀滅社會大眾眼中那麼一個完美形象的人物，而以此來結束我的職業生涯。我無法想像，這項罪行的動機是什麼——是什麼樣的過往記憶或者當下的痛苦，導致一位最無知、最無恥的男士犯下如此怯懦的罪行。我多麼不希望破解這樁案子！今天如果任何一個男人具有羅伯斯那種地位的政黨領導人，一旦陷入醜聞，就會摧毀年輕人的信仰，敗壞大眾的道德感和榮譽心。」

「可是，如果他真的有罪——」

「我們就有責任對他追查到底。可是，斯威特華特，我喜歡這個人。昨天我和他長談，聊了無關緊要的話題。離開時我已經喜歡上他。」

是斯威特華特當然不希望聽到這種話，當他啟動馬達繼續回家的行程，他再度陷入沉默。

儘管對於格萊斯先生而言，那是艱險的一天，但是他的考驗還未結束。他吩咐斯威特華特把這件案子報告給紐約市當局，然後他就回家休息，擺脫一天的磨難所帶來的震驚和不安。他還須準備面見總督察，他想到這次面談將促使他更為艱難的去說服地區檢察官，就感到心滿意足。

來自市中心的一名信差交給他一封信。他心不在焉地打開信封，看到下列的文字：

「泰勒女士開口說話了。」

他已經忘記了泰勒女士。在壓力之下看到她的名字使他更為吃驚，而不是更為安心。他接著細看下面相關的文字，一位細心的護士記錄這兩句話，來自她癲狂的病人之口。它是這樣的：

我只愛你，
我將愛你到永遠。

這正是那兩句話，是斯威特華特在羅伯斯先生珍藏的瑞士鐘背面發現到的句子；不多不少，一字不差。

XXVIII

「浪漫！太浪漫了！」

第二天早晨，格萊斯先生比平常早一個小時出門。他希望在面見總督察之前和泰勒女士的護士談一下。

此時正是護士不方便離開病床的時刻。但是這件事很重要，老偵探坐在那個小小的接待室裡，說服她和他交談片刻。結果卻沒有令人滿意——至少她是這麼想的。對於昨天寫給他的信，她要補充：記錄下來寄給他的那兩句詩是泰勒女士第一次說出有條理的話語，而且她用各種腔調說出來，以形形色色抑揚頓挫的語氣重複了許多遍。那兩句詩，以及就在今天早晨泰勒女士能夠稍稍行動後，她那夢幻般要求「報紙！報紙！」的呼喊聲，這些記錄是護士履行她在病人患病之初向老偵探做出的承諾。

格萊斯先生相信她，但不情願地站了起來。

「那麼她仍舊病得很嚴重？」

「很嚴重，但是每天都在改善。醫生是這麼說的。」

「如果她在任何時刻重新開口說話，不要制止她，但是要記住她說的每一句話。這件事的重要性怎麼強調也不為過。不要流露任何好奇心以免危及她的康復。她似乎是最好的那種女人。無論如何，我不會犧牲她的身體或者心靈。」

「你可以相信我，先生。」

他點了點頭，和她握了手。

不過他一邊轉過身去，又一邊回過頭來平靜地說道：「我想問最後一個問題。妳已經連續不斷地照料這位女士一段時間，妳一定見過許多她的朋友，也一定處理過她的郵件以及任何留給她的訊息。在這一方面，有沒有任何東西可以解除這個疑問；她曾經談到一個幻覺，在這個幻覺裡，她看到不在場的丈夫和當時死在她腳邊的那個可憐孩子，他們同時被擊倒了；那麼，她的話僅僅是胡言亂語還是記錄一項既定事實：心靈感應的顯著例子？換句話說，妳認為她丈夫現在活著還是死了？」

「關於這個話題，我說不出任何想法。我沒有聽到，也沒有看到任何足以影響我內心的東西。也有其他人問過我同樣的問題。如果她的郵件包含任何訊息，它們仍然掌握在那個旅館老闆的手中。他沒有把郵件送到這裡來。正如你所知，她在這裡住了一段很長時間。」

「她沒有親戚來陪她，或者照管她的東西嗎？」

「我一個也沒見過。她有很多朋友，不過沒有一個人承認，也沒有一個人對我的護理提出異議，哪怕是一點也沒有。」

他似乎想再問一個問題，卻克制住了這個想法，最後只向她指點當出現緊急情況時該如何做，他就讓她離開了。然後他和旅館老闆聊了一會，但幾乎沒有獲得任何嶄新情況。然後他拋開這些事情，前往市中心。

正如他所期待，總督察正在等他。杜克洛夫人的死訊替這樁棘手案件已經存在的許多疑難之處，增添了新的嚴重複雜性，他急於和一個身臨其境的長官談談案情，並理所當然地信賴他的感受。

可是當他聽取了格萊斯先生在這方面的所有彙報，他變得像老偵探所預期的一樣嚴肅，甚至建議馬上乘車去地區檢察官的辦公室。

很幸運，他們發現檢察官在辦公室並且樂於傾聽，但是很顯然，對於這次會談，他幾乎不抱任何期待。但是當格萊斯先生開門見山地說，並且開始用事實證明他的觀點時，檢察官的神情變了。只見他和總督察交換的眼色變得越來越嚴肅、充滿疑慮，當格萊斯先生終於彙報：無可置疑地，羅伯斯先生跟那支殺人的箭脫不了干係時，檢察官喚來了他的助理，然後他們一起聽取格萊斯先生進一步的彙報。

面對增加的聽眾，老偵探改變了說話的方式，變得更加一本正經。他講述大家所不知道的情況，也就是羅伯斯先生和住在長島上的一個年輕女孩有過約會，但在博物館的慘案發生後，約會馬上終止了，停止的原因似乎就是他目前處於痛苦的狀態。這種痛苦狀態讓他反覆光顧停屍房，而且還讓他反覆回想那個被蓄意謀殺的年輕女孩的影像；這種念頭變得越來越頑固，這情形卻不一定能夠解釋他的這份痛苦。

說到這裡，老偵探停頓下來，他欲言又止的猶豫程度似乎和聽眾欲聽又止的程度相當。直到總督察向他打了一個鼓勵的手勢，他才鼓起必要的勇氣繼續說下去。他下面的話是這樣的：

「我明白迄今提出的證據完全是就事論事，也許或多或少可以做為令人滿意的解釋。但下面我要補充的情況卻實在是無可辯駁。在我們原先所認為的陌生人之間所形成的聯繫，為我們提供了一個調查範圍，而在這個範圍之內的調查，讓一個老偵探把所有的懷疑和猜測帶進了這間辦公室。我不知道如何理解這些聯繫，或許它們完整的含義只能在這裡被發現。對於這一點我確信無疑。即使我並非刻意把這位先生和犯罪聯繫起來，在我看來也是冒昧的，但就我必須講述的而言，他並未從杜克洛夫人的自殺獲得任何好處，反而因此喪失了很多東西。對那些看不見這兩個人之間的聯繫的人來說，我要說的話彷彿開闢了一條新線索。然而一旦我告訴你們，他們彼此相識，或者說無論如何她認識他，而且確實恨他，那麼看起來會更像是對舊線索的深化。請看這裡，先生們。」

打開一直握在手裡的一個包裹，他向他們展示一張弗雷德里克斯照相館十五年前舊照片的樣片：羅伯斯先生的照片，以及另外一張殘缺不全、一模一樣的舊照片，並解釋這張舊照片如何變成目前的樣子。

「不止這些，」他繼續說道。事實表明這位男士殺害了博物館慘案的遇害人，而這兩張照片證明遇害少女的母親對這位男士有不共戴天的仇恨，聽眾們隨後對這些證據做了一番評價，但對他下一步要透露的情況，他們抱持著濃重興趣，使他們就此打住。「你們在略微思考之後就會發現，這份仇恨的標誌並不能解釋杜克洛夫人為何逃跑，肯定也不能解釋她的死亡，作為她死亡的痛苦目擊者，我願意承認她的死不是因為個人恐懼而逼迫她走向極端，而是因為一種我們亟需理解的高尚情感。現在我希望指出的是與此相關的證據，就是這張破相片所提供的證據；也就是說，因為某種緣故，羅伯斯先生是這樁罪案的作案者，如果我們觀察得不夠深入，就會使他逍遙法外。」

「這些案情的癥結點在哪裡？我們希望如何建立這個癥結點？我現在痛苦的任務就是向你們解釋清楚這一點。卡爾頓・羅伯斯會彎弓射擊一個無辜的女學生，這件事令人難以置信。儘管我對你們說了這麼多麼話、展示了這些證據，我不相信他會犯下如此殘酷的罪行。他拉緊了弓，他射出了箭，可是——請允許我停頓片刻來展示這件案子的另一面，它和你們已經聽說的任何其他情況一樣令人吃驚。你們很清楚——我們都清楚——我們等待的訊問被延遲了，目的是為了給泰勒女士一個康復的機會，案發當天她目睹和遭受的情況使她病倒了。先生們，先前我們——這當中當然也包括我自己——不僅都把這位泰勒女士視作一個碰巧來到博物館的遊客，而且不認識所有的案中人，然而，事實與此相反，正如我認為的那樣，你們很快就會發現，她與那位表面冷靜的部門主管關係密切，密切的程度要超過杜克洛夫人。打擊她、讓她崩潰的原因不是像大家所認為的那樣，甚至也不像我們先前的看法，認為她遭受幻覺的折磨，而是她認出了卡爾頓・羅伯斯就是這個慘案的兇手——她不僅瞭解卡爾頓・羅伯斯，而且從前還愛過他，當時他們彼此真心相愛。現在我要通過無可辯駁的證據，向你們證明這一點。」

從一個小公事包裡拿出他帶來的另一張照片（這一次，照片未裝鏡框而且明顯是一個業餘攝影者拍攝的作品），他把它放在他們面前。他最後一句話帶來的沉默掩蓋了聽眾們欲言又止的強烈情緒，持續的沉默只被一兩聲不由自主的囁嚅聲打破，只見地區檢察官和他的助理俯身察看這個粗糙的展示物——他們不太明白照片上的內容——而這位備受信任的老偵探正想要藉此向他們證實剛剛那番幾乎令人難以置信的陳述。

「先生們，這是，」他指著眼前的東西繼續說，「黏貼在一只瑞士鐘背面的一個商標的照片，這個瑞士鐘此刻正掛在羅伯斯先生位於長島貝爾波特家的臥室牆上。他珍愛這個鐘。他曾經說過無論去哪裡，都會帶著它。無論從它固有的價值還是報時的精準度而言，它都不值得一提，所以羅伯斯偏愛它的原因一定在於它所引發的舊日回憶和聯想；這是一個愛情標誌。從商標上潦草書寫的對句，你們可以看清楚這一點吧？要是還看不清的話，就看一看列在那個對句後面的姓名首字母縮寫。請你把它們念出來好嗎？」

地區檢察官彎下腰，調整一下他的眼鏡，緩緩念了出來：

「C. C. R.」

「卡爾頓・克里夫頓・羅伯斯，」格萊斯先生解釋。然後他又緩聲說道：「請接著念其餘兩個字母。」

「E. T.」

「厄門特魯德・泰勒，」那個無情的聲音宣布。「是由她本人所寫。這是我獲得的她的簽名。這是他的。你們可以從容地比較一下他們在十六年前或更早時所題寫的姓名首字母。當時這兩位——這位男士和這位女士——在那個特定的時期人在哪裡？各自獨處，還是一起生活？讓我們瞧瞧是否能搞清楚，」老偵探一邊說一邊平靜地對他產生的效果不理不睬，這種做風表明他是一個駕馭困難艱苦的局面的高手，而那三位明顯焦灼地等待他的話語的官員，他們要面對的就是這種困難艱苦的局面。「羅伯斯先生當時在瑞士，正如他的管家一定會誓言承認的那樣，這位管家是一個誠實的女人，當時是他母親家的傭人。而厄門特魯德．泰勒！我也有一個證人證明她當時在哪裡！我樂意讓你們盤問這個證人。這是她的名字和地址。」他把一張小紙片塞進了地區檢察官的手中。「由於我已經徹底調查過她的底細，她的證詞如下：首先，她是泰勒女士最親密的朋友。所有認識她的人都承認這一點。其次，她們的朋友關係並非從她們的少女時代開始——泰勒女士出生在英國，而且對她以前的人生經歷一直保持沉默——她要講述的那個關於特定時期的故事會回答我所提出的問題。這個故事是她從泰勒女士本人那裡聽來的，情況是這樣：有一天她們泛泛聊起了西部山脈以及那裡景色的宏偉壯觀，這時泰勒女士隨即談起了阿爾卑斯山，這讓她的朋友問起她是否見過這座山。泰勒女士做了肯定的回答，但臉色尷尬，並且立刻轉變了話題，這表明她不想談這個。確實，她唐突的態度很直接而且她明顯面有難色，她自己也對不禮貌的態度感到不安，但是她性格善良，甚至充滿愛心，於是趁著第二天她們再次碰面的時，她解釋了一番。她曾在少女時期去過瑞士，而她在那裡的經歷很不幸，以致於任何能使她回憶起那段日子的暗示都會使她頗感憂傷。

這兩位女士在這個話題上談論的所有情況就是這些，但是當我們看到這個對句，注意到合在一起的姓名首字母，並且認出它們的作者就是卡爾頓・羅伯斯和厄門特魯德・泰勒時，這些情況是不是不足以說明？這個商標的照片證明了過往歲月的一段親密關係，它看起來就像一份婚約，為了避免你們懷疑它，我必須增加一個昨天晚上剛剛收到的確切證據。在意識部分清醒的片刻間，在床邊有護士觀察的那一刻，自從泰勒女士陷入癲狂狀態以來，她第一次說出有條理的句子。這個句子的內容是什麼？它重複了這個對句，先生們，不是說一遍，而是反覆說了一遍又一遍，直到那位護士也聽煩了。

『我只愛你，
我將愛你到永遠。』」

隨著最後一句話從格萊斯先生的唇邊消逝，地區檢察官迅速咕噥了一下，然後重重地坐回椅子裡。

「這不是巧合，」他帶著自發的興奮叫道。「這種對句很少見。」

「一點不錯，」格萊斯先生不動聲色地肯定道。「泰勒女士的朋友判斷她已經三十五或三十八歲。如果她曾在少女時去過瑞士，那麼我們可以從目前掌握的情況推斷，她和卡爾頓・羅伯斯造訪瑞士的時間點恰巧發生在同一時間。為了更明確推斷我們的論證，我要說的確實如此。那麼隨後發生了什麼事？讓這個商標上的題字來加以證明吧。他們相遇，然後他們相愛——我們想起他們的青春活力和富有魅力的外表，就會覺得這一切很自然，然後——**他們分手了**。我們必須承認這一點，不然的話，她不會不忍心回憶那段經歷。他們分手之後，他回家了，當年就結婚了，而她——我認為她沒有結婚——儘管我不懷疑她把自己看作一個妻子，永遠地屬於那個拋棄她的男人。她這種女人就是這麼考慮這件事情，而且會按照自己的想法行事。正如事實所表明的那樣，她跟隨他來到這裡，假裝自己是一個和丈夫分離的女人。把自己的稱呼從泰勒小姐變成了泰勒女士，她在假想之中，住在她目前的旅館裡十二年。據我所知，在整整十二年裡，她的前任情人也從未拜訪過她。我也毫無理由認為她打擾過他，或者以任何方式使自己顯得令人討厭。他結婚後安定下來，但他和一般男人的做法不同，沒有努力使自己一躍成為富人，而是過著一種有益社會的生活，這種生活迅速使他成為一個倍受社會大眾尊敬的傑出人物。也許她沒有權利干預不再與她相關的事情。無論如何，沒有證據表明她在這十四年裡這麼做過。甚至在羅伯斯太太去世後，一切也都沒有變化。**但是**——」說到這裡，格萊斯先生加強了語氣——「當他想要再次結婚，而且是和一個非常年輕的女孩結婚——（我可以把她的名字告訴你們，先生們，如果你們希望如此），她的耐心可能就被打亂了。她可能就對他提出要求，使他不安。她可能就以一樁醜聞來威脅他，這樁醜聞即使不會馬上結束他的政治前途，也可能會給他帶來很大的困擾。我可以想像她長期耐心等待所帶來的那種結果，你們呢，先生們？而且，如果事實確實如此，而這位先生發現自己的處境令人難以忍受，或許就可以獨一無二地解釋為何他會發射那支致命的箭。」

兩位男士都吃了一驚，似乎要站起來。

「怎麼可能！**她**並沒有——」

「被箭射中的並不是她，但那支箭瞄準的卻是她。那個小女孩恰好走了過來。不過在我詳細解釋這一點之前，」他降低了嗓音說話，而這兩位官員又慢慢地坐下了，「請允許我承認這兩位舊日情人之間的任何通信聯繫，都可以強烈地證明我目前的論點。不過，雖然我不懷疑確實存在著那樣的通信聯繫，而且很可能總有幾封信仍然保留著，但是泰勒女士的病情和羅伯斯先生的崇高地位，卻使我們不可能對此加以證實。因此我必須請求你們設想，正是根據他們之間的某種明確的約定，她在那個致命的早晨來到了博物館，而且出現在那個陳列室特別標示的二號展示區。如果你們認為這個說法太不可思議，而且太出人意料，你們至少必須承認：我們掌握充分的證據，證明他為她的到來做了萬全的準備。那一張很多天以前從地下室拿上來的弓，此刻伸手可及。那支箭藏在他的大衣底下。他選擇那個隱藏的地點，就是為了一旦從弓上射出箭，就可以逃跑。要是她一個人進入那個展示區——要是那支箭射中她的胸口而不是另一個人的胸口——不，我進一步要說明的是，他射出箭之後，沒有人發出叫喊（由於發射的箭具有閃電一般快速的特性，他有充分的理由期盼會出現這種情況）——他就能迅速跑到館長辦公室，在行跡敗露、功虧一簣之前，逃出那幢大樓。」

「但是那個女孩慘叫了一聲，」地區檢察官的助理說道。「既然正如你所說的，一個人在沒有預先警告的情況下被人刺穿心臟，很不正常；那麼對於這點，你如何解釋？」

「啊，你發現了一個我們犯下的大錯誤——科瑞和我們所有其他人。如果維萊茲小姐，或者我該說杜克洛小姐，是發出淒慘叫喊的那個人，那麼站在隔牆後面的那個男子幾乎就能及時地跑過來看見她倒下。科瑞在聽到第一聲呼喊後，跑上了臺階，他或許能在射箭男子躲到掛毯後面之前，趕到陳列室入口處。但是這一聲扣人心弦的尖叫，不是從這個可憐女孩的雙唇間發出，而是來自另一個女人，這個女人目睹了慘案發生。知道是誰射出箭，以及它是射向誰。我是怎麼知道這個情形？就是通過這段間隔的時間、寶貴的短短幾分鐘，讓羅伯斯先生跑到一樓的展示廳。因為她沒有馬上發出痛苦的呼喊。儘管她自己完好的心臟還在持續它的功能，她面對這個恐怖的場面，茫然地站在那裡。直到這一切意念完整地進入她不情願的大腦，她才移動或者叫了出來。這個間隔的時間有多久，是三分鐘還是五分鐘，我們無法釐清。絕望中的她不會注意到時間的差別，特拉維斯先生也不會，因為當他震驚地看到他所愛的人在短短一分鐘內被奪去生命，他就在對面的陳列室裡恐懼得發抖。」

說到這裡，老偵探帶著十足的認真面對這兩位官員。

「這個時間問題，正如我反覆說過的，是我們在考慮這件罪案時遇到的最大絆腳石。這個兇手，通過任何可能的手段，在人們聽到叫喊以及隨後迅速發出警報之間，這段極短的時間內，如何能遠遠地逃離那個座墩。現在我們明白了。對於這個結論，你們有任何不同意見嗎？有沒有其他的說法來解釋每一件事實？」

地區檢察官用一個曖昧的手勢回答他，而他的助理乏味地說聲「沒有」。也許是客觀情況使他們震驚，也許是害怕犯下錯誤，他們倆都認為不能不加以辯駁，就接受偵探的重大指控，尤其是對於像羅伯斯先生這樣一位重要的人物。

他們的反應沒有超過格萊斯先生的預期，當他意識到在這個極度令人困惑的案子裡，作為一個具有非凡洞察力的老偵探，他自己的聲譽發生了動搖，就體會到一種對於自己的工作油然而生的厭惡，這幾乎驅使他聲明放棄整件案子。但是不是那麼容易就可以拋棄畢生的習慣。當總督察說「這似乎主要是一種猜測，格萊斯」——他明顯有意激發老偵探繼續說下去——老偵探又恢復了果斷，大膽地回答：

「我承認這一點。但是這個猜測十有八九能消除我們的障礙。我這裡有一份自己寫的報告，它經過最仔細的訊問之後所做出來的；關於泰勒女士和那位尚未歸案的部門主管，當他們面對面相逢於不幸受害者的屍體旁，當時幾個麻煩時刻的言談與舉止。我請你們聽取其中的一部分。」

「『她沒有動。她恐怖的尖叫促使一批目擊者跑到現場之後，她一直跪在地上，出神地沉思著，對於一個突然間直接面臨生死危機的人來說，這並不反常。他發現自己的安全依靠他做出一種適宜於部門主管身分的舉動，就和一群人一起進去，此刻站在她的面前，面對著他自己殘忍的傑作，他的態度冷酷而勇敢，就像那些本性強悍的人面臨危急情況的壓力，會擺出那種態度。

「『在一段時間裡，她對於要求她覺醒並解釋現場所有的呼籲充耳不聞，而他站在那裡，沉默地注視她，但當她終於覺醒，想要開口說話時，他不顧一切的驅使自己詢問她，目的是為了瞭解她知曉多少內情；對於殺害一個無辜陌生人，同時又使她自己毫髮未損的攻擊瞭解多少。

「『他首先問她，她是否能告訴他們這一支結果年輕女孩生命的箭來自哪個方向。

「『她沒有回答，而是意味深長地瞥了一眼對面的陳列室。

「『這促使他直截了當地問：在這個年輕女孩倒地的那一瞬間，妳有沒有看到有人出現在那邊？

「『她搖了搖頭。然後解釋她當時正低頭朝向展示廳看。

「『但是他沒有停止詢問。轉身對著他周圍的人群，他向他們問了同樣的問題，但是無人回答，然後是一陣沉默，接著一個女人打破沉默，她響亮的聲音足以讓所有人聽見，她說展示廳的另一邊沒有箭，他們站著的陳列室裡卻有很多箭。

「『這句話似乎讓泰勒女士驚恐不安。她問這位部門主管，他是否能肯定對面的陳列室裡沒有弓和箭。他回答：那裡根本沒有這種東西，她繼續問，在一個視野如此廣闊的地方，是否可以發射箭，而不吸引遊走在展示廳或陳列室裡的某個人的注意。

「『這個問題無疑是要弄清楚他所能作惡的全部範圍，然後才使人顧及她自己的處境。他帶著一個自私男人的徹底冷酷，準確地回答：如果整幢大樓裡有任何人在一個備受懷疑的地點看到一番動靜，這個人的呼喊總會被人聽到，聽到他的話，她猶豫起來，結結巴巴地問他有什麼想法，以及她身邊的人們為何如此看待她。他沒有直接回答，但是談到警方的職責，這個回答增加她的驚恐不安，於是她企圖為自己辯解。她說，正如大家抬起頭在牆上所看到的那樣，箭的情況確實如此。但是弓在哪裡？沒有弓，無人可以射箭，但是當有人叫道：如果一支箭被當作匕首一樣使用，人們就不需要弓時，突然間她發狂了，舉止相當瘋癲。她倒在那個年輕女孩的身邊，一句接一句地在她耳朵邊低語。

「『還需不需要更多的證據，去確認她是不是普通人眼中的瘋女人？不需要了。但是看到剛剛提出的線索，對你們和我而言，這個故事就有它的另一面。她剛剛使那位男士逃脫一項有可能會毀掉他人生的指控，下一刻裡，她看到他以最冷酷的方式接受一種無辜的解釋，使人們懷疑她涉案。片刻之間，她陷入精神錯亂，這是多麼奇怪！你們會記得，很快她再度變得相對平靜，並且保持這種狀態，直到大約半小時之後，我在與她的面談中，也許是過於堅決地要求她解釋，說明她當時為何會流露出來極度激動不安的情緒，這時她脫口說出一句值得注意的話；她哀痛的不是那個孩子，而是她的丈夫，她試圖讓我們相信：她的丈夫和死在她腳邊的那個年輕又無辜的遇害者，同時被射死。

「『當然，這樣的巧合過於驚人，應該被我們視作精神病患的胡言亂語。隨後與這位不在場的丈夫的聯繫過程中，沒有取得任何成效，這位丈夫本身也沒有任何消息，所以就不能證明這個所謂的死亡警告已經被付諸實施。可是，如果你們用我剛剛提出的觀點來檢驗她的行為，也就是說，她稱之為丈夫的那個男人當時與我們共處一室，而這些話語是對他的請求——一個傷心女人請求她自認為應該獲得的支持——如此一來，不合理的神秘氣氛就會煙消雲散。他建議替她找一個精神病醫生，而她令人同情、企圖使自己免受指控的舉動，同時也不讓他牽連進這樁謀殺案中，這些都符合常理，正是一個有罪的男人和一個忠實、自我犧牲的女人會做出的行為。』」

「浪漫！太浪漫了！」地區檢察官反駁，「我認為我們應該是在聽一個大仲馬的故事。」

「大仲馬從生活中獲取他的最大影響力，剛才聽的故事也是如此，」總督察如此評價。

格萊斯先生坐著一言不發。

突然，地區檢察官帶著最輕微的嘲諷語氣緩緩說道：

「當她對著那個死去女孩的耳朵說一些蠢話時，她也在向她的丈夫發出訊息，我認為對此，你可以找到一個類似的解釋。」

「當然。反正他在那裡！他站在一個可以看見、聽見她的地方。她的所有言行舉止都是請求他做出懺悔，請求他確定：她沒有告發他。當她發現這麼做毫無結果時，她暈倒了。」

「有創意，非常有創意，格萊斯。假如你沒有告訴我們這個聯繫共和黨寵兒與射殺慘案之間的證據，你的推理就會很有創意，但卻是相當無濟的才能運用。既然我們有了這些證據，而且它們主要是就事論事，那麼它們無疑就要求我們做出識別。所以無論我們隨後採取怎樣的行動，我們都會聽完你的話。」

「不過首先，我想問格萊斯先生一個問題，」他的助理插嘴，然後就對老偵探說：「這個案子涉及兩個謎團。對於其中一個，你已經向我們做出聰明的解釋，但是另一個呢？在你進一步闡述之前，你能不能告訴我們；在你剛才提出的觀點、杜克洛夫人的逃跑以及她最終的自殺之間，尋找到什麼樣的聯繫（致使她在當時的處境下一心想：即使付出生命的代價，也要隱瞞證據）？這不是出自於替羅伯斯先生考慮，因為你說『她恨他』。那麼，這到底是怎麼一回事？針對這個問題，你也能做出一個同樣富有創意的解釋嗎？」

「我有一種解釋，但是我不能說它完全令人滿意。她剛剛在昨天去世，從那以後，我進一步調查的機會就很渺茫了。今天早上，我見過她的弟妹，我從她那裡獲得了一些情況；意識到她將被迫在無法逃避的訊問中全盤托出實情，最後她適時地承認很久以來，她知道杜克洛夫人生活中隱藏一個祕密。儘管她對它的內容一無所知，她卻一直認為這個祕密在某個方面與她長期居住在國外息息相關。它是否也能解釋她這次回美國的含義？以及她在旅行途中莫名其妙為她女兒改名字的原因，這個問題要留給我們來下判斷，夫人一點也沒有向她透露過。她僅僅短暫使用過他們的房子，不是一次而是兩次，來了又走，沒有向他們說明她莫名其妙的行為，哪怕是做出最起碼的解釋。即使問她一百個問題，也無法誘使她回答得更多。但是在這個可憐女人最痛苦的時刻，像我一樣有機會觀察她的人來說，我已經洞察了她的性格，對她的行為做出唯一可能的解釋；她的犧牲是出於忠誠，她是在極度欣喜中死去。愛情驅使她做出這種孤注一擲的行為。不是那種女人對男人的愛，而是她這種感情深刻的女人有時候對同性感到的那種愛。泰勒女士是她的朋友——等一下，我希望證明這一點——那個男士是泰勒女士人生中的快樂也是災星，為了使泰勒女士免於目睹這位男士遭受他自己罪行的後果，從而體會到那種極度的痛苦，安托瓦內特・杜克洛甘願去死，而且就這樣死去了。你們在微笑，先生們。你們認為我這個老人就快老糊塗了。也許是這樣，但如果有人說，除了杜克洛夫人的女兒死亡這件事之外，泰勒女士與這位外國夫人之間毫無存在任何聯繫，那麼我必須反駁；我要問：是誰及時把她女兒在博物館裡死亡這件事通知給杜克洛夫人，讓她得以在我們電話通知旅館之前就逃跑了？先生們，只有一個人能做到這一點——我們的主要目擊證人，厄門特魯德‧泰勒。她這個人不僅具有動機，而且有必要的機會。驗屍官普賴斯和我那天讓泰勒女士獨自回家，這是我們犯下的一個大錯。」

「很可能。」總督察說道。「可是如果我在這一點上獲得的訊息是正確的話，當時她似乎和這一樁慘劇毫無關係，而這樁慘劇的根源恰巧是在對面的陳列室，所以在這方面，你們沒有理由責備自己。」

「確實，我們倆當時都沒想到這一點。不過現在，你在等我解釋上述的『機會』，究竟含有什麼意思。既然我的注意力又被拉回泰勒女士身上，我就一直在進行探詢。我找到了那名開車送她進旅館的司機，他承認在回家途中，她在路上停留過一次去買咖啡。她走進、走出商店時他都觀察著她，而且他聞到了咖啡的香味。幸運的是，他對於這個託付給他照料的女病人，抱持著強烈興趣，足以使他記住那家商店。這家商店有兩個入口，前門和後門；它的旁邊是一幢公共大樓，在這個建築的一樓是一長排的公用電話間。如果我對這件事情的理解正確，那麼她買了咖啡，吩咐人把它磨好，溜出後門，然後進入旁邊的大樓；那裡，在沒人注意、沒人聽到的情況下，她打電話給環球旅館和杜克洛夫人，並且與對方通上話。她返回時的路線是原路。她沒有忘記她的咖啡，也沒有在承受巨大的壓力下垮掉，就這樣回到她自己的公寓。」

「聰明。」

「而且事實就是如此，先生們。我願意拿我的名譽打賭，儘管我無法解釋每一個細節，補上每一個漏洞。你們有沒有進一步的問題要詢問，或者你們要自己回去研究？」

XXIX　一位堅強的男士

一小時之後，總督察起身離開時，他們已經達成共識；在他們摸清案情並且順理成章地盡到他們的職責之前，都不應透露這件案子的任何情況給新聞界，也不能洩露給這三位官員以外的其他人。

說來奇怪，他們確實做到了守口如瓶，好幾天過去了，而社會大眾對於這件複雜罪案的新進調查進展，還是一無所知。

辦案警官的內心都很激動，而對於此一激動情緒做出的暗示，將強烈地觸動那位最主要的當事人。羅伯斯先生被傳喚來和驗屍官普賴斯進行面談。警方沒有提出傳喚的理由，但傳喚的時間恰到好處，突顯出這一要求的重要性，所以他們都認為這位部門主管不敢拒絕。

他確實沒有拒絕。他在指定的時間來了，驗屍官普賴斯以得體的禮貌歡迎他，普賴斯注意到自從那天晚上他們站在博物館裡，一起目睹那個印第安人進行射箭實驗以來，他的身上發生了巨大的變化。那次實驗釐清慘案的凶箭從哪裡位置發射出去，是位於一個座墩的上部。驗屍官只知道他的白髮增多了，除此之外，他幾乎不知道他的變化有哪些；儘管羅伯斯先生的臉十分英俊，表情卻不豐富。細微的情緒不會流露在他臉上，他今天的外表還算得上冷靜高貴。但他確實改變了，自從那天晚上以後，沒再見過他的人一定會看出這一點變化。

驗屍官也屬於一個感情內斂型的男士，他讓他坐下，而且嘴巴立刻就開了炮火。

「請原諒我，可能給你帶來任何不便。羅伯斯先生，我要告訴你，格林縣的驗屍官D急切想和你說幾句話。他本來想去你家拜訪，但是我勸他來這兒見你。」

「格林縣的驗屍官D！」羅伯斯先生完全驚訝住了。「他有什麼事找我？」

「是關於安托瓦內特・杜克洛夫人自殺的事情。你知道，杜克洛夫人一星期之前在卡茲奇山區自殺了。」

「啊！我判斷，從它的表面和先前發生在博物館那起事故的關聯性來看，這是一個異常可悲的事件，而且非常重大。她不就是那個死去女孩的母親嗎？顯然她悲痛得精神失常了。不過——」說到這裡，他平靜但明顯費力地調整一下姿態，「你認為從哪個方面，我能夠幫助這位驗屍官調查這件案子？緊隨那起事故之後，對於博物館裡發生的狀況，我和其他許多人一樣是個目擊者，但是我對於杜克洛夫人或她的自殺，不比報紙知道得更多。」

「報紙！報紙是一個靠不住的嚮導，羅伯斯先生。你可能不會相信報紙。」驗屍官普賴斯帶著某種奇怪的笑容說話，「但是這個辦公室，還有警察總局所掌握到的很多祕密，從未在那些最會捕風捉影的報紙上刊登過。」

這是有意要驚動這個部門主管嗎？它產生了這種效果嗎？

他可能受到驚嚇，但即使如此，他也沒有流露出來。他的儀態仍然十分自然，他的嗓音被牢牢控制著。他回答說：如果在這樣一案件裡，他們羅列出來偵探所搜集到的一切無關的證據、可能的線索，會顯得十分奇怪。

這句話是針對敵方陣營的冒犯，也是一種報復。沒有等待驗屍官回答，羅伯斯先生繼續說：

「可是這沒有回答我的問題。格林縣的驗屍官為何想要見**我**？」

驗屍官普賴斯遞給他一支雪茄，在他點煙時，普賴斯說：

「這當然很奇怪。你說你不認識杜克洛夫人。」

「沒錯，我怎麼會認識她？她不是外國人嗎？」

「是的，一位法國女人，在法國出生而且嫁給一個法國人。她的丈夫是一位語言學教授，十六年前定居在新奧爾良。」

「我一點也不認識他。實際上，我發現很難理解為什麼我就該對他或者他的妻子感興趣。」

「好吧，我來告訴你。你可能不認識這位夫人，但我們可以肯定，她認識你。」

「她？」顯然這個不期而至的打擊似乎使他印象深刻。「你能告訴我，你如此斷言的理由嗎？是因為杜克洛是一個假的姓氏？還是因為她的姓氏和她女兒維萊茲一樣？如果是這樣的話，我要向你保證，我從未聽說過維萊茲這個人，就像我從未聽說過杜克洛一樣。一個女人，不論她叫什麼名字、屬於什麼國籍，她遺棄孩子的行為總會使我震驚。

儘管她已經死了，但是一提起她，我總是無法平靜。一個母親做出如此詭異的行為！她本人應該受到責備，而且僅僅是她自己，看看那個年輕女孩遭遇了什麼吧——那麼年輕——那麼可愛——那麼純真。我偏愛年輕人。對我來說，那樣一個女孩是聖潔的。要是我有幸得到那樣一個孩子——瞧，我又扯遠了。你為何認為杜克洛夫人認識我？」

在回答之前，驗屍官站起身，從他的辦公桌上拿來一個小包裹，打開它，然後在羅伯斯先生驚訝的目光中擺出一張剛剛印出他本人的照片（我們都很熟悉這張照片），然後擺出了一張半毀的照片，儘管這張照片有瑕疵，但可以看出它最初是從同一張底片沖洗出來的。

「你還認得這張十幾年前由弗雷德里克斯照相館拍攝的照片嗎？」

「當然認得。但另外一張呢？這個邊和角一定也是我的照片的殘餘部分，你是在哪裡找到它的？」

「啊，我把你叫到這裡來，就是為了讓你知道這件事。正如你剛剛承認，這是你本人照片的殘餘部分，當初它被發現時就像你現在看到的這種狀況；在杜克洛夫人逃往卡茲奇山區之前，她住過那個房間的廢紙簍裡出現了這張照片。」

「這！這張臉——」

「是的！這張臉被子彈打得滿是窟窿、不成樣子了！她朝它開了六槍。她當時等待旅館上面的火車從她窗邊經過，希望火車的轟鳴聲能夠蓋過槍響。」

「這說明不了什麼，」羅伯斯先生氣憤地說道，他顯然認為這張照片無足輕重。「這絕不是我的照片，也許她只是想找個目標操練槍法，而不在乎她拿到的是什麼東西。這一切就是我要對你以及格林縣驗屍官說的話，在這件案子中，我毫無任何牽連。很遺憾，我讓你們倆失望了，但事實就是如此。」

他站起身，驗屍官沒有企圖留住他。當這位部門主管轉身離開時，他僅僅說：

「你有沒有聽說關於泰勒女士的最新消息？」

「沒有。」

「她康復得很快。不久她就能夠出現在陪審團面前，這個被選定的陪審團將展開調查，釐清維萊茲小姐的死亡原因和過程。」

「一個完美的女人！」這位部門主管轉過身來，點頭示意要離開時，他突然說出這句話。「我不知道何時見過比她更令我欣賞的女人。」

驗屍官無話可說，此刻他瞠目結舌。

但是，等羅伯斯先生一離開就馬上進來的格萊斯先生，卻有很多話要說。

「他的口氣並不討厭。」他評價。顯然他聽到了全部的談話。「我一刻也想像不出他認識杜克洛夫人。所有關於杜克洛夫人的消息都即將來自泰勒女士。」

「他是一位堅強的男士。如果要和他鬥智鬥勇，我們會發現自己很難與他抗衡。」

「他為何連續不斷地把他的右手食指伸進他背心的右邊口袋？」格萊斯先生問。

這句話說明他不僅聽到談話，而且看到全部過程。

「我沒有注意到這一點。地區檢察官是否準備好採取下一步行動？我的方案失敗了。」

「未必。這個遊戲太危險。假如我們在調查這樣一位具有全國影響力的人士時，遭遇失敗，我們就會在全世界面前淪為笑柄。經過兩次訊問，以及收到一封希望是來自瑞士的信件後，我們就能投出我們的第一顆炸彈。我這麼估計時並不感到高興。爆炸將會駭人聽聞。」

「如果你的一半想法正確無誤，讓他意外地和泰勒女士進行對質，將會產生某種效果，這是我現在所期盼的；假如這項任務首先落到我頭上的話。」

「我不指望任何東西。我們的機會還有可能會落空。」

「機會！我無法理解你的話。」

「我也不太理解我自己。這件案子可能永遠不會被提交到法庭。」

「我不同意你的觀點。當他最後轉過身，對於那個你說他蓄意殺害的女孩，他臉上帶著欣賞的誇張表情。我幾乎看到了他供認不諱的神色。」

「他為何連續不斷地把手指伸進他的背心口袋？一旦你回答了這個問題，我就告訴你什麼叫**機會**。」

XXX 匍匐的影子

泰勒女士舊病復發，為了配合她的康復而推遲的訊問，再度被推遲了。這麼做同樣導致另一樁案件的調查被推遲了，亦即杜克洛夫人死亡的情況。由於社會大眾發現當下沒有新的談論話題，而降低了對於此案的興趣。

與此同時，格萊斯先生沒有無意義地空等。他急於想釐清杜克洛夫人的故事，以何種方式、在哪個關鍵點上與博物館犯罪案更叵測、廣泛的案情相契合，他調動自己迅速衰老的體力來探究箇中謎團，並在這個他痛苦承擔下來的嚴肅調查，掌握相關的細節。

當他這麼做時——也可以說，當他洞悉案情的本質、排除所有的疑點以後，並且完全形成他自己獨特的觀點時，他覺得那個時刻來臨了，可以讓這些有志於正義事業的人們採取某種積極措施。

他們決定應該讓特定的官員採取與羅伯斯先生本人面談的形式，藉此來展開行動。如果是一位不太重要的人物，可以叫他到地區檢察官的辦公室裡面談。但這個案子十分重要，涉案者在很多方面具有崇高的聲譽，所以他們認為最好的辦法是前往他家探訪。這麼做既要保證他在場，又要不讓他害怕，需要一些技巧。他們討論很多不同的方案，結論是採出下列的做法：與他探討重要的政治事務。地區檢察官要求與羅伯斯先生進行面談，目的是為了向他引薦一位男士，這位男士在未來的競選活動中，將產生重要的影響力。

他沒有說出他的名字，但是我們要說，他就是那位督察。安排好這次約談，也定下日期。日子就在下星期一。等到星期二時，驗屍官普賴斯就可以開始他的審問。

卡爾頓・羅伯斯發現了這兩件事情之間存在任何關聯嗎？誰能說得清呢？這樣一個包藏著祕密的頭腦，可不能受到輕視。如果我們具有斯威特華特所抱持的興趣，而且在這個日子之前的那個晚上，悄悄、密切地注意到這位部門主管的每一項行動，那麼在這方面，我們會得出什麼樣的結論呢？我們應該如何描述他的期待，我們在心中會如何估量他未來預想的種種可能呢？

他非常安靜。他吃飯的胃口似乎很好。然後他打量整座房子。從他觀察一切的細緻程度，可以看出他先前完成的裝潢引起他自己的興趣。這不是一個年輕男子的興趣，而是一種彷彿他期待與某個人分享、帶著挑剔眼光的強烈興趣。他希望替這個人帶來舒適，並且樂意分享她的快樂。

對於斯威特華特來說，即使他具有我們的視野，他也會發現無論從哪個角度來看，都無法理解這種情況。尤其是假設，當這座奢華房子的主人回到他的書房後，他眼前所發生的情況時，更是如此。

那裡有一張照片。這張小小、裝有鏡框的照片正放在他桌前的榮譽柱上。照片上是一張年輕漂亮的臉蛋，還未受世間的憂愁和煩惱侵襲過。他盯著它看了一分鐘左右，然後他緩緩拿起它拿來，把照片從鏡框裡抽出，又看了一眼；看的時候幾乎有一種嘲笑緩緩出現在他的嘴唇邊。在嘲笑完全消逝之前，他把照片撕成了兩半，然後把碎片扔進了火堆裡。他在黃昏時親手點燃火堆。

即使他停下來瀏覽這些燃燒的碎片，也是出於心不在焉，而不是出自興趣，因為他離開壁爐時，腳步變得輕鬆。無論在往日時這個年輕女孩的面容對他具有何種意味，此刻，它隨著一股升起的輕煙完全消逝了。

即使隨後他看了報紙，也是全然面無表情。夜晚和那個在西方落下的巨大行星，對他的吸引力似乎要遠超過他的書本或當天異常激動人心的新聞。

他一定在漆黑的窗前站了將近一個小時，向外凝視輕拍海岸的翻滾浪花。但是天知道他在想些什麼，他的外表沒有流露出絲毫跡象。

後來他就睡著了。

睡著了！手放在他的枕頭下！他睡了，但是房子裡還有其他人沒入睡！否則，為什麼每當月光照射進來時，一個男子匍匐的影子會映現在牆上，而每當他走進黑暗時，他的影子就消失了。

它來自樓上，無聲無息的。在面向大海的寬大窗戶打開後，主樓梯被照亮的地方，它停下了——停了好幾分鐘，然後偷偷摸摸地下來，一個幽暗的黑影一會兒急速往下走，一會兒又緩緩地，這樣走了一步又一步，直到走進大廳。

這裡並不陰暗。幾扇敞開的屋門讓月光從眾多的窗間射入。一切都是半明半暗，這個人影穿越了這個明暗交替的區域，但是又猶豫地站住了，停頓了幾次之後，靠近某一扇門——一扇緊閉的門——在這個大廳裡唯一關閉的一扇門。

它在這裡站住了——側影映射在壁板上，一隻耳朵貼著木頭。一分鐘——兩分鐘——五分鐘過去了。然後伸出一隻手來，握住了門把。門打開了，無聲無息地開了——門和門框之間出現一個小小的門縫。門縫越來越大，仍然沒有聲音來打破這可悲的寂靜。停下！那是什麼？一聲呻吟？沒錯，它來自屋內。另一聲？是的。然後一切再度安靜下來。已經做過夢了，睡眠繼續它的統治，門縫可以安全地開得更大。這樣弄清楚了之後，站在外面的人影進入屋內。

XXXI 對質

第二天傍晚，一輛期待中的汽車駛入羅伯斯先生寬敞的院落。車上坐的除了司機之外，只有兩個人，那就是地區檢察官和督察。但是隨後還有一輛車，車裡我們可以看到格萊斯先生和一位來自地區檢察官辦公室的速記員。

此時房子已經裝修完成，從汽車道上進來的人可以看見它非常誘人的外觀。轉過最後一個彎之後，大海突然出現在視野裡——一片略顯喧騰的大海，因為當天的風冷得刺骨；從遙遠的天際到近處的海岸線，寒風把海浪打得白沫四濺。也許是為了替這幅景致增添一筆濃墨重彩，只見一朵鑲嵌金邊的烏雲低徊在海天交會之處，在這朵烏雲和他們之間，他們可以看見一艘張滿帆的帆船正在水裡拖著它的帆杆。

對於他們當中的某一個人——事實上，對於上了年紀又愛聯想的格萊斯先生來說，這艘在風浪中搏鬥的小船呈現出一種不祥的外觀。它注定會沉沒。風太大了。在這明顯的現象中，他是否看清楚這個祕密就要被他們揭穿的男子，他會面臨何種結局的預兆？

房子的布局必須先通過一扇落地窗才能到達正門入口。他們進去時能看到羅伯斯先生的身影在遠處的房間裡走來走去，他正饒有興致地審視新家具和目前舒適的擺設。專注執行任務的這幾位男士絕不會對這類東西感興趣，所以這證明了羅伯斯先生對於未來家庭生活充滿歡樂的期待，此一現象使他們感到不快和震驚，而且使他們不止一個人的心裡產生了疑惑——這也許是幾天來他們產生的第一個疑惑——即一個背了沉重包袱、未曾坦白自己罪愆的男子，是否會在他的新環境裡表露出這種快樂舒暢而且全神貫注的儀態。

然而，當他們走近觀察他，他看清楚來客的數量並領悟他們到訪的性質時，他們也注意到他的身體僵硬，而且他的頭部微微上揚，這時他們的情緒又低落了，因為不管他多麼努力掩蓋，他的內心無疑相當沮喪。但是這個傑出男子性格中的某樣東西——一種使他的性格渾然呈現出兩面性的力量或魅力，可能來自於他的身分，或令人尊敬的優秀品質——使他們忽略剛剛產生的偏見，而吸引住他們；也使他們打破他焦慮的懸念，直接開門見山，同時避免使用這種面對面訊問中常見的做法。

第一個有權發言的總督察直接面對這個部門主管，他看到這個主管伸出手去迎接地區檢察官，卻在他靠近時放下了。

「羅伯斯先生，當你看到和我一起來這兒的不僅有紐約市檢察官，而且還有一位警探時，你會感到驚訝，這是很自然的。你必須明白，這不是一個你所期待的政治代表團。它不是，羅伯斯先生。但我們希望，當你得知我們這麼做只是讓你在一個不可避免、不可拖延的面談中免於遭受不必要的芥蒂，你會原諒我們的託辭。」

「我們都坐下吧。」

這是他唯一的回答。

他們都坐定後，地區檢察官首先發言：

「我打算省略所有的開場白，羅伯斯先生。我們這次到訪只有一個目的，就是為了你好，也是為了我們好，澄清我們在一件罪案的調查中所碰到的出人意料的疑難之處，而你作為這件犯罪案事發生地的博物館部門主管，我們作為公眾安寧的保護者，都與此密切相關。」

「我同意，」他們身不由己的東道主以最禮貌的方式回答。「不過我無法理解為了一個正當目的，為何你們需要這麼多人。」

「若是勞駕你看一下這張草圖，也許你就不會再感到驚訝。」地區檢察官對他說。他從公文包裡拿出一張方形的紙，把它放在旁邊的桌子上。

羅伯斯先生瞄了它一眼，又坐直了。

「請解釋一下，」他說，「我樂意洗耳恭聽。」

地區檢察官做出一項行動，也許是他一生中最為重要的一次。

「我發現你認得這張草圖，羅伯斯先生。你知道畫這張圖的時間以及它的目的。但有一點你可能不知道：在達成它最初目的的時，經過一番證明，它引導我們揭示另外一個同等重要的真相。比如，它清楚地告訴我們，在發出第一聲警報時，在場所有人當中，誰距離館長辦公室最近，而能從那個極為隱蔽的射箭地點逃脫。在這些人當中，只有一個人符合其他所有必要條件，而他符合的精確程度讓我們有特殊理由感到興趣。這就是在草圖上被標示為3號的那位男士。」

話說完了。羅伯斯先生很清楚他自己的號碼。他不需要去看地區檢察官的手指指向了哪個名字。片刻之間，男人所能遭受到的最大驚訝和震驚，以及其他的無數情感，都硬生生地出現在他慣常呆板的面容上。然後他恢復了鎮靜，接著帶著一種很少出現在嘴唇上的奇異嘲笑，他冷冰冰地問：

「你是胡亂猜測才針對我來進行攻擊吧？當時在這個展示廳裡還有其他男人、女人，假如我沒記錯，有些人還十分靠近我。你憑什麼認為他們的人格比我優越、他們的權利更應該受到尊重，然後單獨把我挑選出來，不僅當作那個犯下如此瘋狂、卑鄙罪行的兇手，而且更是愚蠢地——更不要說惡毒地——在事後掩蓋它的傻瓜或者惡棍？」

「針對你提到的其他人，至今沒有發現證據，可以用任何方式把他們和這個愚蠢行為聯繫起來——或者我們該說惡毒行為，既然你自己用到了惡毒這個詞。儘管對我而言，面對備受尊敬的你，很難將這個事實說出口，我還是要說，你沒有說出實話，羅伯斯先生，不管我們多麼希望你馬上做出坦率的解釋，進而避免我們進一步的懷疑，並且讓我們快樂的回家。至於我們現在為什麼這麼肯定，我直接說出準確的理由，好嗎？」

這位部門主管低頭欠身，同樣奇怪的微笑讓他的嘴蒙上一種不自然的表情。

「首先讓我，」對方繼續說，「把警察局列出的一連串問題念給你聽，作為實驗，它可以引發必要的猜測，也可以立刻打消懷疑。問題不多，」他一邊攤開從背心口袋裡拿出的一張紙條，又補充說明，「卻非常重要，羅伯斯先生。這是第一個問題：

「『誰親手把那張弓從地下室移到了陳列室？』」

這位部門主管保持沉默，但這種沉默帶來的壓迫感卻令他們難以忍受。

「這是第二個問題：

「『把那支箭從一間陳列室拿到另一間陳列室的人，會是同一個人嗎？』」

仍然沒有回答。正在仔細觀察羅伯斯先生每一個舉動的格萊斯先生，似乎仍然低頭注視他自己手杖的把手，但他果斷地把身子轉到一邊。氣氛太緊張了。這種超出常人的平靜能夠維持多久？在隨後的話語中，有哪一句可以打破這份平靜？

與此同時，地區檢察官念了第三個問題。

「『從花瓶凹進處的窺孔所發射的箭，是否能射中特拉維斯先生所說的那個目標？』」

「拉·弗萊契先生從兩個座墩後面進行射箭實驗時，這個問題已經得到了解答。從特拉維斯先生在後面蹲伏的那個座墩發射，決對無法射中目標，但從另一個座墩後面則完全有可能。」

羅伯斯先生揮了一下手，否決了這句話，地區檢察官繼續往下念。

「『當這支箭發射之時，博物館裡所知的那些男人、女人，哪一個人有足夠的箭術知識來替弓上弦？兇手可以碰巧射中目標，但是只有一隻熟練的手才能夠替這麼一張強韌的弓上弦。』」

「這裡我要停頓一下，羅伯斯先生。你可以從我們的到場判斷：我們被迫認為是誰親手憑藉自己的射箭能力狠毒射死了一位年輕可愛的女孩。我們希望聽到真話，而且樂於傾聽你對這些結論進行任何辯解；也就是說，只要你願意講。你知道你有權利保持沉默。同樣，如果你決定開口，我們就會不厭其煩地記錄你的話，以備日後使用。」

「我要說。」他費力地回答，但還是說出話來。「儘管問我問題，滿足我的好奇心，也滿足你們的好奇心。」

「那麼首先，這一張弓；它是在使用之前的兩個星期或更早時，被人從地下室移上樓？而且被豎放在館長辦公室。在那裡，一個拖地板的女清潔工不止一次見過它。那個行為人在地下室的牆上留下了影子——有人看到那個影子。需要我說得更多嗎？一個人的影子就是他本人——有時候的確如此。」

「是我把那張弓拿上去的。但是我不認為它會把我牽連進隨後的射殺案中。我把那張弓拿上去的理由非常單純——」

他中止了陳述——甚至沒有意識到他停下來了。他的目光被一件小東西吸引住了，就是那個地區檢察官放置在桌上的小東西；它看起來就像一塊黑布條的末梢。但不論它是這個還是其他截然不同的東西，反正它引起了那位講話男士的注目，他全神貫注地盯著它看，以致於忘了說下去。

隨即而來的沉默使不止一位男士的臉頰發白。為了緩解緊張氣氛，地區檢察官就像談話沒被打斷似的，慢條斯理地說出他的論證：

「說到這支箭，當著許多人的面，它被人祕密地從大樓這一頭拿到另一頭去，請你注意這塊小小、折彎的綢布條。你以前見過它。當然，我有充分的理由問你，就我們正在討論的這件可悲事件中，你是否在事發之前和之後，確實沒有碰過它？」

「我是第一次看見它，」說話人嘴唇僵硬，所以很費力地表達意思。「它的用途是什麼？」稍停片刻後他問。

「我認為幾乎沒有必要告訴你，」此刻那位完全不抱幻想的官員冰冷的回答。「它看起來就像是一個環，儘管現在你斷言你是第一次看到它，我們有充分的證據證明，案發當天它曾經一度被縫在你穿著的那件大衣上，後來又被小心翼翼地剪下，扔在博物館的地上。」

地區檢察官等待著，他們一邊等待一邊注視這次進攻的主題，留心察看這毫不留情的話語是否引起羞愧或是憤怒。但是一陣沉默仍然掩飾著這個天生冷淡麻木的面容，隨後也沒有跡象表明這些話對他產生任何的效果。儘管內芯的火焰已經消失了，燃燒的煤塊在化成灰燼之前仍然保持原狀，而他也是如此——當格萊斯先生等待地區檢察官採取下一步行動時，他心裡想著這些。

這令人回想起那個殘酷的傳說：一個男人身處在一個孤絕的懸崖上方，被關在一個鐵籠子裡，從他瘋狂移動的雙腳下，一塊又一塊木板被從籠子底部抽走，直到他再也沒有立足之地。最後他掉了下去。

「我聽說你是一個箭術專家，羅伯斯先生，在你職業生涯的早期，就是如此。你甚至因為優良的射箭技術，從一家阿爾卑斯山下的俱樂部裡得過一個獎。」

啊！都說出來了。這實在是一個出人意料的打擊，它透露很多訊息。但眼前這個男人，目睹自己的青春往事被用來指控自己，迅速從打擊中恢復過來，帶著一副截然不同的腔調面對他們，最後急促而大膽地說：

「先生們，到目前為止我一直保持耐心，因為我發現最好打消你們內心的某些想法。

所有人必須承認，維萊茲小姐的死亡事件迷霧重重，使任何解釋都顯得愚蠢。我以前同情你們的困境，現在仍然保有同情之心，所以對於你們的猜疑，我不會表露太多的憤怒。此刻，因為你們針對我的猜疑，我要稍作停頓；我要問，在我身上，你們或其他任何人發現些什麼了，使你們認為多年來在深愛的博物館裡擔任部門主任的我，會對一個快樂遊玩、年輕漂亮的陌生女子，操練我的舊日技能？難道我是一個瘋子，或是一個青春的殺手？我愛年輕人。這個美麗純真女孩的悲慘死亡催白我的頭髮、打斷了我的心弦。我永遠無法從這件事的打擊中恢復。無論你們收集什麼樣的證據，證明我在博物館陳列室裡碰過弓箭；事實卻是，我無法去做你們指控的那件事，我天生不具備這樣的能力，所以你們的證據必定無效。在所有的行為當中，我在本能上最不可能做的事就是惡意或意外殺害一個年輕女孩。」

「我相信你。」

說話的是總督察，而他強調的語氣使這位部門主管再次抬起頭，擺出先前的自信儀態。但隨後的沉默卻很凝重，彷彿這個自命不凡、藏有祕密的人將要說的下一句話可能會給他自己帶來種種不利，所以這讓那個在高貴之中抬起頭顱的人，再度慢慢地垂下頭，也讓他閉攏衝動張開的嘴唇。

如果說出這句話——這句話會立刻使他過去、現在和未來人生交織而成的景象蕩然無存嗎？

在激動的情緒中，他似乎就要聽見這句話了。這句話裡蘊含著死亡，而一度光輝燦爛的世界在他四周變得陰暗起來——暗下去了！

但這些人怎麼會知道？假如他們知道這些，他們為何不說呢？他們不知道；他們不會說。空氣中只剩下沉默，沒有話語。他的生活再次呈現出舊日的色彩，在凝重的沉默中只聽見附近一個房間裡傳來布穀鳥自鳴鐘的報時聲，它發出五聲清晰、刺耳又歡快的聲音；一聲，兩聲，三聲，四聲，五聲！這個象徵往日生活、快樂的報時器！但對於聽到這些的男士們來說，不管是指控者還是受指控者，死亡之音已經大聲欣快地鳴響了。對於遭受指控的人而言，在這個充滿兇險、令其他人感到悲哀的時刻，舊日時光並不令人感到歡欣鼓舞。

當最後一聲刺耳的鳴響終止後，總督察重複了一句：

「我相信你，羅伯斯先生。但是想想那個女人吧，她對你提出要求、你卻無意回應。當那支箭從一間陳列室射向另一間陳列室時，你口中所說的維萊茲小姐（儘管你必定知道她姓杜克洛）並不是出現在這個射程範圍內的唯一一個人。也許這一致命武器的目標是為了射擊某人，卻沒有射中目標。也許——我已經說得夠多了。如果剛才我不是想避免任何誤解，也就是那個你自認為無可質疑的見解，我就不該說得那麼多。如果你想解釋一番——要是你能以任何方式使我們解脫，讓我們的內心不再受沉重的責任感拖累，請務必相信我們會以最真誠的心，讓你那麼做。我們可能沒有洞察到表象後面的東西，但這件東西遲早會清楚得令人訝異，因為我們瞭解你生活中的祕密，即使是你最親密的朋友也不知道這件祕密。」

「什麼祕密？你舉個例子。」

「即使你不認識杜克洛小姐，泰勒女士對你而言也不是陌生人。我們掌握一項你無法辯駁的證據；大約十五年前你們曾經相識，而且相愛。」

「證據呢？」

「證據非常清楚，羅伯斯先生。」

「是她證明的？我不相信。我永遠不相信，而且我也否認這一項指控。一個瘋女人的胡言亂語——假如你們採信的證據是這樣的話——」

「我建議你住嘴，羅伯斯先生，」地區檢察官插嘴，「泰勒女士什麼都沒說。杜克洛夫人也是一樣。我不知道泰勒女士在宣誓之下會說出什麼。明天驗屍官普賴斯開始他的訊問，我們倆都有機會聽聽她說些什麼。我相信現在，她身體完全康復，可以作證了。請你什麼都不要說。」此時，羅伯斯先生站了起來。「什麼都不要做。你將會成為傳喚的目擊證人之一——」

說到這裡，他停住了，平靜地注視正在盯著他看的男士的瘋狂眼睛，他盯著他們所有人，是為了嚇唬他們，而他的手指偷偷不停地摸向背心的右邊口袋。

「你們好大的膽子，」他吼叫，然後手突然落下，發出一陣低沉、模糊的咕噥聲，讓人不忍也不敢聽。在某些人的眼中，它彷彿預示即將會出現徹底的坦白，然而，這一陣咕噥聲變得馬上變得清晰，於是他們聽見他說：

「在那之前，我很樂意與泰勒女士交談五分鐘。當著你們的面前，先生們，或者當著任何人的面，我一點也不介意。」

他知不知道——他有沒有感覺到大廳裡出現某個人的腳步聲，有個身影出現在門口？如果他知道，那麼前一刻曾使他激動不安的情緒，一度讓他的沉著化為灰燼，這次卻象徵著他的期待成真，而不是絲毫的驚懼；厄門特魯德．泰勒走進了房間，他一見到她就站起來，伸出雙臂，然後他又虛弱地坐下來，整個人陷進椅子裡；他注視她的模樣就好像他看不盡她的尊貴面容。即使她的面容裡不帶有那種難以忘懷的親切愛意，也因為無限的憐憫而光彩照人。

當她走得足夠近，可以毫不費力地說話，也對幾位帶著明顯敬意、讓路給她的先生們表示感謝之後，她用非常自然的語調對他說話，但嗓音裡卻帶著奇異的深情：

「你想對我說什麼？我站在門口時，聽到你告訴這些先生們『想和我談五分鐘』。聽到這句話，我很高興。現在我準備傾聽——傾聽**任何事**。」

她在說出最後一個詞語之前，有意做出來的停頓使這個詞語出口時，帶著雙倍的力量迴響在眾人的耳朵裡。所有的腦袋因而都立刻垂下來了，而格萊斯先生的臉上出現的皺紋使他看起來就像一位八十五歲的老人，甚至更老些。但是卡爾頓・羅伯斯在他雙面人生的關鍵時刻裡說出來的一番話，並不是他們期盼聽到的。

她的目光似乎竭力使他站起身來，於是他站了起來，帶著壓抑的情感，用一種說不清的語氣大聲叫道：

「陰影又降臨到我身上。我和這些先生們的面談可能會以一種我無法預見的方式結束。我無法確定下次我們會在何時見面、如何見面，所以藉由這個機會，我要向你們賠罪。厄門特魯德，現在——今晚——在妳離開這間房子以前，嫁給我好嗎？」

她輕輕歎了一聲。她對於這令人驚訝的建議毫無準備。「卡爾頓！」她痛苦地喊。「卡爾頓！卡爾頓！」隨著思緒漫延，這名字叫得一次比一次響，而他的求婚所隱含的過去、現在和未來的意義，使她的情緒瞬間大起大落。然後她又沉默下來，他們看見這位女士偉大的靈魂使她永遠尊貴的容顏容光煥發，而她的目光也因為完全高尚的目的，而顯得神采奕奕。她是這麼說的：

「我欣賞你做出這個建議時的善意和衝動。但是我一點也不想讓你為難。讓事情保持原樣直到——」

他迅速朝她邁進一步。

「即使我的內心充滿了悔恨，妳也不願意嗎？」他叫道。「即使我承認在妳身上具備一種感化我的力量，是這世上僅存的一股力量，只有它能幫助我承受過往人生的重擔，以及我未來前途所有的兇險崩潰。即使如此，妳也不願意嗎？」

「是的，」她回答，臉上驀然綻放出崇高的情感，這個神情增加而非減少了她的尊嚴。「這很過分，或者說這還不夠。」

他低下頭，又坐回原位，對一左一右靠近他的兩位官員瞥了一眼。這個瞥視意味深長，彷彿他在說：「你們看！她和你們一樣，知道那支箭要射向誰——可是她很善良。」

但是下一刻，他又站到她的面前，表情變化之大令所有人感到驚訝。

「我原先以為，」他開口了，然後又停頓。在他煩亂的內心裡，感情已經取代了責任，這份感情是如此強烈，它把在前阻攔的一切東西都沖刷走了。就這樣，他袒露著靈魂，在這些知情的先生們的目光下，站在他狠心對待過的那位女士面前。「我們倆的生活已經結束了，」他說，「不管妳出現在這裡是不是一個圈套，我已經落入這個圈套，而且已經無可自拔。不論是出於偶然還是天意，再次見面時，我們周圍環繞著好奇的耳朵和眼睛，受到他們的監視。他們這麼做的目的是為了尋找、查清犯罪的證據，而且，他們已經得到他們想要的東西。無論結果如何，妳我都會喪失安穩和榮譽。我們的人生已經走進了末路，但是在我們完全屈從於命運之前，如果我不僅是為了舊日的惡行，而且還是為了近來最嚴重的惡行，來請求妳的饒恕，妳會答應我的請求嗎？厄門特魯德，我懇求妳。」

啊，現在他們目睹了這位男士的風度，它先前隱藏得很好，但此刻卻被這些對於人性慘劇訓練有素的旁觀者看到了。他的語調裡充滿悲愴和魅力，絲毫沒有任何拘謹出現在表情和態度裡，只剩下自然和優雅的儀態。儘管這位男士是一位沒有德行的權勢人物，他的行為卻能在弱者和強者身上激起一種同情之心。

它或許在那個女人心中喚起了一千種記憶，她顫抖了。她倒退一步，但她的整個面容變得柔和，展露出她天生具有的魅力。她會同意他的懇求嗎？如果她不同意，他們大可以保持沉默。但是假如她同意了——

但是，這個女人沒有心軟下來。

「住嘴，卡爾頓，」她嚴厲地回答——對於她有所讓步的態度來說，這個回答是嚴厲的。「如果你的生活和我的生活都結束了，讓我們談談結婚以外的事情吧。當一個人面對肉體或精神上的死亡時，他會緊緊抱住比塵世本身或它殘留的利益更高的期待。如果我的饒恕能夠幫助你達到這個目的，你已經達到了。自從我們分手之後，我的人生中只有一個目標，那就是看到你崇高的自我超越物質的自我。如果那個時刻已經到來，或者正在來臨，我的人生不需要其他安慰了。擁有這一時刻，我就擁有了一切。」

聽到這些話的那位男士——所有聽著她說話的男士——瞬間都呆立在那兒，帶著敬意欣賞她所流露出來的高貴態度。然後她似乎看到在場唯一一個低聲吼叫的人：

「妳不會失望的。我——」

但此刻她回了一句。「是的。」她說。他似乎聽懂了，不再吭聲。

這是什麼意思？

地區檢察官和總督察都以他們特有的方式流露出懷疑。檢察官皺起了眉頭，總督察一邊斜眼看格萊斯先生，一邊心不在焉用他的食指拍著胸口。而格萊斯先生從他身邊的桌子上拿起一個小東西，這件證物包含這兩個人彼此心照不宣的祕密，也吐露出他心中的想法，他輕聲嘀咕了一句表示驚訝。然後他再次抬起頭來，這三位男士的目光同時相遇了。他們是否要解開這個基於共同理解而存在的新謎團（對此，他們還沒有收到任何提示）？不需要，審訊會引起同樣效果。無論是這位男士或這位女士，都無法承受一次當面審問。他會因為絕望而崩潰，她則會因為袒露靈魂而失落。他們要等。但是啊，這椿悲劇！甚至，這些因為多年接觸各種人世痛苦和罪行而變得鐵石心腸的男士們，也公然被感動了。如果他們需要一個理由，他們肯定能在這個就要被繩之以法、具有卓越能力和成就的男人身上，找到這項理由。但是，在他們長期的職業生涯中，還能遇到比這更加卑劣的罪行嗎？實際遇害者的年輕和無辜，以及犯案者的高貴表現都使罪行更加顯得邪惡和可恥。正是這種想法使他們再次下定決心。

與此同時，他們正在關注的那兩個人，沒有進一步談話，也沒有採取進一步行動。她已經拒絕他的求婚，而他也把她的拒絕當成最後的決定。這讓他感受到任何安慰嗎？也許吧。而她呢？這個拒絕讓她感到一絲安慰嗎？幾乎沒有。儘管她的外表顯得平靜而溫順，她的體力卻明顯正在衰退。這令人擔憂，也促使他們決定讓她退出面談，否則，她可能就沒有精力應付明天的審訊。於是，地區檢察官提醒羅伯斯先生：

「泰勒女士過於疲勞了。既然她的病情仍然需要照顧，你是不是最好馬上表示意見，你是想要對你的案子做一個公開的陳述，還是以一般的方式通過即將到來的兩次審訊、記者窮追不捨的報導，使它公諸於世？」

「首先我要問，我是不是被拘捕了？我可不可以離開這間房子——？」

「今晚不行。一個警官會和你一起待在這裡。明天——審問之後，也許可以。」

「我會做一個陳述。我現在就做。今晚我想要安安靜靜地待著，來思考和懺悔。」然後他轉向她，「厄門特魯德，一位為我和我的家庭服務二十五年的女士，她此刻正在後面的房子裡。去她那兒，讓她來照顧妳。我在這裡有事——我相信妳會同意我做這件事。」

「好的，卡爾頓。別忘了，我明天要宣誓作證。我必須老老實實回答問題，」她補充道，臉上充滿痛苦，也充滿了疑問。

「我也會說實話的。」他向她保證，他們的目光又相遇了。

片刻之後，她踉蹌退了一步，格萊斯先生看到了，就伸出手扶她走出房間。可是來到大廳，他感覺她的手指緊緊捏住他的胳膊，幾乎就要掀入手臂的肌肉裡。

「沒有希望了嗎？」她低語道。「我必須活著——」

「是的，」他溫和地打斷她，但是帶著辦案人員的某種威嚴。「妳最後贏得他的歡心，當他說無論法律行動將會置他於何地，他只能在妳身上找到安慰時，他說的是真心話。」

她顫抖了，然後眼神裡再次冒出希望的火花。

「謝謝你。」她說，然後他們繼續往前走。

XXXII

「它為什麼在這兒？」

他書寫時，他們在旁等待。這種不祥的平靜不同於受害者所流露出來的平靜，他勃勃雄心之下的受害著與他同樣飽受痛苦折磨，但他卻在內疚的壓力之下流露出來這份平靜。正是這種不祥的平靜使他的文字呈現出一種冷淡的憂鬱色彩，而且再也無法從中擺脫出來。

隨著一個個字從他的筆尖流瀉出來，字句出現在他面前的紙上，坐在他旁邊陰影中的兩位官員注意到他睫毛的擺動，以及他忙於書寫的手指正在顫抖。但是他們看不到任何軟弱的跡象。只有一次他停筆、移開目光——他是在直視過去還是未來？——他的凝視平靜而且忘我，似乎使他再度呈現出男子漢的樣子。然後這個男人像最後一步踏進恥辱般，帶著鐵石心腸繼續寫下去。

我們會跟著他的筆觸往下看，這樣讀者就可以念出他寫的每一個句子。

「我，卡爾頓‧羅伯斯，即將因為那個自稱為安琪琳‧維萊茲的女孩的死亡，而面臨一次訊問（我被告知她的真名是安琪琳‧杜克洛），所以我希望就這個案子，做出這一番陳述。

「是我親手造成她的死亡。我替弓上好弦，然後射箭殺死了這個不幸的孩子。我的意圖不是在她無辜的胸口找箭靶，是她突然出現在我想要射死的那個女人的前面——如果說我當時具有殺人的動機，在這裡，我要在上帝面前宣布：射死她完全是我的無心之過。

「我不認識這個孩子，但我一直認識那個讓她遭逢意外死亡的女人。以前我讓她蒙受了很多委屈，但她在我全部的婚姻生活中一直保持沉默。所以我盲目地認為自己將不受懲罰，也就不加約束自己已經過度膨脹的雄心。那些看到這份自白的人將會知道：多年來我孜孜不倦祈求的願望是多麼的偉大，是多麼的切近榮耀。

人生光輝燦爛，未來令人目眩神馳。儘管我既沒有妻子也沒有孩子，那種充滿希望人生的活動之列，都會吸引任何一位具有政治本能的男士，而使我投入其中，使我得到所需的一切補償。我是快樂的，也許自以為快樂，但是突然之間，毫無任何警告，我多年未見的那個女人——要是我曾經想到她的話，我滿心以為她已死了——她寫給我一封信，重新要求她的權利，而且建議立刻與我見面，來解決這個問題。儘管措辭彬彬有禮，整封信充滿的想法卻使我吃驚。她想要重新進入我的生活，而且是公開地參與我的生活。她一定要姓我的姓氏，向全世界宣布她是我的妻子，她才會感到滿足，但是這麼做不僅會造成一樁醜聞、威脅到我的前途，還會迫使我解除一個前不久訂立的婚約；一個憑藉激情而非理智的婚約。我該怎麼辦？是不是答應她——我已經十五年沒見到這個女人——如果，二十歲的她對於當時洋溢青春熱情的我來說，只是欠缺一些詩意的浪漫，那麼時隔多年後，現在的她一定是遠不夠完美？一想到此，我就深感厭惡。但是拒絕她也許就意味我自己正遭遇連強者都要躲避的後果。抉擇的時間很短，她說她的耐心只能維持兩星期，而兩星期中的第一天已經過去了。

「具有傲慢男子氣概的我，有時候會認為自己的心靈帶著或多或少的優越感，而我從不自欺欺人，不認為自己具有那種虛假的仁慈心，但許多人不假思索地認為我具備那樣的情操。我一直明白，我的道德水準甚至低於那些卑鄙之徒。但是在那個關鍵時刻到來之前，我一直沒有意識到：當我遭遇威脅我的雄心壯志、人生計畫的意外時，我的性格會墮落到何種邪惡的地步。如果憑藉一種手段，某種像我地位一樣高的男士通常所採取的手段，可以逃脫逼近的醜聞，我可能會少費些心思，至少不會犯罪。但是我無路可走，她不是一個可以被收買的女人。我甚至無法欺騙這個女人。唯有死亡才能使我擺脫她，但仁慈的死亡現在並沒有應召而來。這是我最初的一些想法。我是一位紳士，具有一些紳士的情感。但是當我的睡眠開始被噩夢打亂之時，我無法克制自己的思緒，它滑向那個致命的目標。擺脫她！擺脫她！這個聲音迴響在我的耳朵裡，無論當我在睡覺還是醒著，無論我在家裡還是外面。但是我發現，沒有坦途可以實現這種自由，因為我們的道路沒有交會點，而我的名譽和安全都要求我：在實現預期目標的過程中，不應讓自己陷入任何危險。你們會說『冷酷而無情的惡棍！』是的，我就是如此。從我產生這個意圖，直至使用眾所周知、惡魔般的手段達到目標的過程中，世上再也沒有任何惡棍比我更加冷酷無情。

「事實的確如此，隨著時間流逝，我的想法更加明確，而且自從那天我在博物館地下室裡偶然見到一張被遺棄的弓，我拚命想制定的殺人計畫就呈現在眼前。那些我提到的夢魘般的感受使我充分接受這個突然出現的事實。這個阻礙我的前途並且我有意要殺害的女人，使我回想起阿爾卑斯山的秀美景色和在那裡發生的事情。我第一次見到她是在瑞士的盧賽恩市，那時的她年輕而充滿活力，不會讓人聯想到她如今的樣子。那些日子的景致出現在我眼前而後又消失，我看得最多的景色是周圍的環境而不是她本人；儘管我想憑藉自己非凡的本領來贏得她的芳心。我其中一個本領就是用弓箭射擊一個小靶子。我對射箭很在行，我具有弓箭手的本能。我說不清自己是否真的瞄準了，但那支箭必定會射中目標。在夢裡，我常常看到箭在飛行，當我把那張弓拿到手後，我馬上想到弓和箭可以做些什麼。不過在那時，我甚至還沒擁有把那個混沌的想法付諸實施的念頭。我把那張弓從地下室拿上來，鬆開它的弦，然後藏在館長的壁櫥裡，與其說這是出自於明確的目的，不如說是出於我偶發的衝動。有一天，我看見館長的鑰匙放在他的辦公桌上，就拿起鑰匙，打開通往上面一層樓的通道。如此一來，我確信當我就近把它塞進掛毯後面（它遮擋這個通道的祕密入口），我就再也不會使用這張弓了。人們往往會有犯罪意圖但不會付諸實現。我可能接近實現的邊緣了，我甚至可能替這個行為做好每一項準備，但這並不意味我射箭殺人的那一天會確實到來。我不止一次嘲笑過這個念頭。

「但是魔鬼比我更加瞭解我自己。在這些相同的本能驅使之下，我回信承諾，說我一定會去見她，但是我沒有指明是哪一天，因為憑直覺，我知道那個我想要去做但肯定不能付諸實現的事情，需要出現機緣巧合才能完成。我吩咐她在每個星期二和星期五的正午十二點，到南邊陳列室的二號展示區露面。如果在十二點整的那一刻，她看見我出現在主樓梯較低的臺階上，她就知道我有空可以和她談，會很快與她會合。如果她沒有在那裡看見我，她就應該回家，第二次再來。她回信說她只會露面一次，並且決定了日子。對我的自尊而言，這是個打擊，但在某種意義上，它給我帶來了一絲安慰。等到一切條件都順手後才行動，可能意味著持續的耽擱。我不確定在那個關鍵時刻是否有實現願望的勇氣，這份不確定感無限期地拖延我當時難受的處境。長痛不如短痛。

「我還要等待兩個星期。她為何一定要在那麼長的一段時間上拖延，這種情形似乎十分不必要。但是，我不明白。當我見到她之前，我認為她這麼做純粹是出自讓我難受的念頭，現在我知道完全不是那麼回事。然而，我並沒有因為心底交雜著軟弱和堅定而感到難受。那天到來時，出現最微小的情況也會使我斬斷念頭，不再去做那件對我而言具有夢想性質的事情。很遺憾，當天的一切都促成我去完成它。正午十二點時，大樓裡的遊客人數是有史以來最少的一次。而館長正以兩星期裡最繁忙的姿態出現，在一個遠離他辦公室的地方。當我推開那扇從彎彎曲曲的小樓梯通往掛毯後面（掛毯後面藏著一張弓）的小門時，我發現它和我當初離開時一樣，沒有上鎖，我第一次感到我反覆懷疑過的勇氣將會使我堅持到底。在那一刻起，不論我的目標是誰，以後將會怎樣，我是一個目標明確的蓄意殺人犯。當我認清這一項事實，我發覺自己臉色蒼白，四肢因為純粹的恐懼而顫抖。但是這個弱點只持續了一會兒，當我溜進那個上部的座墩後面時，我感到自己的血液又平穩地流動了，我從窺孔望出去，在那個我吩咐她等待的地點中，尋找她的身影。

「她沒有出現在那兒，但那時距離十二點還有好幾分鐘，儘管已經臨近正午，她一定是在陳列室的某個地方，很可能隨時會穿過我的視線。

「正如我已經說過的，我已經十五年沒見過她。除了她少女時的形象（時間和失望已經使她的形象變得粗俗），我回想不起任何她的樣子。為什麼我會尋找她身上的這種變化，上帝知道，但我期待看到這種變化，如果在展示廳裡，我從她身邊經過的話，也許會認不出她來。可是我並不擔心自己會犯下任何這樣的錯誤。我只擔心在這個關鍵時刻、在我這邊的陳列室裡，會有人從我們之間經過。我絕沒有想到任何人會從她前面經過。

「我選擇二號展示區作為她露面的地方，是因為從花瓶後面射出的箭可以直接射到這裡。我吩咐她在展示廳裡找我，如此一來，她就會徑直走向前面的欄杆。她胸部一個鮮紅色的絲帶結是一個標誌，把她和別人區別開來。但是那個我為她也為自己選擇的地點，存在這麼一個不利的條件；就是我可以從上述的窺孔筆直地看到我的目標，我卻看不到那條視線的右邊或左邊。我不知道當時為什麼沒有意識到其中隱含這個風險。我全神貫注地張望，突然震驚地發現一個從這邊陳列室經過的遊客，遮住了我的整個視野。這一定是那個在另一邊座墩後面找到有利位置的英國人。他迅速走過去，隨著視野逐漸恢復清晰，我看到自己正在等待的那個女人出現了，就在那個我選擇的地點。我立刻感到頭暈目眩，我沒有想到會看見一個那麼高貴的身影。那一刻，我的雙眼發黑，我的決心動搖了——我幾乎獲救了——她幾乎獲救了——此時，本能超越了我的判斷力，當那個年輕女孩快樂地向前跳躍，看到她輪船上的愛慕者正從我這邊的展示廳注視她時，那支箭飛出去了。

「看到一位完美的陌生女孩應聲倒下所產生的震驚，使我感到麻木，但是我只麻木了一會兒。在兩個星期難以忍受的等待當中，我是那麼強烈地想像過箭出手後，我要逃離的準確路線；此時我不由自主地走了那條路線。掀起掛毯的一角，我溜進它的後面，把我的弓丟在敞開的通道裡。我的腦袋一片空白，也沒有滋生任何恐懼。但是驅使我十分緊張，並且在可怕的片刻之間，預先嘗到隨後幾天裡等待我的恐懼、絕望的滋味，竟是開啟第二道門——這扇門通往館長的辦公室。

「當我轉動門把時，我多麼不希望碰到這些人！某個閒逛的遊客——管理員科瑞——甚至是那個警衛！他從不出現在需要他出現的地方，卻總是出現在不需要他出現的地方。如果那裡出現任何具有足夠智商的人，他看見我的臉並且注意到我來自哪裡，這將意味我會徹底完蛋。甚至這個臆想出來的人不必出現在房間裡，只要他能夠看到這裡的情況就足夠了。但是這種擔心和臆測——對於即將出現報應，我心底滋生的恐懼——並沒有使我猶豫，或為我的逃跑耽擱片刻。一切都取決於當第一次警報發出時，我將成為人群中的一員。所以帶著一種膽量，使我在逃避當下的危險時刻，頭腦清醒地讓自己陷入另一個同樣危險的境地；我推開門，進入館長的辦公室。

「辦公室是空的！命運如此眷顧我。旁邊的展示廳裡也沒有任何人站得夠近，或具有足夠的好奇心來注意我的出現，或者觀察到我試圖立刻逃跑。滿心指望自己能在罪行暴露之前來到街上，我跑向最近的出口。但是命中註定，我不會到達那兒。當我距離大門只有六七步遠的時候，科瑞的叫喊響徹整幢大樓，結果使所有的出口都被關閉，我就只能靠自己的沉著冷靜來面對駭人聽聞的所作所為，面對自己所造成的可怕後果。

「我是如何完成犯罪，你們已經知道。身臨的危險使我狠下心來去面對那個我深深傷害過、甚至企圖要殺死的女人，我不斷向她發問，而我的榮譽，甚至是我的生命都取決於她的答覆。

「我對於自身安全的冷血關注，以及她幾乎是非凡的忠誠心，肯定讓管理眾生的神靈對於人性，心裡滋生出一種新的見解。自私的男人和無私的女人之間的差異，無疑是世間最大的差距。是這個女人堅定而寬容的精神狀態讓我留下深刻的印象，而不是她的外貌；所以一直以來，使我內疚的不僅僅是我欠她的巨大人情債，更是那種日益加深、變得難以忍受的想法，也就是當我瘋狂反抗命運，在掙扎之中，我竟剝奪一個年輕可愛的女孩的生命，而她的生存權絕對高於我。

「然而現在，我身上墮下了濃重的陰影，可恥生命的最後一頁即將翻過，而我的致命傷在於：我一定會讓這個洞悉我的罪行卻饒恕我的高尚女人陷入孤獨和難以言喻的哀傷中。這種深切的悲痛壓過所有其他的痛苦或恐懼。我在這裡衷心地感謝她。我要對她說最後一句話，但願她在這種情緒之中找到她的靈魂；在這個浩劫時刻所需要的一切；與我的罪惡同樣深刻的懺悔；還有我對她的美德的讚賞。儘管這一切已經來得太晚，卻可能促使她接受永恆所賦予她的慰藉。」

他寫完了。鋼筆從他的手裡落下，他呆坐在那兒，幾乎毫無生氣，這種淒涼與絕望只屬於那些人；那些人在打擊之下，從眾生喝彩的高峰之中跌入無可挽回的恥辱之中。

感情豐富卻不為人知的地區檢察官在沉默中同情地注視他一會兒，然後溫和地——對他而言，是非常溫和地——向前傾身，從他無力的手下抽出凌亂的幾頁紙，把它們交給速記員。

「念一下，」他說，然後迅速改變主意，把它們抽回來。「我自己來念。羅伯斯先生，你聽著。在你簽名以前，你應當明白你寫了什麼。」

羅伯斯先生木然點一下頭，他看上去十分疲憊。

地區檢察官開始念了。大可懷疑羅伯斯先生是否側耳傾聽。但是檢察官不停地念，念完最後一個字後，他先略為停頓，稍微用目光徵詢總督察，然後帶著一種溫和且無法忽略的鄭重語氣說：

「我發現你在描述她年輕女兒的死亡原因和過程時，沒有提到杜克洛夫人。你是不是不清楚她在案情裡扮演的角色，以及她自殺的原因？」

他猶豫著，然後做了一個絕望的手勢，說：「我對這個女人一無所知，除了她是我射死的那個女孩的母親。」

地區檢察官沒有回答，他只是等待。但是沒有出現進一步的否認或是坦白。

「她是泰勒女士的一個朋友，」當沉默變得壓抑時，總督察提示道。「一個老朋友。一個從青年時代開始的朋友。你不記得了嗎？」

「我不記得了。」

訊問者沒有再問。何必逼迫他講出一件明天即將水落石出的真相呢。接著，他們匆忙辦完了剩下的手續，記錄他回答的重點，並且親眼目睹他在兩張紙上簽名。

然後，他就可以安靜片刻。而這兩位官員走到斜面窗前，進行簡短的交談。

他似乎注意到這種寂靜，剛從呆滯中甦醒過來的他，似乎要再次陷入呆滯，不過他警惕地朝四周環顧；速記員正忙於他的紙上工作，另外兩個人站著背對他。如果想要補救，就必須現在補救。他意識到這一點，他那突然發白的臉色帶走最後一絲殘餘的活力，這個活力本來是他具有的顯著特色。那根時不時在他的背心口袋裡摸索的手指，此刻再一次偷偷伸了進去，拿出一隻小玻璃瓶，然後把它舉到了嘴邊。

沒有人看到這一切？沒有人阻攔他？

沒錯，沒有人。速記員正闔上他的公事包，而那兩位官員談興正濃，他可以悄悄地喝完最後一滴藥水。

但是，他扔出去小玻璃瓶後，瓶子撞擊在壁爐底部的聲響卻打破了寂靜，使地區檢察官嚇了一跳。他又驚訝又懷疑地走向前來。

「那是什麼？」他指著剛剛落在灰堆旁的碎片問。

「那是一份赦免，」平靜的嗓音回答。「我這麼做，你一定覺得奇怪吧？什麼也不能救我。我只剩下兩分鐘的時間了。我要把它獻給她。」

他的腦袋向前垂，落在他的雙手上。壁爐架上的鐘敲響了。難道分針在小圓面上轉兩圈，事情就會如此——

地區檢察官心裡如此想，但總督察不是。羅伯斯先生仍然坐在桌子旁，總督察走向那張桌子，帶著前所未有的認真語氣說：

「羅伯斯先生，要讓你大大地失望了。你手中這只昨天裝有毒藥的小玻璃瓶，今天只裝有幾滴無害的液體。一個懷疑你意圖的人已經在昨夜做了調換。你將不得不面對你的罪行，承擔所有後果。」

卡爾頓・羅伯斯的雙臂無力垂下，他向前伸出他的臉，眼睛盯著他們，他們聽見一聲呻吟。然後在隨後的短暫沉默中，另一個非常不同的聲音衝進了他們的耳朵；不遠處房間裡的布穀鳥自鳴鐘傳來七聲清脆的鳴響，緊接著一個女人壓抑的叫喊聲。

眼前的場景恰巧缺乏這種諷刺性的感受。它穿透卡爾頓・羅伯斯的心靈，並使他痛苦萬分地站了起來。

「哦上帝！」他叫道，「我竟會讓那個邪惡的東西日復一日嘶喊出可惡的每一小時，此刻還用舊日的回憶來折磨她！我為何不在很久之前就砸毀它？當初我為何把它掛在我的牆上——」

他瞬間就跑進大廳裡。下一刻，他站在自己的臥室門口，後面緊緊跟隨那兩位官員。

他們會在那裡找到她嗎？是的，她還能去哪裡，這來自舊日的召喚甚至可以把她從墳墓里拉出來！她在那裡，不過不是在他們預見的那個地點，也沒有陷入那種她一度虛弱的身體所預示的崩潰狀態。就在格萊斯先生旁邊，她直挺挺地站著，一根手指沒有理所當然地指向布穀鳥自鳴鐘，而是指向一份被針釘在另一面牆上的報紙複製品，她的手指停留在那個死去女孩的面容上。

「它為什麼在這兒？」她的叫喊是一種動情的詢問，這使她只關注那個必須注意、回答她的男士，而忽視了其他人。「卡爾頓，卡爾頓，你為何把那個年輕女孩的影像釘在床鋪對面的牆上。你想要一醒來就看到她，讓她整天看著你，你也整天看著她——還是——」說到這裡，一個突然出現的想法使她停頓了，接著，她的語氣變得充滿懷疑，「也許你不是親自把它釘上去的吧？也許是警方故意設計，把它釘到牆上，讓你坦白的吧。是不是？是不是？是不是？」

「不是，厄門特魯德，」他緩緩說出這句話，但十分堅定。「是我親手把它釘上去的。我想與其整天想它，倒不如把它掛在牆上，這樣一來，我會少做些噩夢。」

下一句話的聲音很輕，也許只有她聽到了：

「我不知道對我而言，它有什麼意義，或者我在上面看到了什麼。除了青春和美麗，還有——」

「別說了！」她抓住他的胳膊。「忘了它，這些男士們正在聽——」

在一陣痙攣似的掙扎之下，他擺脫了她的手，同時他的眼睛盯住房間裡正對他的一面鏡子。鏡子裡可以看到兩張面孔，他自己的臉，還有那個掛在他後面牆上的報紙複製品裡的遇害的年輕女孩的臉孔。它們栩栩如生，它們倆都栩栩如生，當他把它們結合在一起看時，他本能痛惜的那個孩子、她漂亮純真的臉蛋從他負罪的肩膀後面望著他——他的額頭冒出了汗，然後他大叫一聲。接著他呆呆地站著，身子搖擺著，他的雙眼流露的恐怖超越了面前的一切。

「帶他走！」她喊道。「走出房間！不要讓他待在這裡。我請求你們，我懇求你們。」

但是沒人帶他走。

「厄門特魯德，」他輕聲說，「他們說她姓杜克洛，她替她取名叫維萊茲。她到底姓什麼？妳知道真相，就告訴我吧。」

XXXIII

又是布穀鳥自鳴鐘

然後令所有人感到驚訝、欽佩，這個非凡的女人憑藉全部的勇氣和無窮無盡的力量，克制住她自己的情緒。帶著一種超越痛苦的淒慘微笑（他們剛剛才開始瞭解這份痛苦的程度），她凝望著他的眼睛，平靜地說：

「你把我逼進了絕路，卡爾頓。如果我回答的話，我們的前途或名譽將蕩然無存，除了知曉真相，我們的靈魂將無處棲身。我們是不是該像那些人一樣，站在荒涼的海岸邊目睹整個世界攤在他們眼前，世界翻滾而過，然後放棄一切，接受我們自身的命運？」

「她到底姓什麼？」

凝視他的目光，聽到他重複的問題，她挺直了身，對格萊斯先生說話。

「當這個傻乎乎的小鐘響起，我走進這個房間時，你們感到十分驚訝，疑惑地看著我。這個小鐘對我而言，意味著一切，先生們。」說到此處，她用自豪而坦率的眼神，一個接著一個審視了他們一遍。「它是我所擁有的一件信物——卡爾頓，不是嗎？」她問道，然後迅速朝他轉過身去。「在這一方面，你不會讓我失望吧？」

他搖了搖頭。

「卡爾頓，即使你要我否認，它也是我們之間的一件信物。」

恐懼！前所未有的恐懼感逼迫他臉色蒼白，幾乎就失去了人樣，但他還能開口說話，在他的咕噥聲中，她聽不出一絲的反駁。

「請你們之中的某位，取下那個鐘，好嗎？」

幾分鐘之後，它被放在她指定的桌子上。此刻，在格萊斯先生的口袋裡有一份複製品，複製那個黏貼在鐘背面的題詞，所以他期待她把它翻轉過來，向他們展示羅伯斯先生和她姓名的首字母、他倆的共同簽字。

她考慮的卻不是這個。儘管她拿起了這個鐘，她沒有把它翻過來，只是平靜地注視它，她顫抖的嘴唇以及一滴眼淚——他們第一次看見她流淚——說明舊日的回憶奔湧而出，而正是這個簡單的小東西喚醒這些回憶，讓回憶滋生在她長期痛苦的心靈中。然後她再次放下它，似乎正在猶豫。

「我想取出裡面的東西，」她用無助的語氣對他們說。「可以幫我扯掉後面的蓋子嗎？這種方法最快了。但是且慢，我知道一種更快的方法。」她又拿起鐘，把它顛倒過來，然後搖晃起來。

他們聽見——他們聽見什麼了？誰都說不出來，但是當她再度把它翻轉過來時，一枚小小的金戒指掉出來，落在桌面上又滾到了地上。格萊斯先生撿起戒指，然後遞給她這枚戒指。她拿著它走向地區檢察官，把它放進他的手裡。

「念一下內圈鐫刻的字。」

他念了，然後迅速抬起頭說：

「這是一枚結婚戒指！妳的結婚戒指！妳相信自己嫁給了他。」

「我**是**在瑞士嫁給他，這樁婚姻具合法性。他知道這一點，他承認這一點，不然的話，他為何要隱藏這枚戒指。我眼睜睜看著他另娶一個女人，並且默默忍受他棄我而去。多年來，我一直保持沉默。但是當他問起那個在博物館裡被射死的孩子姓什麼，而且問得如此迫切時，我就必須公開自己合法的權利。因為那個孩子不僅是我的，也是**他的**女兒；他離開我後，孩子便出生了，而且在他不知情的狀況下，被撫養成人，首先在美國，然後是在法國。」

此刻，情緒完全失控的她跪倒在他的面前，痛心地哭泣起來。正是她扯下那塊蓋在他名譽上面的最後一塊遮羞布，可憐又可恥。

至於他呢，什麼也沒說。哪怕是最輕微的哀嚎，也沒有從他的嘴裡發出。只見他垂在身邊的一隻手觸摸在胸口上，他就這樣搖搖晃晃地站著——搖晃著，直到最後，他向前倒下，撲進她的懷中。

「卡爾頓！卡爾頓！」她哀嚎，一邊查看他迅速呆滯的眼睛裡是否還有意識。「為了讓你看到你的女兒，我才應約前往博物館。不是為了我自己。哦，不是為了我自己，是為了你，你原本可以——」

無濟於事了，一切都無濟於事了。

他死了。

她可以避免這種情況嗎？他們之中的任何一個人可以避免這種情況嗎？當他們對發生的事實確信無疑時，她把戒指放在他仍然溫暖的手中，然後莊嚴地把它戴在自己的手指上，然後轉身面對著他們所有人。

「請不要過度責備我給他這個最後的打擊，他已經在那邊的鏡子裡看到了真相。他的臉——看看這張臉，然後看看這張她死後拍攝的照片，看看他們相似的程度！隨著一分一秒的流逝，這個真相變得越來越清晰。讓他擔心和困惑的事情就是這個。當他面對鏡子看了一眼他自己和她的照片之後，一切都無法阻止他瞭解真相了。我愛過他，但是此刻我的愛徒增了我的悲傷。請讓我今晚待在這裡陪他，明天我會回答所有的問題。」

XXXIV

花蕾——然後是致命的花兒

閱讀至此的讀者可能不太關心隨後要講述的後續司法程序，但是你可能希望更加全面地瞭解厄門特魯德．泰勒的人生，那些導致她的淒涼結局的故事。

她的故事包含雙面的樣貌，把她和卡爾頓．羅伯斯聯繫起來的那部分，使她完全脫節於成為安托瓦內特．杜克洛的罪人的那部分。讓我先講述後面那一部分，因為它發生在另一個部分之前。我會把它一個片段一個片段地寫出來。

兩個女孩站在一條長長散步道的一端，步道兩側種滿古老的紫杉，可以看到另一端正走來一個男子的身影。他年輕、敏捷，穿著英式服裝但很明顯是外國人。兩個女孩是女學生而且是知心好友，他是她們的法文老師。這條散步道徑屬於一所著名的女子學校。當她們走進這條散步道時，它空無一人。此刻它對於她們之中的其中一人——也許同樣地，對於另外一人——意味一個充滿快樂和希望的世界——十七歲的世界。純真且思想單純的她們都不太瞭解自己，更不要說瞭解對方了。但是當她們等待他靠近時，她們目光相觸，帶著急切的疑惑神情，而新的發現使她們倆面含羞澀，彼此都開始新的人生。

她們倆心靈高尚而且溫柔對待彼此，但是，她們也是活生生的人。垂下彼此相挽的手，帶著同樣自發性的動作，她們轉身察看彼此的面容，不是為了尋找真情流露——因為她們已將真情表露無遺——而是為了尋找魅力或超凡的靈性標誌，因為這些也許能吸引那個理想化的男子的目光，並贏得他的歡心。

啊！與生俱來的容顏在這兩個女孩身上，分配得太不均勻了。

厄門特魯德容貌秀麗，安托瓦內特長相平平。

即使厄門特魯德沒有一張漂亮的臉蛋，她那女神般的身材和女王般的風度也能使她惹人注目。但是安托瓦內特個子矮小，她自己的非凡心靈和出眾才智使她稍微安心和快樂。

厄門特魯德有錢來打扮自己，而安托瓦內特一切都要依靠一位英國叔叔，儘管她的穿著很整潔卻很普通，別人絕不會想到她的祖先是法國貴族。

沒錯，她有那種優勢、地位，但缺少上等人的風度，而且，她不富有。她最好做一個像厄門特魯德那樣的平民，而且像一位施恩的公爵夫人那樣微笑。可憐的女孩，她這麼想著，一邊把溫柔的目光從她楚楚動人的朋友身上轉移到那個男子身上，而他的贊許也會使她成為一個女神。

他來了——沒有像平常一樣漠然地擺動身子，他顯得很焦急，很興奮，彷彿此時此刻對他而言，也意味著某種重要性。她知道事情確實如此。細碎的記憶湧入她的腦海，令她對此毫不懷疑。但是為何如此？是因為厄門特魯德，還是她自己？啊！她想不起這個問題的答案。她們總是在一起，他幾乎沒有看過她們分開。不是她就是她——懸念不太讓人猜得透。她看到他過來了——過來了。下一刻，他會出現在她們面前。他的目光會停留在哪個人身上？

那將會說明問題。

出自難於克制的痛苦靦腆，她躲在她朋友豐滿的身軀後面，直到她飄動的裙子暴露她的存在。也許這一舉動使她避免某種情況發生，也許沒有。當他問候厄門特魯德時，她沒有看見他眼睛裡閃爍的笑意，但她注意到他從她們身旁經過，走進樹蔭時的沉重腳步。

她明白了。厄門特魯德沒有對他微笑，剛才的一刻給他帶來了痛苦。

這已經足夠。現在她懂了。

但厄門特魯德為何沒有微笑？

寢室裡灑滿了月光！兩張床鋪緊緊靠在一起，一張床鋪躺著一個體形高貴的女孩，另一張床上躺著一個幾乎看不見的瘦小的軀體，床上的女孩處於枕頭和蜷縮的毛毯之間。除了後面一張床上偶爾發出的顫動之外，兩個人都很安靜。厄門特魯德躺在那兒就像一個死屍，儘管傾瀉下來的月光把她的臉龐染成白色大理石的樣子。甚至她臉上的睫毛也絲毫沒有移動半分。

但是她沒有入睡，她在傾聽——聽她旁邊的好友間歇發出那幾乎察覺不到的啜泣聲。隨著啜泣聲越來越弱、逐漸停息下來，寂靜籠罩了整間寢室。她翻身俯臥在她的胳膊上，長時間關愛地注視入睡室友的濕潤眉毛。然後她又輾轉僵直地入睡，輕歎了一聲，最後低語道：

「他不愛——現在不愛。一件小事會使他回心轉意。難道當時我沒有見到他回望了兩次，而且兩次都在看她？她迎候他的眼神是那麼美妙。」

布列塔尼的一條街道；遠處是一座小教堂；在一群婚禮賓客中間，兩個女人互相道別；她們快藥得像是藍色的天空。

「再見！」新娘在對方的耳邊低語道。「再見，我的厄門特魯德。願妳在瑞士度過愉快的一年！」

「再見！小夫人。我知道妳抵達美國後會很快樂。」

兩人的眼睛裡都滿溢了眼淚。

「妳會寫信給我嗎？」

「我會的。」

但新娘似乎不太滿意。四處張望後，發現她年輕的丈夫正忙於道別，她把她的朋友拉到一旁，溫柔地說：

「在大海把我們分開以前，我必須說一件事——我必須知道。妳還記得我們倆離開學校，妳回到家而我來到布列塔尼的那一天？厄門特魯德，阿奇勒告訴我，那天他找妳找遍了整座房子，直到他在一間教室裡遇到妳；他還告訴我，儘管有時候看到妳很哀傷，但其實妳很快樂。妳當時又哭又笑地告訴他，妳正在對這所歷史悠久的女子學校的每一個角落，進行莊嚴的道別，因為妳的未婚夫在家裡等妳，而妳不會再回來了。」

「我指的是我的音樂。」

「他不知道這個，厄門特魯德，」她用雙手摟住對方的肩膀，拉近她，以便抬頭認真地看她的臉。「我的問題已經解決了吧？」

她們靠得很近所以彼此都能看清對方心裡想著什麼。厄門特魯德想要發笑並迅速說出『不，不！』，但這個小新娘沒有上當。她的臉上再次出現那種美妙的眼神，這使她的臉龐瞬間變得很美麗，她鬆開她的手，雙手抱住對方的脖子，用畏怯的語氣低聲說：

「但妳是愛他的！妳也愛他！」

對彼此都彌足珍貴的片刻沉默之後，她拉近對方，又看了一眼，然後平靜地說：

「現在他的心屬於我，厄門特魯德，完全真誠地屬於我。所以我認為妳會接受現實。生活對我很公平而且很美好。但無論多麼公平，多麼美好，如果一旦妳想要過這種生活，它就會屬於妳。那個時刻會到來——人們絕不會知道——到時候我會向你還清這個人情債。讓我們之間永遠保持完全的信任和完美的關愛吧。妳要努力做到——不僅僅是口頭答應——因為此刻我說的話就像男人一樣發誓。」

她們目光交接，雙手緊緊握在一起。然後新郎把他的新娘拉走，而厄門特魯德目光炯炯地低頭轉身，走進等待她的多姿多彩的新生活。

第二個系列的故事開端是一個男人和女人相遇在瑞士鄉下一座跨越峽谷的大橋上。他們不認識彼此，但兩人都本能地猶豫著，情感的直覺使他們的臉頰泛起紅暈。不斷重複的永恆奇跡發生了。他是頭一次見到鍾愛的女人，儘管他認為自己以前戀愛過，而且到異國漂泊就是為了忘卻這段感情。所以，像以前一樣，他又愛上了她。她的腦海中有很多幻想，但最令她著迷的只有一個。當沿著這條路緩緩地走在她夥伴們的

前面時，她在自己和飽覽的壯麗景色之間看到卡爾頓・羅伯斯，他那優雅的男性頭顱和完美的身材躍入眼簾，於是這種愛情的幻想就像十足的薊種子冠毛，在她心裡飄然而生，它會自由地擴張，比起拜訪那些自認為充滿愛心的女人，它使人感到更完美的希望、更深沉的快樂。

啊！為何在彼此發現的那一刻，仁慈的上帝沒有立刻降下災厄，從而阻止他們走向一個註定要毀滅，他們自己當初卻無法想像和預料的未來？

災難不會立刻降臨。

他們交會而過，此刻他們相接的目光說明了一切。他們倆的世界更加光輝燦爛——而命運之神正在等待。

「漂亮？是的。但其他的則一無是處。非常普遍的社會關係，非常。只有一點點錢，確實如此。她叔叔（我判斷你沒有見過他）將留給她幾千美元。但同時他行動不便——不會離開她或者讓她離開他的視線，這是一樁悲劇，因為他毫無社會活動能力。她與你

不匹配，羅伯斯。趁來得之前，及時脫身吧。這是我給你的建議，出自我最坦誠的友誼。」

「謝謝。我和泰勒小姐剛剛相識，你不認為這個建議有點言之過早了嗎？」

「沒錯，我不認為。她是個女人，你必須愛她或者離開她，如此而已。你已經聽到我的話了。」

卡爾頓・羅伯斯在意這些話嗎？不。沉湎於第一次戀情中的男子都是這樣的。

「妳愛我嗎，厄門特魯德？」

「我愛你，卡爾頓。」

「愛一天，愛一個月，還是一年？」他微笑道。

「永遠愛。」她回答。

「那是一段很長的時間，」他囁嚅說，眼睛盯視掛在他們面前、商店櫥窗裡的一只小鐘（他們很少一起出來散步）。「很長的時間！在我們就要擁有永恆的靈魂以前，這只傻乎乎的小鐘會在它短暫一生的每個小時鳴響，並像萬物一樣運行。」

「這只鐘會陪伴我們一生，卡爾頓。以後，愛情不會按小時來計算。」

說完這句話，她的臉轉向他，他看見她那如花朵一般美麗的容顏閃耀著天堂般的光澤。在後來的歲月裡，他可能忘記那一刻的情感，但當時它們是他注定知曉的最純潔、最不受塵世污染的情感。

「我會永遠愛你，」他低語。「這只小鐘可以做為我的見證。」他拉著她走進了商店。

「布穀！」

厄門特魯德抬起頭看。這只鐘掛在她的牆上。

「哦，」她輕聲說，「每個小時它會向我提到他和他的話語，」然後像一個在天堂做夢的人似的她柔聲說：

我只愛你，
我將愛你到永遠。

她的經歷就是這些。而他經歷了什麼呢？讓我們看看吧：

一間旅館的房間——可以看見外面的皮拉圖斯山，它的頂峰被繚繞的雲霧遮住了。

手裡拿著一支筆，下面攤開一張紙，卡爾頓·羅伯斯坐著對眼前的雲霧視而不見。

他正在絞盡腦汁搜羅字句，卻並不如意。為什麼？他母親的名字出現在紙上，他剛剛要寫下母親判斷他以前憧憬的婚姻並不適合他，她沒有說錯；他還想寫年輕人應該與年輕人相配，如果她能見到他在這裡結識的那個光彩照人的年輕女孩，她對於這個能帶給他最大幸福的新選擇一定會感到滿意。只需要舉手之勞，為何紙上還是一片空白？

誰能說得清呢？在旁人看來，甚至可能他自己也瞭解，男人對於他自己或者左右他的矛盾情緒，幾乎一無所知。在他看來，具體行動要顯得容易些。

儘管沒有寫出來，他是否已經感覺到這個迷人、不成熟的女孩，對於這位懷抱殷切期盼、至尚希望的母親而言，她是不會對這個來自中產階級家庭的女孩感到滿意？在他自己不成熟的天性深處，是否具有一種對於莫名雄心和未知前途的謹慎？這份謹慎極其敏感而且被他深藏在心底，這份謹慎警告他在說出那個不可取消的詞句之前，務必要三思（這一詞句聯繫某種複雜的關係，儘管這個關係交織著玫瑰，卻是世上的一切都無法打破的）？

他從未在自己的靈魂裡探詢過這個問題的答案。當他站起身，紙上還是一片空白。他沒有寫這封信。

「我不喜歡祕密。」

「只要一會兒，厄門特魯德。我媽媽很固執，我要預做準備。」

「還有叔叔！」

「叔叔怎麼了？」

「今天他讓我宣誓了。」

「宣誓？」

「我答應他，在他有生之年，我不會離開他。」

「妳竟然會那麼做？」

「我沒有辦法。他是一個病人，卡爾頓。醫生們離開他時都在搖頭。他活不過一年。」

「一年？那遙遙無期！妳和我能等一年嗎？」

「他愛我，我的一切都是他給我的。下星期我們要去尼斯。所以我們要暫時分開了，卡爾頓。」

離別！還有比它更殘酷的詞語嗎。她發現這句話震動了他，就屏息等待他承諾，他不會讓她離開太久。但是他沒有說，他慢慢地思考，她看不太懂他的意圖。當然了，他的母親一定很固執，而他是一個非常聽話的兒子。她知道他愛她。也許在這個令人心跳加速的安靜時刻，他的感情屬於最有節制的那一種。

她微笑，他把她攬入懷中。

「我們還有一星期。」他叫道，急匆匆地離她而去。

這是他們最後一次搭乘馬車出遊，他們行走了一段很遠的路——太遠了，厄門特魯德心想，因為那天很冷，天空很陰沉。他們進入了峽谷，他們繞過了山澗，經過一個村子和一座廢棄的塔，仍然往東行駛，彷彿他們在盧賽恩沒有任何的牽掛，整個世界都是他們的。

當高山上的積雪映入眼簾時，她想要停止這個似逃非逃的狀態。

「我叔叔，」她說道，「他在計算時間。讓我們回去吧。」

卡爾頓・羅伯斯開口。

「再走一英里，」他低聲說，這不是因為他擔心被他們的車夫聽到，而是因為愛情的調子本能地很低。「妳太冷了。我們要找個有火的地方，然後晚餐——然後——聽吧，厄門特魯德——一個牧師會為我們證婚的。我們回來時，就變成了丈夫和妻子。」

「卡爾頓！」

「是，親愛的，我很清楚。好幾封信都催著我返回紐約。妳叔叔把妳留在這裡。我無法面對一次前途未卜的分離。我必須感受到妳無疑地屬於我——必須能夠把妳當作我的妻子，那樣才會讓我們長相廝守，並讓妳在自由時可以用適當的身分回到我身邊。」

「但是為什麼走這麼遠的路？為什麼到這個荒郊野外的地方？就不能在盧賽恩找一個牧師嗎？難道我們的婚姻也要像我們的約會一樣保密嗎？你希望這樣，卡爾頓？」

「是的，親愛的。等一會兒，只要一會兒，等我見到我母親，然後掃除所有障礙，我們才能通往美滿的幸福道路。這樣會好一些。一個人承諾永遠相愛的話，幾星期或者幾個月又算得了什麼呢？讓我幸福吧，親愛的，妳有能力讓我幸福。幸福！一旦我可以說『妻子』，世界上不會再有比我更幸福的男人了。」

她順從他的決定，是因為她自己深切的渴望嗎？不，她順從他，是因為他說的那句話虜獲了她的芳心：**世界上不會再有比我更加幸福的男人了**。

群山！冰封的山峰，兩邊是厚厚的積雪！而且靠得那麼近！它們幾乎就要跨過山谷相會了。她迅速看了一眼群山，然後她的雙眼和她的心靈都沉迷於眼前這個阿爾卑斯山下的小村莊，在她欣賞的目光中，它於永恆的雪景中揚起頭，就像冰河邊的一朵雪絨花。

就在這個地方，她將完成人生中的一樁大事，進來時她是少女，離去時她將是一個妻子。沒有比這更有趣的地點了！只需花費很短的時間，就能細細看一遍這裡的房子和教堂——這是一座小村莊，只有兩三條街道，這裡的村民人數也不是很多。

然後，她發現自己對於那位於他們和教堂之間的一小排五顏六色的木製房屋，已記下準確的數量，不過當時她並不在意，因為她主要的注意力集中在她第一次見到的那些村民身上，他們的神情和舉止都很冷淡，令她無法理解，也使她感到這座村莊似乎和卡爾頓、她自己毫無關係。

村民們沒有流露出害怕的樣子，確切地說沒有，但是他們的神色中並不缺少驚愕，而且所有人的表情都奇怪地相似，不論他們是男人還是女人，也不論他們成群站在街上，還是一個個站在門口東張西望、探聽消息；儘管似乎無事可聽，因為空氣凝結著不可思議的安靜。

「卡爾頓，卡爾頓，」當他從車上抱下她，她說道，「看那些人行為多麼古怪。也許整個小鎮的人都到了街上。這是怎麼了？」

「沒什麼，只不過如果我們不抓緊的話，我們只能不結婚就回去了。牧師正在等我們。」

「什麼，在教堂裡？」

「是的，親愛的。我們有點遲到了。」

她挽起他的胳膊，儘管他們是一對靚麗的新人，而且他們的婚禮在那個偏僻的村莊裡幾乎是前所未見，他們後面也只跟隨了少數的一群人。其餘的人留在他們的家裡，或猶豫地盯著群山看，或者在空曠的路上徘徊。

「你是否願意娶這位女士……」

婚禮進行到這裡，一切都很順利，突然之間十幾個人大喊大叫，闖進了教堂。

「積雪在移動！」他們發瘋般的恐慌語氣，迴響在走道裡，「趕快逃命吧！」

然後教堂因為空曠而變得寂靜。除了講壇前的那三個人，其他人都逃走了。

發生了一次雪崩！而婚禮還沒有完成！厄門特魯德永遠也無法忘記卡爾頓・羅伯斯的表情。而他一定也忘不了她的表情。這時牧師說道：

「逃命還來得及，抓住這個機會。仁慈的上帝會原諒你們的。」

但新郎堅定地站著，新娘搖了搖頭。

「在婚禮完成、成為夫妻以前，我們是不會走的，」卡爾頓・羅伯斯宣布。「除非」——此刻，他甚至在這個生死關頭也表現出十足的禮貌——「你覺得自己有義務拯救那些受驚教民的生命。」

「上帝一定會拯救我的教民，」牧師一邊說一邊莊嚴地向上望了一眼。「此刻我的職責就在這裡。」他冷靜的樣子彷彿前面的靠背長椅上坐滿賓客，是快樂而不是令人憂慮的死亡氣氛籠罩在這裡。他繼續主持儀式。

「妳是否願意嫁給這位男士……」

一聲快樂的「我願意」從厄門特魯德的雙唇間勇敢一躍而出，但它被教堂外面響亮的呼喊和尖叫聲淹沒了，其間還混雜著那種聲音——它令所有的旁聽者不寒而慄——而且難以形容——顯示高山威力的聲音隨著急速翻滾而下的雪團響徹大地，雪團有時停下，有時又積聚新的力量，但它們總是在落下，直到最後，它們的聲音如同凶兆一般化為雷鳴似的轟隆聲，淹沒人們所有的呼喊，這對新人只能通過牧師一開一合的嘴唇，看見他已說出他的證詞。

接著是最後的祝福，然後隨著聖潔的手落下，他們一口氣衝到了教堂外面——看見人們在到處飛奔——男人們在可笑的重負之下蹣跚——女人們跪倒在地上，雙臂伸向天空或者保護她們的孩子——雪崩令人絕望，在一片混亂之中，所有人都看見，那個村外訪客的四輪馬車還在那裡，馬匹帶著不朽的榮耀踩踏這些恐懼的村民，儘管他們僥倖逃命，他們絲毫未動這些馬匹。

「快！快！那邊帶孩子的母親，上來，上來。這裡還有一個座位。」

但另一個人占據了位子。搖搖晃晃跑過來的馬車夫一躍跳到空著的駕駛座上。四匹馬向前狂奔，衝到了安全地帶。與此同時，大雪積聚了沉重的石頭和連根拔起的植物，這團龐然大物帶著最後的厄運撞上這座虔誠的村落，永遠把它埋在下面。

安全了？沒錯，他們倆安全了。另一個人被一塊飛石擊中，倒在了路上，瞬間被埋沒了。這次他們僥倖逃過了一劫。

等到圍繞著盧賽恩的油漆高塔再度躍入眼簾時，這對新婚夫婦才找到了話題。卡爾頓親吻他的新娘，此刻愛情是可喜的。但它是否歡欣鼓舞得足以促使他承認他們的婚姻呢？她焦急地在他的臉上探詢，最後她問：

「卡爾頓，這次的事情，我們該告訴別人多少呢？」

「只講我們遇到的災難，其他什麼都不講。」他回答。

儘管她的內心還懷著敬意，她的眼神卻黯淡了。

結婚了卻不被承認！要是雪崩把他們埋葬了，不是更好嗎？她幾乎這麼想，然後彎下腰聽到他在她耳邊輕聲說：

「我很快會跟妳去。妳是不是曾經認為沒有妳，我也能活？」

「何必那麼多思多慮，厄門特魯德？妳今天不舒服？」

「叔叔病得很重。醫生說他可能活不過一個月。」

「是這件事使妳苦惱嗎？」

她想說是的，但沒有說出口。她從胸部抽出一條絲帶，上面掛著一枚普通的金戒指，然後認真地看著這個信物，她非常平靜地說：

「卡爾頓，你是否曾經認為除了這個戒指，世界上沒有任何東西可以證明我們已經結婚？」

「但這個事實已經刻在我們的心底了。難道這還不夠嗎？」他問道。

「今天是沒問題。一旦叔叔……」

他的親吻結束她的話語，愛情仍然占據上風。但當她一個人清醒地躺在床上時，她回想起他的表情，她最初的懷疑猛烈襲來，刺痛她不安的心，於是她焦急地去摸那枚戒指，她從絲帶上扯下它，把它戴在手指上。

「這是我的權利，」她低聲說。「從今往後我要戴著它。他深愛著我，不會反對我的做法。現在我確實是他的妻子了。」

她發現他變了嗎？他是不是很少出現了？他待的時間是不是更短了？他的眼神裡是否藏有不安——冷淡——倦怠？不，沒有。她那嚴苛的心如此詮釋他的表情——計算著日子——忘記他的眾多約會——發現他不再像以前一樣用微笑縱容她的錯誤，而是不耐煩地用急躁的態度、言語糾正她。愛侶的心不會永遠熾熱。在國外備受眾人矚目的他，在這裡就像在盧賽恩一樣志得意滿。即使不嫉妒的人也可以看出這一點。而她——是的，她也有自己的魅力，這一點無可置疑，在上帝的幫助之下她會成為最合適他的配偶；她將會擁有現在所欠缺的東西。她會觀察那些在他靠近時愉快露出羞澀的優雅女士，當她的服喪期結束之後，她的風度和外表將會使他驚訝。因為她知道如何裝扮，是的，用最好的衣服裝扮，一旦她改用他的姓，她就會抬起頭感受像女王一般走路的滋味。她

需要耐心等待，直到她能夠定下心瞭解他習慣怎麼樣的風格。既然她叔叔已經過世，她就擁有足夠的錢，她可以做她想做的事了……

沒錯，但她的臉色還是變了，那枚戒指從她的手指上鬆開了。

而他呢？她對他的擔心是不是恰當？他變得冷淡了還是僅僅在徬徨？讓我們觀察他吧。一個陽光燦爛的下午，他在旅館房間裡踱步，一會兒停下來重新閱讀捏在手裡的一封信，一會兒視而不見地望向窗外海天交會的邊際。

愛情是甜蜜的，但男人有其他方面的激情，而他這種男人正是被一種最強大的激情控制著——那就是引人入勝、令人全力以赴的雄心抱負。

不請自來而且意料之外的一隻手向他遞出橄欖枝，屬於他最渴慕的那個領域——一個充滿希望而且注定會成功的政治生涯。但是這件事包含附加條件——這些條件在一年之前會讓他充滿快樂，此刻卻成為他實現目標的阻礙，除非……可他尚無意願拋棄他的妻子、蹂躪她的心靈，也不想讓自己傷心——他的內心在掙扎。

他第三次看這封來自他母親的信。

我的兒：——我要向你道歉，並且告訴你一點消息。先前我慫恿你放棄露茜到國外散心，我覺得當時我有充分的理由認為你不成熟，這會使你未來的幸福免受拖累。

但近來我已經改變想法。與她又見了幾次面，我不僅知道了她的價值，而且知曉這樣一個女人會為你這樣一位高尚、有前途的男士帶來怎麼樣的好處。也許，她現在更加虔誠地愛你，超過你愛她的程度。我怎麼知道這件事？我來告訴你吧，昨天晚上我和她的一位親戚進行了一次面談；我指的是她的哥哥，作為一個一心從事政治的傑出大人物，他熱心的程度要超出我的想像。因為他自己沒有孩子，所以他把所有的愛都給了這個出色的小妹妹。他發現她並不快樂，就在昨天傍晚他來見我，並提出這項建議：如果我同意你和露茜結合，並且不反對你們立刻結婚，他就會負責你的前途，根據你的能力讓你在政治上步步高升，而他對你的能力評價甚高。

聽了這番話，我只能告訴你，儘管迄今我因為你們的年齡差距而反對這樁婚姻，現在我要吩咐你按照你的強烈意願，去娶露茜吧。不管她是貧窮是富裕，我都會說一樣的話，因為我已經深入瞭解她可愛的性格和罕見的教養。而且，她比你年長七歲，她具有的知識上的優勢甚至超越了一名普通女性。她的財產並沒有使我動心，我現在也不是因為這點就同意她完全適合作你的妻子。我只知道這樁婚姻會使你幸福。所以你盡快回來吧，越快越好。

這封信就像一顆炸彈使沾沾自喜的卡爾頓・羅伯斯心神不寧，他驚駭地看到自己的靈魂，也看到了自己道德本質上的弱點（迄今為止，他一直以為自己擁有強烈的道德感）。因為他的第一個願望是退縮，不僅從那樁會使他喪失嶄新前途的祕密婚姻中全身而退，而且離開他那青春亮麗的新娘。他發現自己已經厭倦了這樁花團錦簇的姻緣，渴望回到故鄉經歷一個成功男士的生活。哦，他何必催促這個不成熟的女孩去完成那段旅程，不管她那完美的儀容姿態多麼像一位女王，它終歸使他束縛在這個泥淖中，這個妻子對他的前途毫無幫助。他的女人必須有頭腦——就像露茜那樣經過多年的教養和高雅的社交生活，而不是幾個月的短暫經歷；才能具備充滿智慧的理解能力。

想到這裡，他不再焦躁地走動，而是眺望遠方蔚藍的海面，等待靈感出現。

突然他又開始踱步，然後再次立刻停下，坐到桌前帶著一種迫不及待，卻又孤注一擲的神情開始寫信給他母親。信的開頭是這樣的：

太晚了。很遺憾我無法完成您的計劃，因為我已經……

他再也沒有往下寫。一個新的衝動驅使他來到街上。如此一來，他就無法立刻決定自己未來的命運。未來對他而言太重要了。他必須耗費時間去思考。他的內心在大聲疾呼自己的權利。他只有二十六歲——在一股本該拯救他、噴湧而出的激情中，他轉身前往那個花團錦簇的安樂窩，如果在這個情感衝突的危機時刻將會出現解脫之道，他願意接受它。

時間是正午，以前他從未選擇正午來探望厄門特魯德。她是不是在房間裡？她是不是心情愉悅來迎接他？她是不是有美麗的外貌——這外貌可以匹配他的姓，匹配得上一位男士，那位男士能夠為女人做出最大的犧牲？他幾乎滿心期盼她達成這個要求，那樣

一來，他們的關係就會牢固而且安全，任何力量都無法打破這段關係。

在沉思之中，他猶豫著轉動那扇小邊門的門把，進入房間。這時圍繞陽臺的玫瑰花在他身上落下了一陣花瓣。

他微微顫抖，走進門廳。一切都非常安靜。

她正在睡覺。躺在長沙發上處於完全的疲倦或痛苦，她滑入了夢鄉。他覺得自己可以片刻地休息一下，他可以觀察並權衡這個問題：選擇愛情還是飛黃騰達？選擇懦夫的天堂還是強者的目標？

他發現，她不像他想像的那麼美，但是更動人了——身體脆弱了些，表情也少了，更像一個孩子，更具魅力——如果他的男子氣概僅僅像他興起快樂的騷動中所表露出來的樣子，那麼假以時日，這個女人或許會增添他的光彩並使他脫離愚蠢的行為。

但他不是膚淺的朋友和仰慕者所認為的那個男子，他的人生要豐富得多。他對於這一點的瞭解要超越露茜或她有權有勢的哥哥，甚至要超過疼愛他的母親。巨大的機遇等待著他，即使不是參與國事，他作為男性的活動空間也很大。在這個激動的時刻，他感受到這種自信，儘管一位漂亮而純潔的妻子會阻礙他，他毫不懷疑最終他將得到這一切。

但不會很快……也許要一步一步來……而他的願望是立即得到一切。

可憐的女孩！她躺在他的眼皮底下一點也沒有察覺他內心的衝突或她與他的命運都在天平上擺動的事實。她沒有覺察，儘管她的夢遠非快樂——不然的話，當他注視時為何她的眼睛裡漲滿了淚水。

她獨自一人在房子裡，完全的寂靜讓他知道這一點。他可以看了又看，細看她的每一個面貌特徵而不必擔心受打擾。他可以等待她醒來，準備迎接她的第一個溫柔而驚訝的目光，這目光會使他感覺好些。

拉了一把椅子過來，他坐下，然後張大眼睛又站直了。一個奇怪的陰影落在他的眉毛上。原來她的一條手臂向上伸直又放在另一隻手上——這隻手幾乎像露茜一樣雅致，但還沒有那麼美——他看到了戒指——他的戒指，鬆鬆地掛在她的手指上。這個可憐的孩子在變瘦，非常瘦。「要是她的手垂下來，」他自言自語道，「我相信這枚戒指會掉落。」當他說出這句真心話時，他是否在某個旁邊的鏡子裡偶然瞥見自己的相貌和前所未有的神色，因此他才那麼內疚地驚跳起來？或者他的驚跳是由於內心底的某個想法？這個駭人聽聞但充滿誘惑的想法吸引了他，撼動他並很快完全控制了他，直到他自己的手偷偷地伸出來，帶著猶豫伸向她那無助的手指，一下子靠近，一下子縮回，現在再次靠近但沒有觸摸，儘管他帶著巨大的衝動這麼做，還是擔心她醒來，而魔鬼已經抓住他的手臂，在他的眼睛裡點燃邪惡的火焰。

他記住她的這句話：「你是否曾經認為除了這枚戒指，世界上沒有任何東西可以證明我們已經結婚？」還記得嗎？他不記得了。他聽見這句話在他耳邊迴響直到整間屋子彷彿正隨它顫動。接著魔鬼做出他的最後舉動。厄門特魯德顫動了一下，她改變姿勢，抬得最高的那隻手垂到她身邊，戒指鬆脫了——離開她的手指——在長沙發邊緣停了一下——又落在他伸出的手心裡。

他沒有從她的手指上脫下戒指，是命運讓它物歸原主。當他強迫自己看這枚躺在他手心裡的戒指時，片刻之間，他感到一陣死亡般的暈眩。然後暈眩過去了，他慢慢站起來，頭髮聳立在他的額頭上，他一邊向旁邊看一邊一步一步走著，就像一個走在血泊中的人目睹罪惡的痕跡劃過地上跟隨他，他離開她的身邊——他離開了這間屋子——他離開了這座房子——玫瑰的花瓣再次落到他身上，它們的顏色令他惱火，它們的芳香喚起片段記憶，令他惱火——這芳香訴說著她，訴說愛情，訴說真心的愛慕注定要哀傷片刻，因為他永遠也不會回來了，永遠，永遠。

沒有人看見，也沒有人告訴他，那個十多年之後注定要慾化成可怕罪行的種子正在這個致命時刻抽出它的第一個花蕾。

他寫了一封信給她，他的風度驅使他這麼做。在信中他只把她稱為厄門特魯德，他告訴她，他奉命回家去開始人生中的莊嚴事業；由於她不是他真正的妻子，所以不論他們倆沉迷的虛假關係多麼令人愉快，他是不太可能回去了。他認為明智的做法是在愛情魅力尚存時斷然結束他們愉快的羅曼史，而不是猶豫地讓愛情在眼前一天天衰敗，最後只剩下痛苦。他深愛她，與她離別所帶來的痛苦，他認為自己比她感受得更深刻。但是作為一個男人的責任和義務……最後他簽上了姓名的首字母。

卑鄙！沒良心、鐵石心腸的男人才會這麼寫！他知道確實如此，所以隨後的幾個星期，他都在夜晚做噩夢，到了白天他又充滿恐懼。她是如何看待這個冷酷的說法？當那場在雪地上舉行的婚禮因為缺少證明而變得無效？當她知道是誰取走戒指，她會如何看待他？他幾乎立刻離開了尼斯，但無論他去哪裡，無論他待在哪間旅館，無論他經過哪條街道，他總是期待自己看到她的身影拖著莊嚴、純真和傷痕累累的愛意，出現在他面前。

於是，幾個星期過去了，由於見不到她，得不到她的任何訊息，一種新的恐懼纏住他，給他帶來新的不眠之夜。即使羞恥心沒有使她痛不欲生，哀傷也會取走她的性命。臆想中，她的死亡像石頭一樣壓在他心頭，最後他再也無法忍受，就在一個黑夜裡偷偷返回尼斯，想親自瞭解實情。他獨自一人遮掩面目、心跳加速，按照原路繞過那道熟悉的圍牆。如果她在那兒——

然而，窗戶一片暗沉沉，房子已經無人居住，於是他帶著尚未解開的疑團、尚未減輕的恐懼逃離這個地方和這個城鎮。兩天之後，他乘船返家。遠隔重洋可能會讓他忘卻往事，後來他果真忘懷了。一個星期接著一個星期，他半喜半憂的寧靜生活並沒有被打破，於是他又逐漸恢復平靜，開始準備面對新的婚姻；作為一個想開啟那扇可怕門扉的男人，他帶著一股恢復的自信行動起來，最後卻看到那扇門已經鎖緊而鑰匙也遺失了。

他明智地採取一項預防措施，他把自己的故事告訴了露茜的哥哥，然後讓對方決定他是否該娶露茜。回答是肯定的。萬一出現了麻煩，露茜的哥哥說自己會幫他度過難關。一樁不能被證實的婚姻不是真正存在的婚姻，而且，不能因為一個年輕人的微小過失而犧牲露茜的幸福。這個前途遠大的男子將會遇到什麼？結局會如何？厄門特魯德不會反抗厄運嗎？

讓我們拭目以待。

六月的一個下午，羅伯斯家舊式宅邸的客廳裡走進一位女士，她說有重要的事必須見羅伯斯夫人。儘管穿著十分普通，她的外表優雅令人起敬。但當她獨自一人坐在大客廳裡最陰暗的角落時，她舉起顫抖的手撩起自己的面紗，面容上所流露出的情緒不太相稱於她在傭人眼皮底下進來時顯露出的安靜儀態。

他的家！他就是在這樣的環境中長大成人！為什麼眼前的這一切會使她頓生情感（她認為在最神聖的誓言面前，那個最殘忍的背叛已經扼殺她的情感）？當她四處張望，注視他出生之前就存在的一個又一個擺設，她為何會將他視作一個孩子、一個少年，而不是一個始亂終棄的男人？在這個更需要勇氣而不是柔情的時刻，她讓自己掌握了理智。但她無法抑制自己的天性，也無法抑制心底澎湃洶湧的反抗情緒。那個男人掛在牆上的畫像挑戰她的決心，也訴說他們山盟海誓、情定終生的那一刻。

他背叛她——很快就背叛了——在蜜月結束之前就背叛了。但是她自己！願意一輩子真誠相愛的她將表露出堅定不移的態度嗎？她是那個男人的妻子，無論是否被人承認，她必須證明自己代表他的幸運，儘管他——他——

但是這麼想無濟於事，對於即將面臨的一場談話，她需要冷靜以對。她不會增加自己煩亂的情緒，因為她不會再看一眼那張令人回憶氾濫的畫像，她要使自己堅強應對即將到來的抗爭。她必須不辜負他的選擇，讓一個難於對付的女人見識她作為妻子的尊嚴。她不能動搖也不能哭泣。

當她聽到門口傳來腳步聲，本能告訴她應該拉下面紗，直到最初的互相問候結束——她對這個自我提醒深為感激，然後下一刻裡，一位年輕女士而不是她丈夫的母親進來了（她原本想見他的母親）。

在這個令人不快的時刻，失望的她暗想：

「她是他們家的一個朋友或是親戚。她可能會用善意的藉口打發我走。她會讓我說出我的來意——我可能必須把自己的要求和期待說給一個不相干的人聽！面對她，我無法說出口。我必須見到那位母親——他的母親。請上帝賜予我智慧，讓我冷靜——冷靜。」

與此同時，她本能認為那個溫柔的年輕女人走到屋子中央。厄門特魯德木然站起來迎向她，於是走入一個明亮之處。悲劇伴隨著她，這是一目瞭然而且十分清晰的結果。但是她神情中的警覺消失了，因為她帶著十足的禮貌，用略微顫抖的語氣說道：

「我想見羅伯斯夫人本人。」

對方回答：「我就是羅伯斯夫人。」她的微笑、略顯驕傲的得意神態以及快樂的鎮定自若，本該向厄門特魯德展露出真相。

但是沒有。她顯得驚訝——困惑，在瞬間的猶豫之後，她說：

「我剛抵達這座城市，肯定犯了一個錯誤。我要求見的羅伯斯夫人——有人告訴我她住在這兒——是一位先生的母親，這位先生名叫——」

她說不出口。

但是對方能。

「卡爾頓？」她問道。看到厄門特魯德激動點頭，她又善意地補充說：「這裡是她的家，不過她暫時出門了。我是卡爾頓．羅伯斯先生的妻子。」

有的打擊可能會令人頹喪，有的打擊會使人茫然但不會傷及身體——一雙腳仍然能負重——一雙眼仍然能筆直向前看——雙唇仍然呆板而準確地活動著，有時仍然浮現出

笑意。只有賦予人生命的靈魂已經死亡，形象還在但已無活力。假如打擊對方的那個人全神貫注，也仍然看不出絲毫變化；厄門特魯德和露茜就是處在這種狀態中。

「我們期待母親能夠下週回來，」面對沉默而僵直站立的厄門特魯德，露茜說道，「妳想留下口信嗎？」

這個感情豐富、善良的女人動聽地說出這些話，厄門特魯德的心靈就復甦了。她用認真的目光注視對方，一段時間之後，她完全接受露茜為人妻子的開朗和自信的性格，於是溫和地回答：

「不，我不想留下口信。」然後轉過身去，似乎要離開。

「妳也不想留下自己的名字？」露茜問道，一邊羨慕地看著對方雍容華貴的身軀輪廓，厄門特魯德的完美身材是她自己根本無法比擬的。

「我不想留下名字。」門口傳來這個奇怪的口音。

露茜停頓了一下，帶著朦朧的擔憂注視那個迅速離去的客人，自言自語地說：「她是誰？」

但那個能夠回答她的人已經走了。

「卡爾頓，你很少會見到這樣一個女人。她比我年輕，樣子看起來像三十歲。她會是誰呢？」

「描述一下她的樣子。」

「我希望我可以，我幾乎沒有看清楚她的臉。不過我注意到她的身材、嗓音和儀態。我覺得自己在她身邊就像一隻安靜的小老鼠。只是我很快樂而她不是。回想起她離去時的神情，我就感受到這麼多了。」

「她是美國人還是——外國人？」他一邊問一邊掩蓋他的憂慮，因為他感到一陣巨大的恐懼。

「她的英國口音讓她增色不少。」

「忘了她。」片刻之間，他的語氣幾乎殘忍，然後他微笑，似乎不再把這件事放在心上。接著他告訴新婚才一個月的新娘說，她的自卑讓他很惱火，說世上沒有比她更優雅的女人了，他總是為她感到自豪。這個對她而言是最具魅力的微妙讚美，發揮了作用。她確實忘記那個陌生人。

但是他沒有忘卻。他知道他面臨了什麼，也準備好進行一次不可避免的會面。這次會面將帶給他什麼？

很明顯，這次會面給他帶來出乎意料的結果。厄門特魯德已經瞭解他的這樁婚姻和那個取代她的女人，並做出決定。當他們一起來到公園裡一個安靜而偏僻的角落時，他明白了這一點，所以儘管他對於開場白之後她認真說的話，有些微感動，但並沒有感到非常驚訝。她說的一番話如下：

「我是你的妻子，我，厄門特魯德・羅伯斯，在神與人的見證下嫁給你。我無法證明這一點，但是正如你曾經說過，只要我們其中一人還活著，我們的心就知道這項事實並且會記住它。但是我不會強迫你接受我的要求，卡爾頓，也不會成為你人生道路上的幽靈。如果你欺騙的這個女人脆弱、愚蠢，或者沒有愛心，或者不是她現在的樣子，我可能就會堅持我的權利，要求獲得承認（我這麼做最終會使你受益）。但我不能羞辱那個女人——我不能羞辱她，也不能讓她陷入悲痛。你已經傷害一個人的心，你不該再在痛悔中摧毀兩個人的心。我已經非常痛苦。我在這世上是孤獨的。不過我有自己的辦法，最終我會成為一個有用的人，可以毫無恐懼地面對善良的男人和女人。我何必讓一個像我一樣無辜的女人蒙羞，既然她可以讓你變成我曾經看待的那個男子漢，我何必趕她走。

趁現在我尚有勇氣面對自己的犧牲，趁現在沒人看到、聽到這一切。此刻當我們站在這座空曠的公園裡，你必須宣布我是你的妻子。」

「妳是我的妻子。」

「這已足夠。現在我可以說出在其他情況下我不會說出口的話了。我愛你，卡爾頓，我將兌現承諾愛你到永遠。我不會再來找你，你可以不受干擾地走自己的路。我這裡感受到安慰了，」她撫著胸口，「我的命運已定，無須再戰戰兢兢觀察你的臉、去感覺你對我的愛慕減輕了多少。我擁有自己的生活，我永遠不會忘記那兩個月帶給我的美滿幸福。」

她想再說下去，但她看到他受到巨大的震動。她害怕曾經只為她一人跳動的那顆心尚未完全熄滅的愛欲之火會重新燃起，就低聲說了再見，想要迅速轉身離去；此時，最後一個想法使她停頓下來，她說：

「我無法還給你戒指。它遺失了。我不小心讓它從我手指脫落了。不過我會在今晚還給你那只寫有我們倆姓名首字母的小鐘。如果你願意，可以毀掉它，但如果某種情緒讓你保留它，你就記住這句話：『我回憶厄門特魯德，是因為我會對露茜忠誠。』」

他輕歎一聲，他的腦袋在極度自卑中垂落胸口，然後他慢慢抬起眼睛，發現她已對他的罪孽瞭然無遺，就懷著強烈的羞恥和痛悔說話：

「你知道我是一個可恥的人。那枚戒指在我手裡。有一天當妳在睡覺時，它從妳的手指滑落下來，掉進我的手中。我不請求妳的原諒，但我可以向妳保證這點，厄門特魯德：——如果這只小鐘回來了，我會把這枚戒指藏在鐘裡面，在我有生之年，我不會再讓鐘和戒指離開我。」

她直覺地向他伸出雙手，但它們回落在她的胸口。

「上帝會讓你信守承諾。」她說道。然後在他面前，在不知不覺包圍他們的薄霧中，消失了。

他的掙扎結束了，而她的掙扎才剛剛開始。

到達南方與她的朋友安托瓦內特・杜克洛相會時，她才發現，儘管告別了卡爾頓・羅伯斯，她卻懷孕了。她是不是該重新要求她的權利，讓那個父親承認他的孩子？寬宏大量的她並沒有這麼做。但那舊日的話卻應驗了，她請求安托瓦內特做出建議。

我們看到了結果。安托瓦內特自己的孩子在出生時死了，她把厄門特魯德的孩子帶到身邊，把她視如己出，撫養她長大。這麼做並不困難，因為那位教授已經死於南方的熱病，安眠在新奧爾良的一座公墓裡。

這樣我們就可以來看下一段故事了。

這位事實上的寡婦和這位心靈上的寡婦面對面站在一個熟睡的嬰兒旁邊。她們都打扮好準備外出旅行，孩子也是如此。空無家具的房間透露出原因。她們的浪漫史都很短促，所以她們依然顯得年輕，當她們互相凝視時，她們的臉龐都述說著仁慈的時間永遠都無法抹去的憂傷故事。但她們都保留著魅力——此刻清楚地流露出來，彷彿以後再也不會這麼美了。安托瓦內特欣賞著厄門特魯德，她那因為自我克制而顯得越發高貴的美貌，而厄門特魯德欣賞著她朋友臉上美妙的神情，這神情總在危機時刻出現，而此刻使她顯得無與倫比。

先前她們沒說什麼話，現在她們也說得很少，就像一幕揪心卻入理的戲就要演出之前，我們當中的強者所表現出的模樣。

孩子的出生是合法的，她不該在陰影之下成長。為了在她成長時確保她的福祉、不讓她的心裡滋生絲毫的懷疑，這兩個女人必須分開，不能推辭責任，不能拖延行動。一個月嬰兒的哭泣和撫摸將使真正的母親心軟。現在該行動了，就在今天。

然而，首先必須說一句道別——問一句離別時應該問的問題。厄門特魯德的問題如下：

「妳要回法國嗎？」

「沒錯。我可以在那裡活得非常自在。那妳呢，厄門特魯德？」

「我會去紐約。我不想離開他太遠。不過他和我永遠也不會見面了。我的世界和他的世界無法疊合。我會自己找地方住。」

「妳自稱厄門特魯德・泰勒？」

「是厄門特魯德・泰勒女士。我是一位妻子。我永遠不會忘記這個事實。」

「孩子呢？妳再也不回來探望她嗎？」

厄門特魯德低下頭，她久久站著沒有回答。然後她神色平靜地說：

「我義無反顧地將她託付給妳，只有一種意外能夠動搖這個決定。假如**他**——安托瓦內特，如果他孤身一人膝下無子，我可能會從此換一種眼光看待我的責任。妳必須對此有所準備。」

「厄門特魯德，一旦妳寄給我這種小鞋子——看，我會留下一隻，給妳另一隻，我就知道妳要來了，或者妳想要回這個孩子。正如從前我所許諾的那樣，我的生命屬於妳，所以妳還認為我會將孩子據為己有嗎？」

於是她們的雙手像以前一樣緊緊握在一起，它代表的含義是：

「我將至死不渝，永不變心。」

安托瓦內特確實做到至死不渝的誓言，我們已經看到了。在厄門特魯德的通報之下，她得知她們讓父女見面的計畫發生了可怕結果，並且在厄門特魯德的懇求之下，她逃跑了，以免她的供述會洩露那個令他命懸一線的祕密。她按照自己的承諾滿足她的要求，如此一來，儘管她不能夠挽救他，卻還清自己的人情債。

關於先前她在臨時租住處摧毀他照片的舉動，我們永遠也無法得知完全的真相了。這張照片是厄門特魯德在分手時給她的，她保存了好多年，所以即使她不認識這個孩子的父親，她也知道孩子長得像他；對於這個線索，她必須加以隱瞞，因為當時警方已經發現那個加倍危險的祕密：杜克洛夫人在逃離紐約旅館之前，徹底翻查過自己的行李。

她以罕見的方式摧毀這張照片，是出自於單純的防備心理，還是出自一種痛恨、一種對於知心密友的戕害者的痛恨，可能永遠也說不清了。但不可否認，隨後她孤注一擲而且不可避免地為他做出最大的犧牲；這個真相將長存在**永恆**裡，將永遠也沒有說清楚的**時候**了。

而厄門特魯德呢？她怎麼樣了？她獨自一人，命運奪走了她的丈夫、孩子和朋友——在這個充滿苦難的世界上，我們該去哪裡尋她？去那些最靠近前線的法國醫院看看吧。在那裡，你會發現這個失去一切的女人又獲得許多。她正在祝福別人，別人也在祝福她！連子彈也會躲開這個戰場上的天使，因為她在世間的工作還沒有完成呢！

急箭之謎

The Mystery of the Hasty Arrow

作　　者：安娜・卡瑟琳・格林(Anna Katharine Green)
譯　　者：樂軒
發 行 人：施嘉明
總 編 輯：方鵬程
叢書主編：葉幗英
責任編輯：王窈姿
美術設計：吳郁婷
校　　對：鄭秋燕

出版發行：臺灣商務印書館股份有限公司
10046台北市中正區重慶南路一段三十七號
電話：(02)2371-3712　傳真：(02)2371-0274
讀者服務專線：0800056196
郵撥：0000165-1
E-mail：ecptw@cptw.com.tw
網路書店網址：www.cptw.com.tw
網路書店臉書：facebook.com.tw/ecptwdoing
臉書：facebook.com.tw/ecptw
部落格：blog.yam.com/ecptw
初版一刷：2014 年 5 月
定　　價：新台幣 300 元
局版北市業字第 993 號

ISBN 978-957-05-2933-3

急箭之謎 / 安娜・卡瑟琳・格林（Anna Katharine Green)著　　樂軒 譯
-- 初版. – 臺北市 : 臺灣商務, 2014.05
面；　公分. --
譯自： The Mystery of the Hasty Arrow
ISBN 978-957-05-2933-3（平裝）

874.57　　　　103006024